AF391890

Antiguos relatos de Oscuridad y de Horror

Antiguos relatos de Oscuridad y de horror

Selección, prólogo y notas
E. Ehrendost

Editorial Alastor

Scott, Walter [et al.]
    Antiguos relatos de oscuridad y de horror
    1ª ed. - Buenos Aires: Editorial Alastor, 2013
    Edición para Amazon: Editorial Alastor, 2020
    184 p.; 19,84 x 12,85 cm.

    ISBN 978-987-26668-1-1

    1. Literatura de terror   2. Oscuridad   I. Scott, Walter   II. Título
    CDD A860

Traducciones: E. Ehrendost
Diseño: E. M. B.

Ilustración de cubierta:
    Cementerio de un monasterio bajo la nieve
    de Caspar-David Friedrich (1774-1840)

PRÓLOGO

Car si l'esprit humain ne se complaisoit pas encore
dans de vives et brillantes chimères, quand il a touché
à nu toutes les repoussantes réalités du monde vrai
serait en proie au plus violent désespoir.

Charles Nodier. *Du fantastique en littérature.*

[«Pues, si el espíritu humano no se siguiera aún complaciendo
con vivas y esplendorosas quimeras, cuando tocara al desnudo
todas las repulsivas realidades del mundo verdadero
sería presa de la más violenta desesperación.»]

I

¿El objetivo de la literatura de horror es generar en el lector una palpable sensación de miedo y angustia, o alejarlo por un instante de la estéril realidad proponiéndole cautivantes atisbos de lo imposible? Si buscáramos la respuesta en el lector, quizás encontraríamos que quienes desean asustarse prefieren hacerlo con los bruscos impactos sonoros del cine de terror, mientras que quienes recurren a la literatura suelen ser los mismos que también disfrutan de novelas fantásticas que los transportan a medievales y maravillosos universos en los que, al fin, pueden escapar de la desoladora decadencia y sinrazón del mundo moderno. Si buscáramos la respuesta en el autor, quizás encontraríamos que a menudo escribe más para alcanzar un goce estético olvidando todo lo que lo rodea antes que tras el improbable propósito de espantar a un público racional y escéptico. Pero tal vez la respuesta definitiva a nuestro interrogante deba ser buscada rastreando los orígenes y las causas del horror como género literario.

Si bien los relatos sobre aparecidos y seres de ultratumba siempre estuvieron presentes en las tradiciones de todos los pueblos y, por ende, en su literatura, el horror entendido como una expresión artística en sí misma hace su aparición, a través de la novela gótica, en plena Ilustración, y alcanza su auge y consolidación durante el Romanticismo; es decir, los relatos sobre fantasmas y muertos que vuelven de la tumba pasan a ser materia del arte justo cuando, bajo el imperio de la Razón, se deja de creer en la vida eterna. El hombre, cuya existencia va perdiendo todas sus perspectivas de trascendencia espiritual mientras Dios agoniza, se vuelca a producir y leer historias de espíritus que vagan por la tierra: ¿es miedo o son suspiros lo que esos espectros le proporcionan?

Pero el súbito protagonismo de fantasmas y muertos no es una característica aislada de este período: los prerrománticos se solazan en ambientar sus historias en castillos ruinosos, y los románticos, al par que el cuento de horror, cultivan la novela histórica y la balada medieval, lo cual nos da acaso un indicio de otra de las causas del género. Frente al avance de los mercaderes y del nuevo orden burgués de la sociedad, los artistas románticos, que acaso no eran en el fondo más que artistas clásicos que estaban descontentos con un irreconocible mundo al que ya no pertenecían, corren a refugiarse en la oscuridad y en las ruinas de un añorado pasado que, según comprenden con dolor, se ha perdido para siempre. Así, el hombre profundo, que no encuentra sentido a la vida moderna, y que sufre el desengaño y la mentira imperantes en la sociedad materialista de la que es prisionero, se evade de esa absurda realidad internándose en obras que le proponen mundos medievales en los que los individuos son regidos por valores heroicos y por ideales caballerescos y nobles: ¿es, pues, miedo o es otra alternativa más de escape lo que lo sobrenatural y lo fantástico ofrecen a su intelecto?

Así pues, es posible que la literatura de horror amerite una relectura que nos permita descubrir que tal vez en ella el terror no es un fin, sino un medio para alcanzar otra cosa, como si en el horror se escondiese a menudo la llave que comunica con nuestros paraísos perdidos, la misma llave de plata que, evocando pesadillas y miedos olvidados, devolvía a Lovecraft a la credulidad y los ensueños de su añorada infancia. Reconquistar la belleza del pasado, abolir la muerte, sufragar la existencia del alma, especular sobre otros mundos, si no mejores, al menos distintos a este: tales son algunas de las posibilidades que, de manera inconsciente, se abren a nuestra mente al leer sobre fantasmas, vampiros, hechiceros o espantosas entidades de más allá de las estrellas. Si el mundo actual, merced a la ciencia, la civilización y la fiebre tecnológica, nos robó los misterios de la vida y nos despojó de todos nuestros sueños, es esperable que el hombre moderno, encerrado tras los hostiles barrotes de la razón, conciba el horror como una sonda de redención arrojada hacia lo desconocido, hacia lo perdido, hacia lo añorado; como una búsqueda de lo antiguo, de lo decrépito, de lo extraterrenal e imposible por oposición a lo real, lo tangible y lo cotidiano.

Quizás la literatura fantástica sea, por sobre todas las cosas, una respuesta a una enfermedad, un anticuerpo. Quizás lo único verdaderamente aterrador en este mundo sea la estupidez de la inmodificable realidad, y quizás, paradójicamente, el horror sobrenatural obre a fuer de medicina, brindándonos la ansiada oportunidad de, durante un inmortal segundo de suspensión de la incredulidad, vislumbrar otro mundo en el cual las certezas científicas y las convicciones racionales que han dejado para siempre solo y desnudo al hombre tambalean. Así mirada, la literatura de horror no es sólo un antídoto para la angustia existencial que nos asalta en medio de esta indiferente sociedad que, carente de horizontes, ya no ofrece respuesta metafísica alguna a la breve e intrascendente vida de los hombres: también es una venganza contra la razón, la vil conquistadora, aquella que nos liberó del error al precio de aniquilar todos nuestros sueños y dioses. ¿Y quién puede culparnos, en nuestro desgarrador desamparo, por buscar un efímero alivio en las fantasmagóricas promesas de los relatos sobrenaturales?

Pero enfaticemos que este paliativo artístico llega a nosotros de manera puramente inconsciente: ni los espectros secan nuestras lágrimas por la muerte, ni los personajes torturados de Poe exorcizan a nuestros demonios interiores, ni la sombría amenaza de Cthulhu nos reconcilia con la injusticia y la codicia de los hombres. No es una crédula esperanza en lo irreal lo que los relatos de horror nos confieren, sino un grato alejarnos de lo dolorosamente irrefutable: al cerrar el espeluznante libro, el placer del olvido nos abandona y la hórrida decepción por retornar a la vida vulgar y corriente hace, una vez más, presa en nosotros.

En suma, puede que no sea tan errado abordar la literatura de horror como lo que en cierto aspecto es: una renuncia a la monótona vulgaridad de la rutina diaria y una rebelión contra la sórdida tiranía de la vacía realidad. No leemos cuentos de horror para sentir miedo: leemos cuentos de horror para resquebrajar por un instante los límites del mundo material que nos circunda y para experimentar, en esa libertad llena de posibilidades, un inigualable goce estético y espiritual. En breve, para sentirnos menos solos e incompletos en este mundo sin alma.

II

Desde que el arte existe entre los hombres, la oscuridad y el horror se han manifestado de un modo u otro a través de él, ya en las tradiciones, ya en las leyendas, ya en los mitos, ya en las religiones. No es difícil así encontrar momentos escalofriantes o fantásticos en las páginas de Homero, Hesíodo, Virgilio, Dante, Ariosto, Tasso, Shakespeare, Milton o Defoe, entre muchos otros autores. Sin embargo, la consolidación del horror como género recién comenzaría a gestarse durante el período prerromántico, cuyas obras, caracterizadas por su gusto por la melancolía y por su creciente fascinación por la muerte y los pensamientos luctuosos, abrirían tanto el camino que llevó al Romanticismo como el que condujo al horror gótico. Así, los *graveyard poets* (poetas de cementerio), entre los que destacaban Thomas Parnell, Edward Young, Robert Blair, James Hervey y Thomas Gray, florecían en Gran Bretaña, suscitando algunos lejanos ecos en la balada *Lenore*, de Gottfried Bürger, y en las impresionantes *Noches lúgubres*, de José Cadalso. Por toda Europa cundía ya el espíritu fúnebre y mórbido que culminaría en el advenimiento de los definitivos terrores literarios.

De este modo, el comienzo de la literatura de horror como tal es unánimemente situado en el año 1764, en el cual el inglés Horace Walpole da inicio a la novela gótica con su exitosa *El castillo de Otranto*. Inmediatamente imitada hasta el cansancio, la obra exudaba una atmósfera oscura y opresiva que, enmarcada en el ambiente de viejos castillos medievales que pronto se volvería tan caro al Romanticismo en ciernes, incluía algunos elementos macabros y sobrenaturales que no tardaron en hacer escuela a tal punto que, pese a ostentar un argumento y una factura mediocres en sí, esta obra sirvió para sentar las bases de una nueva estética que la época acogería gustosa. Así, la novela gótica comenzó a ganar terreno, y el deseo de escenas escalofriantes y truculentas pronto prendió en una sociedad europea que, reaccionando frente al racionalismo imperante y beneficiada por una revolución industrial que posibilitaba la veloz producción en masa de libros baratos, se abalanzaba ciegamente sobre cualquier melodrama que incluyera, entre depresivas y románticas páginas, alguna ruinosa abadía, tétrica cripta, sangrienta mazmorra, siniestra catedral, viento quejumbroso, aparición sobrenatural o bosque encantado. Harto inocentes en un comienzo, pronto las novelas góticas empiezan a depurarse, dando así lugar a reconocidos intentos como los de John Aikin (que sobresalió con su fragmento *Sir Bertrand*, a menudo atribuido a su hermana Anna) y Clara Reeve (que opuso al clásico de Walpole su novela *The Old English Baron*, de gusto más racional), hasta que Ann Radcliffe, autora de *Los misterios de Udolfo* entre otras, irrumpe en la escena y pasa de inmediato a ser el modelo de un nuevo cúmulo de imitadores. Tan melodramáticas como sus predecesoras, sus novelas se caracterizan por un carácter moralizador y por una racionalización final de todos los eventos sobrenaturales que habían poblado las páginas precedentes, pero generan, merced a su inteligente manejo del suspenso, una escalofriante atmósfera que conmovió a su tiempo y que acaso hasta pueda servir para conferirles cierta decrépita vigencia aún hoy.

Así establecida la estética global de la novela gótica en su forma definitiva, el terreno para la aparición de verdaderos clásicos quedó abonado. Uno de los primeros fue *El monje*, de Matthew G. Lewis, obra polémica e impiadosa, publicada en 1796, en la que la satánica violencia de las situaciones, lo macabro de ciertos episodios y la demoníaca caída del monje Ambrosio desde el excelso pináculo de la santidad al más negro abismo de la concupiscencia nos hacen olvidar los innecesarios y extensos ingredientes melodramáticos y empalagosos tan inevitables en este género irracional y sensiblero. Si bien la novela de Lewis rompía con el molde del final feliz y luminoso y abría los senderos, más caros al pesimismo del Romanticismo, de aciagos destinos de individuos que se veían destruidos por sus ansias de conocimiento y poder, durante los veinte años siguientes no aparecen más que obras menores (entre las que pueden mencionarse dos novelas adolescentes del poeta P. B. Shelley) por las cuales el universo gótico anglosajón, ya triste víctima del reiterado cliché, parece agonizar, pese a las grandes bocanadas de aire fresco que le habían sido inyectadas sucesivamente por el *Manuscrito hallado en Zaragoza* del polaco Jan Potocki, por *El diablo enamorado* del francés Jacques Cazotte y, sobre todo, por la genial *Historia del califa Vathek*, la cual, situada en el exótico Oriente y pletórica de episodios demencialmente vivaces y ligeros, poca relación guardaba con sus pesadas y acartonadas hermanas. Escrita por el inglés William Beckford, esta extravagante fábula nos introduce en un mundo de demonios grotescos y hechicerías aberrantes que se ve realzado por el arrollador protagonismo del megalomaníaco y caprichoso califa, cuya ambiciosa sed de poderes ultraterrenos no encuentra freno alguno mientras, ocasionando numerosos contratiempos a sus sufridos sirvientes y súbditos, se abisma en el desenfreno y la impiedad. Igualmente lejana del estricto decálogo gótico, pero impresionantemente más horrorosa y moralmente profunda, en 1817 ve la luz, pareciendo imprimirle un nuevo impulso al género, la obra cumbre de Mary Shelley, *Frankenstein*, novela que nos presenta el trasfondo de desolación y desesperación que conducen a un monstruo al crimen con una maestría que nunca, salvo quizás en el inmortal *El paraíso perdido*, de John Milton, había alcanzado tal altura; lamentablemente distorsionada por sus célebres versiones cinematográficas, esta novela sigue siendo con justicia un clásico de la literatura de terror en general, destacable además, como *Vathek*, por el indudable valor de su estilo literario. Pero el romance gótico se acercaba a su fin, y el hecho más sintomático fue el enorme éxito de *Northanger Abbey*, parodia escrita por Jane Austen en la que no se dejaba cliché alguno del género por ridiculizar. Es justo entonces, en su agonía final, que aparece, como canto de cisne, la novela que llevaría a la estética gótica a su punto más alto y memorable: *Melmoth el errabundo*, una obra del irlandés Charles Maturin publicada en 1820. Mediante una serie de cuadros entre los que se alternan pasajes tan tediosos como indeciblemente macabros, la historia nos presenta los esfuerzos del siniestro Melmoth por intercambiar con algún mortal los infernales dones que el diablo le concedió a cambio de su alma. Este incesante afán del misántropo protagonista, consumido por el deseo de escapar a la condena eterna mediante la tentación de hombres y mujeres reducidos al último extremo de la desesperación, sirve a este monumental clásico de hilo conductor para encadenar las más variadas situaciones, en las que predomina siempre un aura terrorífica que encuentra su punto culmen en las execrables nupcias que, oficiadas por un sacerdote muerto, Melmoth contrae con una inocente doncella española en el marco de una fantasmagórica capilla en ruinas. Puede decirse que, pese al tedio que genera por su megalítica extensión, su torpe factura y el inverosímil concatenamiento de excesivas casualidades que le da pie, esta novela es sin embargo, después de *Vathek*, el exponente gótico más libre de la sensiblería y los estereotipados sentimentalismos del género, tan proclive a conferir al más insignificante pinchazo de aguja la exagerada dimensión de un melodrama de vastas proporciones, lo cual se hace notorio en su lenguaje más ligado al intelecto que al corazón y en esa cruel e impía atmósfera que, aunque bastante proclive a caer en un anticlericalismo hoy día bastante rancio, no malogra ciertas pinceladas de genial satanismo surgidas del cínico y misterioso protagonista. Con *Melmoth*, en resumen, la novela gótica como tal llega a su fin, pero el influjo de las truculentas escenas y los sombríos ambientes propios de la estética de dicho género encontraría continuadores en la gran mayoría de los autores que cultivarían la literatura de horror a lo largo de todo el resto del siglo xix.

Mientras tanto, la literatura formal europea no había sido ajena al apogeo de lo gótico, de modo que fue inevitable en ella la germinación de cierto gusto por el horror y los estados morbosos, hecho que se trasluciría tanto en su poesía como en los inicios del cuento corto. A diferencia de lo ocurrido con la novela gótica, que fue un fenómeno puntual y estrictamente británico, la literatura fantástica y de horror tendría grandes escuelas en Francia y Alemania, si bien el espíritu anglosajón, en abierto contraste con el proverbial empirismo de su filosofía, permanecería siempre a la vanguardia de toda la ulterior evolución del género sobrenatural. Hay unánime concordancia en situar el inicio del Romanticismo literario británico en el año 1798, fecha en la que William Wordsworth y Samuel Taylor Coleridge publican de manera conjunta sus primeros poemas bajo el título de *Lyrical Ballads*, volumen al cual el último contribuyó con «La balada del viejo marinero», inmortal obra en la que, como en su inconclusa *Christabel*, el autor logra evocar el horror espectral y metafísico que invadiría el arte fantástico británico durante generaciones y que no pocas veces encontraría su forma artística ideal en desolados escenarios marítimos de amenazante lobreguez. Pero la poesía preternatural de Coleridge no permanecería en soledad demasiado tiempo, pues todos los poetas del Romanticismo inglés, desde Byron con su impresionante *Manfred* hasta P. B. Shelley y John Keats (que aportaría algunas escenas sobrenaturales en *Lamia* y se haría eco de las tétricas ambientaciones góticas en *Isabella* y *The Eve of St. Agnes*), pasando por Walter Scott y Robert Southey, darían tarde o temprano una acabada muestra de interés por el género. Por otra parte, numerosas publicaciones como la *Blackwood* dedicarían una ingente cantidad de páginas a promover cuentos cortos o novelas por entregas de temática gótica, albergando en sus sucesivos números a figuras como William Godwin, Charles Maturin, James Hogg y el mismo Walter Scott, mientras que Matthew Lewis, tras el ruido hecho con las blasfemias e insolencias de *El monje*, escribiría dos volúmenes más de cuentos de terror y un puñado de oscuras obras de teatro, entre las que puede mencionarse *The Castle Spectre*. Particularmente destacable resultaría el aporte realizado por John Polidori, quien se convertiría, con *El vampiro*, en el padre de una copiosa narrativa sobre vampirismo que llega hasta nuestros días sin haber perdido un ápice de vigencia.

En la idealista y mística Alemania, la literatura fantástica del Romanticismo asumiría un espíritu mucho menos macabro e intenso que en Gran Bretaña, más cercano a un brumoso lirismo no exento, paradójicamente, de cierto realismo y humor. Mientras la poesía encontraba una fuerte inclinación a lo espectral en Johann Wolfgang von Goethe, que a

　　　　Antiguos relatos de Oscuridad y de Horror

su clásico *Fausto* sumaba obras como *La novia de Corinto*, *Danza macabra* o *Erlkönig (El rey de los elfos)*, poema que sería transformado por Franz Schubert en un galopante *lied*, la prosa tenía sus representantes más notables en Ludwig Tieck, Adelbert von Chamisso (que destacó con su memorable obra *La maravillosa historia de Peter Schlemihl*, fabuloso relato cuyo singular *prestissimo* nada tiene que envidiarle al de *Vathek*), Achim von Arnim, Clemens Brentano y Friedrich Karl, sin olvidar la compilación de cuentos que Johann August Apel y Friedrich Laun publicaron con el nombre de *Das Gespensterbuch (El libro de los fantasmas)*, cuyo primer volumen, de 1811, se tradujo de inmediato al francés bajo el título de *Fantasmagoriana*, libro que originaría la celebérrima competencia de cuentos de horror entre Lord Byron y los Shelley que dio origen al *Frankenstein* de Mary y a *El vampiro* de John Polidori, médico de Byron a la sazón. Tampoco Heinrich Heine descuidó el tratamiento de lo sobrenatural en sus obras, pero el genio indiscutido de la escuela germana fue, sin duda, Ernst Theodor Amadeus Hoffmann, artista completísimo que nos legaría, cual maravilloso orfebre de un lejano reino onírico, verdaderas joyas del relato fantástico que, impregnadas de amores etéreos y arrebatados, terribles desengaños y sutiles extravagancias, servirían de influencia para una pléyade de autores europeos. Entre sus numerosas obras bien pueden destacarse algunos clásicos como *El hombre de la arena*, *Una historia de fantasmas*, *Los elixires del Diablo* y *Vampirismo*, que no retoma el legado del vampiro bebedor de sangre de Polidori sino que nos presenta unos seres necrófagos bastante más cercanos al *ghoul* de las leyendas orientales.

Particular situación puede adjudicarse al Romanticismo francés, cuyo gusto por lo sobrenatural fue inmenso, pese a lo cual resultaron más bien magros los clásicos de que logró dotar al género cuando, con Charles Nodier y su recordada colección *Infernaliana* a la cabeza, un sinnúmero de entusiastas autores se lanzaron a crear una escuela nacional de literatura espectral. Mientras Victor Hugo rendía homenaje a la novela gótica con su *Han de Islandia* y Alfred de Musset añadía fantasmagóricas visiones poéticas a sus luctuosas *Noches*, el relato fantástico era explorado en *Smarra*, *Trilby* y otros por Nodier y florecía ya en varias creaciones hoffmannianas de Théophile Gautier como *La cafetera*, *Onuphrius*, *Avatar*, la nórdica *El caballero doble* y la vampírica *La muerta enamorada*, alcanzando también una destacable firmeza en los aportes de Prosper Mérimée, de quien es ineludible mencionar *La Venus de Ille* y *Lokis*. Por su parte, los colaboradores Erckmann-Chatrian evidenciaban una inagotable facilidad para el género, Gérard de Nerval no desdeñaba rozarlo, Alexandre Dumas padre se despachaba con un infernal compendio de historias espeluznantes en *Los mil y un fantasmas* y otras colecciones similares, y el volumen titulado *Contes bruns* dejaba descubrir a los notables Charles Rabou y Philarète Chasles.

Entre tanto, en Rusia, si bien Aleksandr Pushkin incursionó en el género con *La dama de picas*, obra sobre la que Tchaikovski compondría más tarde una ópera, el terror eclosiona a partir de una mezcla entre el estilo de Hoffmann y el gusto por las leyendas históricas de sir Walter Scott que cristaliza en el ucraniano Nikolai Gogol, genial autor de numerosos relatos fantásticos que, partiendo de un comienzo algo titubeante aunque innegablemente talentoso cuyo más escalofriante ejemplo es el impresionante *Viy*, alcanzaría su madurez con obras como *El retrato* y *El capote*, que marcan su viraje hacia el cáustico y delirante realismo en el cual obtendría sus mayores logros como escritor. También es oportuno recordar los aportes de Ivan Turgueniev y la figura de Aleksei K. Tolstoi, que dejó dos valiosas piezas sobre los singulares vampiros de las leyendas eslavas en sus obras *El upiro* y el excelente relato *La familia del vurdalak*.

Por último, tras las mentadas *Noches lúgubres* de Cadalso, el Romanticismo ibérico sólo tiene para presentarnos la aislada figura de Gustavo Adolfo Bécquer y sus tan poéticas como oscuras *Leyendas*, que alcanzarían intensos picos de horror en piezas como «El monte de las ánimas», «La cruz del diablo» o «El Miserere».

Pero la innegable popularidad de lo sobrenatural durante el apogeo del período romántico se refleja, más claramente que en ningún otro lado, en un terreno poco explorado por los teóricos de la literatura de horror: en el mundo de la ópera, donde destaca principalmente por su exitosa inclinación a lo demoníaco la escuela germana heredera del *singspiel* (viejo género al que Hoffmann había aportado ya su fantástica *Ondina*), de la obra de Gluck (en la que confluía con desusada fuerza toda la pléyade de furias y espíritus infernales presentes en el universo operístico desde el Barroco) y de la cantata dramática *Lenore* del checo Anton Reicha (basada en la balada homónima de Bürger), escuela que ofrecería, a partir de la excelente y verdaderamente impactante *Der Freischütz (El cazador furtivo)* de Carl Maria von Weber, estrenada en 1821 e inspirada en uno de los relatos del ya mentado *Libro de los fantasmas*, numerosos libretos cargados de escenas truculentas y sobrenaturales, entre los que pueden destacarse ciertos aportes hechos por Heinrich Marschner (que llevó a escena una versión alterada de *El vampiro* de Polidori, además de la mucho más valiosa, tanto en libreto como en música, *Hans Heiling*) y la inigualable *Der fliegende Holländer (El holandés errante)* de Richard Wagner, de la cual resulta particularmente impresionante el duelo de melodías entre los marineros noruegos y el espectral coro de la tripulación fantasma del holandés. Tampoco sería justo olvidar aquí, ya fuera de la ópera, ni el visible gusto por lo diabólico que Franz Liszt hereda de Paganini, y que se hace presente, entre otras, en sus dos monumentales sinfonías, en sus escenas sobre el *Fausto* de Lenau y en su espeluznante *Totentanz (Danza de la muerte)*, precursora a su vez de poderosos poemas sinfónicos como la *Danse macabre* de Camille Saint-Saëns y *La isla de los muertos* de Sergei Rachmaninov (obra inspirada en la célebre pintura de Arnold Böcklin), ni los memorables *sabbats* concebidos por Hector Berlioz en su genial *Sinfonía fantástica*, por Modest Mussorgski en su *Noche en el monte pelado* (poema sinfónico que tiene su fuente en un relato de Gogol) y por Rimsky-Korsakov en su espeluznante *Mlada*.

Cuando el movimiento romántico comenzaba a expirar en Europa bajo los embates de nuevas corrientes como el simbolismo o el naturalismo, surgiría al otro lado del Atlántico una figura que marcaría un antes y un después no sólo para la literatura sobrenatural, sino incluso para las técnicas del cuento corto: el genio de Edgar Allan Poe, figura tardía del Romanticismo americano que cruza como un cometa el mundo de las letras y, gracias a las traducciones realizadas al francés por Charles Baudelaire, pronto pasa a gozar en el Viejo Mundo del reconocimiento que se le niega en su propia nación. Precedido en los Estados Unidos por las novelas góticas de Charles Brockden Brown, autor, entre otras, de *Wieland* y *Ormond*, y por el romanticismo de Washington Irving, que sondeó lo fantástico y lo macabro en verdaderos clásicos como *La aventura del estudiante alemán*, *Rip van Winkle*, *El novio fantasma* y *La leyenda de Sleepy Hollow* (en la que plasmó la recordada historia del Jinete sin Cabeza), lo opresivo y siniestro de algunos de los cuentos y poemas de Poe señalarían, a partir de la mitad del siglo xix, el camino a seguir por toda la literatura de horror. Tomando como base algunos argumentos y gran parte de la imaginería gótica, Poe dotaría a sus relatos de una lógica rigurosa, los condensaría a su mínima expresión dejando poco lugar para la variación de humores, y llevaría a la decadencia, la enfermedad y el dolor psicológico a la categoría de arte en su estado más puro y objetivo; sus narraciones con frecuencia se desarrollarían en el fantasmagórico marco de una hipnótica prosa poética, y con él quedarían abandonados de momento los trillados fantasmas y aparecidos para dar paso a un intenso horror interior, nacido del alma atormentada, cuya romántica subjetividad crearía una escuela ya difícil de abandonar. Contemporáneo y compatriota suyo fue el solitario Nathaniel Hawthorne, autor que supo insuflar en sus escritos un espíritu malignamente oscuro que contrasta profundamente con el puritanismo que alienta en el trasfondo de sus concepciones, lo cual puede advertirse en relatos como *El joven Goodman Brown*, el hoffmanniano *La hija de Rappaccini*, el fragmento *Ethan Brand* o su famosa novela *La casa de las siete buhardillas*, mientras que tampoco fue ajena a lo fantástico la obra de su misántropo colega Herman Melville, célebre por su monumental *Moby Dick*.

Pronto el influjo del tormentoso inconsciente de Poe comenzaría a dejar su huella en las obras más oscuras de la Francia posromántica, arraigando con inusual fuerza tanto en su verso como en su prosa, lo cual se hace patente y notorio no sólo en algunos momentos descarnados y macabros de *Las flores del mal* de Baudelaire o en numerosas obras de poetas simbolistas y decadentistas, sino también en algunos de los «cuentos crueles» del conde Villiers de L'Isle Adam, como ser *Vera* o *Tortura por la esperanza*, en el decadentismo de las singulares novelas de Joris-Karl Huysmans, entre las que destacan la refinada *À rebours* y la satánica *Là-bas*, y más acabadamente en el torturado mundo del naturalista Guy de Maupassant, cuyas incursiones en el horror han dado gemas como *El horlá*, *La mano*, *Loco*, *Una vendetta*, *¿Quién sabe?* y *La cabellera*. Finalmente, sería el inclasificable conde de Lautréamont quien, con su genial obra *Los cantos de Maldoror*, haría de toda la oscuridad gótica y la más maligna influencia romántica, heredada del antihéroe byroniano y de las morbosas flores que Baudelaire arrojara sobre el sepulcro de Poe, un negro y aterrador puente que conduciría al futuro mundo del enloquecedor surrealismo.

Pero, en una senda alejada de la del resto del mundo, el universo anglosajón daría a lo sobrenatural, pasado el Romanticismo, una inusitada importancia. Mientras el capitán Frederick Marryat insertaba en sus novelas de aventuras un gran número de episodios espectrales, cuya mayor concentración puede hallarse en la memorable *El buque fantasma*, y autores de la talla de Charles Dickens, Wilkie Collins, Amelia B. Edwards, Edward Bulwer-Lytton, W. H. Ainsworth (quien en su novela *The Lancashire Witches* rescataría de manera muy efectiva algunas características del devaluado universo gótico), Arthur Conan Doyle, Oscar Wilde, Henry James, H. G. Wells, Rudyard Kipling, H. Rider Haggard y Robert Louis Stevenson (de quien es dable mencionar *El diablo en la botella*, *El ladrón de cadáveres*, *Markheim* y su clásica obra *El extraño caso del doctor Jekyll y mister Hyde*) se aventuraban ocasionalmente en el género, comenzaba a refulgir la estrella de una figura que, resucitando los espectros góticos en medio de la Gran Bretaña victoriana, haría de la literatura de horror poco menos que una vocación: Joseph Sheridan Le Fanu, principal adalid de la *ghost story* y padre de un imperecedero linaje de escritores que se abocarían, como él, casi exclusivamente a lo macabro. Pronto encontraría dicha escuela sus más inmediatos cultores en autores tales como, entre otros, Bram Stoker, célebre por su ineludible novela *Drácula*, y Sabine Baring-Gould, quien, además de unas cuantas *ghost stories*, nos dejaría dos interesantes tratados en sus *Curiosos mitos de la Edad Media* y el mucho más valioso y recordado *El libro de los hombres lobo*, mientras, al otro lado del Atlántico, la cáustica pluma de Ambrose Bierce brillaba en innúmeras obras que evocaban una y otra vez los más descarnados de los terrores y que abrían la literatura sobrenatural, hasta entonces estrictamente circunscripta a escritores de Nueva Inglaterra y aledaños, a todo el resto de su nación.

Entrando ya al siglo xx, el espíritu moderno (como bien lo prenunciaba *El fantasma de Canterville* de Oscar Wilde) se cansó de los anticuados y poco efectivos fantasmas de siempre, pese a que ya muchos de ellos habían abandonado la mazmorra gótica y las cadenas para pasearse con naturalidad por las ciudades populosas, motivo por el cual resultó forzoso que la pluma de los nuevos escritores se enfocara en conferir una mayor verosimilitud a la reaparición de los antiguos espectros o en crear nuevas fuentes de terror. Por suerte para los lectores de este tipo de literatura, en ambas direcciones el éxito fue alcanzado con prontitud. Por un lado, el talento de M. R. James logró dotar a la antigua *ghost story* de una serie de reglas que se volverían irreemplazables y que servirían, si no para hacernos creer en los relatos, al menos para hacernos gozar a través de nuestra misma incredulidad. Por el otro, la genialidad pagana del galés Arthur Machen nos llevaría a enfrentar las brutales manifestaciones de una Naturaleza amenazante y de un oculto y macabro mundo antiguo cuyos ecos bien podían resonar en nuestro precario universo racional, dejando así de lado a los muertos como temática central de esta literatura para dar paso a la entrada de seres no del todo humanos y a los horrores de la ciencia. Pero estos autores no estuvieron solos, ni mucho menos, en esta refundación del cuento de horror, y es así que podemos encontrar numerosas figuras que coadyuvaron en la tarea, como ser Algernon Blackwood, de cuya copiosa literatura son especialmente rescatables *Los sauces*, *El Wendigo* y *El bosque de los muertos*; William Hope Hodgson, indiscutible maestro del género sobrenatural y marítimo que escribiría inolvidables piezas como *Los botes del Glen Carrig*, *La casa en el confín de la tierra*, *El reino nocturno*, *La nave abandonada*, *Una voz en la noche* y la excepcional *Los piratas fantasmas*; el inigualable Lord Dunsany, que, aunque mucho más cercano a la fantasía y el onirismo que al terror en sí, con sus primeras siete colecciones de cuentos cortos (*The Gods of Pegana*, *Time and the Gods*, *The Sword of Welleran*, *A Dreamer's Tales*, *The Book of Wonder*, *Fifty-One Tales* y *Tales of Wonder*) nos haría conocer mundos maravillosos que influirían tanto en Lovecraft o en la saga de *Conan* de Robert Howard como en la Tierra Media de J. R. R. Tolkien; y una larga lista de escritores que aportarían lo suyo, como F. Marion Crawford (autor del notable volumen *Wandering Ghosts*), Robert W. Chambers (recordado por el tema conceptual de su obra *The King in Yellow*), H. Russell Wakefield (que culmina con la tradición de Le Fanu y M. R. James), John Buchan (autor de la novela *Witch Wood* y del gélido relato *Skule Skerry*), M. P. Shiel (*La nube púrpura*), W. W. Jacobs (*La pata del mono*), E. F. Benson (*The Outcast*, *The Man Who Went Too Far*, *The Horror Horn*), Lafcadio Hearn (que compiló con enorme acierto y delicadeza un gran número de relatos de horror japoneses en volúmenes como *Kwaidan*), John Metcalfe y otros. También sería pertinente mencionar aquí un tardío aporte francés al género por medio del retorno a cierto goticismo que puede advertirse en novelas como *Trilby* de George du Maurier y la clásica *El fantasma de la ópera* de Gaston Leroux, así como la destacable contribución efectuada, tanto en el plano estético como en el teórico y en la exhumación de obras perdidas y olvidadas, por el clérigo inglés Montague Summers, autor de numerosos tratados sobre lo oculto.

En poco tiempo, todas estas nuevas corrientes del cuento de horror se entremezclarían para gestar, a través de la singular maestría de H. P. Lovecraft, los llamados Mitos de Cthulhu. Numerosas fueron las fuentes que confluyeron para dar vida a este pequeño pero insoslayable movimiento: los volúmenes dudosos y los grimorios malditos de M. R. James y Robert W. Chambers; las fuerzas naturales y las criaturas invisibles de Algernon Blackwood y Ambrose Bierce; los dioses y cosmogonías de Lord Dunsany; el latente paganismo y los atávicos horrores de Arthur Machen, Herbert S. Gorman (*The Place Called Dagon*) y Abraham Merrit (*The Moon Pool*); las visiones alucinadas de William Hope Hodgson; y la nómina sigue. Nucleados en torno a la *Weird Tales* y otras revistas similares de *pulp fiction*, los autores que plasmaron estos Mitos fueron, además de Lovecraft y otros de menor valía, Robert E. Howard (creador de Conan el Bárbaro, que contribuyó a cimentar el género mediante valiosos relatos como *The Black Stone*), Clark Ashton Smith (que aportó al movimiento sagas enteras, aunque su fuerte estuvo en cuentos sueltos como *The Nameless Offspring* y *The Devotee of Evil*), Frank Belknap Long (recordado por *The Hounds of Tindalos*), Robert Bloch (*Notebook Found in a Deserted House, The Shambler from the Stars*), Henry Kuttner (autor del espeluznante *The Graveyard Rats*) y August Derleth (quien destacó principalmente por los relatos que escribió a partir de argumentos y proyectos dejados por Lovecraft, y entre los que se esconden joyas como *The Gable Window, The Shuttered Room* y *The Lurker at the Threshold*), lista a la que no estaría de más agregar los escalofriantes argumentos de Hazel Heald hábilmente desarrollados por Lovecraft, su colaborador, en relatos como *The Winged Death* y *Out of the Aeons*. La premisa de los Mitos de Cthulhu era la de la supervivencia, y la súbita irrupción en nuestra época y en nuestro mundo, de perversos dioses, siniestros cultos y delirantes criaturas provenientes de distancias inconcebibles tanto en el tiempo como en el espacio. A través de libros como, entre otros, el *Necronomicon* de Abdul Alhazred, los *Manuscritos pnakóticos*, el *Libro de Eibon*, los *Unaussprechlichen Kulten* de Von Juzt, el *De vermis mysteriis* de Ludvig Prinn y los *Cultes des Goules* del conde d'Erlette, nos llegaba el conocimiento de dioses abominables venidos de más allá de las estrellas como Cthulhu, Azathoth, Yog-Sothoth, Shub-Niggurath, Nyarlathotep y Hastur, de criaturas como los profundos, los shoggoths, los shantaks y las descarnadas alimañas de la noche, y de lugares como R'lyeh, Yuggoth, Kadath, la meseta de Leng y el valle de

Pnath, a todo lo cual había que sumar escenarios como Arkham, Dunwich, Innsmouth y el río Miskatonik. En suma, un mundo paralelo, lleno de horror cósmico y de pesadilla metafísica, por el cual valía la pena dejarse arrastrar en busca de un desconocido más allá.

Una vez que la magia de los Mitos de Cthulhu desaparece en los lejanos abismos siderales, se abre paso una nueva etapa literaria, más adaptada a los nuevos paradigmas sociales y, por ello, más distante de la antigua estética y belleza del género. Por un lado, suprimiendo los elementos sobrenaturales y retomando el legado de la novela policial, surge el inframundo de los asesinos seriales, que ofrecerá acaso su más reconocida figura en Robert Bloch, autor de, entre otras, *La calavera del Marqués de Sade*, *Sinceramente suyo*, *Jack el Destripador* y *Psicosis*. Por el otro, el horror clásico se transvasa, gracias a los Mitos de Cthulhu y a las revistas *pulp*, al universo de la ciencia-ficción, cimentando el efectivo terror alienígena y las apocalípticas visiones de futuros distópicos. Mientras tanto, la literatura de horror adopta las vías expresivas de la modernidad y sucumbe en un irrelevante cúmulo de novelas nacidas más bien en función de las exigencias del cine o de un destino de *bestseller* antes que del enriquecimiento del género, al que sólo logran así saturar y degradar. Algunos de los nombres, no siempre despreciables, de esta etapa mercantil del horror son Ramsey Campbell, Clive Barker, la gótica Anne Rice y el omnipresente Stephen King, de cuya copiosísima obra cabe destacar algunos de los relatos incluidos en el volumen *Skeleton Crew*.

Así las cosas, con la literatura de horror transformada en una simple mercancía más, poco nuevo puede descubrirse hoy en este género, a no ser acaso en los circuitos de difusión alternativos e independientes. No puede negarse, empero, que, a cambio de este ocaso literario, el horror ha ganado no pocos hallazgos en el mundo cinematográfico, tanto en adaptaciones de obras antiguas como en la filmación de ideas novedosas, algunas de no escaso mérito y valor, y otro tanto puede decirse de su inusitado auge en la ilustración, la música, las artes pictóricas y muchos otros espacios estéticos y culturales que se han visto invadidos para siempre por este movimiento, que se seguirá expandiendo en tanto existan individuos que, transidos por la misma angustia que asolaba a los románticos, encuentren en lo sobrenatural una genuina vía de escape de esta insulsa realidad que no está a la altura de sus deseos, de sus esperanzas y de su imaginación.

A la hora de seleccionar los relatos que compondrían la presente antología, nos hemos basado en tres ejes principales a partir de los cuales consideramos que el volumen resultaría tanto ilustrativo de la literatura de horror en general como estéticamente atractivo. Según el primero de estos ejes, hemos querido mostrar la evolución del cuento de horror, según nosotros la entendemos, en su período de esplendor, esto es, partiendo de algunos escritores del Romanticismo para finalizar en algún referente de los Mitos de Cthulhu. Como podrá notarse, tal propósito nos ha llevado a dar inicio a la antología con un relato de sir Walter Scott y el clásico de Polidori, escritos ambos en las primeras décadas del siglo xix, para finalizarlo con sendas obras de Lovecraft y Clark Ashton Smith redactadas cien años más tarde, pasando entre tanto por los autores y movimientos más representativos del género. El segundo eje que tuvimos en cuenta, ya decidida esta cuestión, fue el de presentar cuentos que, además de abordar la temática sobrenatural, contuviesen un espíritu especialmente sombrío y tenebroso, una atmósfera más bien anticuada y oscura, por lo que descartamos a algunos maestros como Hoffmann, Dunsany o Gogol. Y en tercer lugar, hemos privilegiado aquellas narraciones que ostentaran una estética y una composición literaria de mayor nivel, motivo por el cual han quedado relegados otros escritores posibles y, de entre los diez elegidos, no siempre hemos optado por sus relatos más conocidos y divulgados. Así, el presente volumen consta de narraciones de algunos de los autores más importantes de la literatura de horror, de algunos clásicos infaltables y de alguna que otra presencia no tan obvia como son las inusuales inclusiones de sir Walter Scott, M. P. Shiel y Clark Ashton Smith. Establecido esto, podemos pasar a decir algunas palabras más sobre cada uno de los autores incluidos y sus obras.

Corresponde la apertura de la antología, como hemos dicho, al reconocido novelista romántico sir Walter Scott (1771-1832). Creador de la novela histórica, en la que hizo gala de una prosa exquisita, de una gran capacidad para dar vida a sus personajes y de enormes conocimientos sobre los cuentos y leyendas de su Escocia natal, algo que también supo verter con acierto en su obra poética, Scott alcanzó la fama durante su vida, fundando una editorial propia, contribuyendo en periódicos conservadores y escribiendo y publicando de manera anónima un gran número de novelas que, aunque mayormente olvidadas hoy, permanecen como clásicos indiscutidos de la literatura británica, y entre las que pueden mencionarse *Ivanhoe*, *The Antiquary*, *Waverley*, *Redgauntlet*, *The Bride of Lammermoor* y *The Chronicles of the Cannongate*. Cuando su autoría sobre estas novelas salió a la luz, obtuvo el título de baronet, pero al mismo tiempo su editorial cayó en bancarrota y debió escribir febrilmente hasta su muerte para pagar sus deudas, cosa que logró cuando ya llevaba un tiempo en la tumba. Fiel al culto romántico por lo sobrenatural y lo oscuro, Scott escribió algunas obras relacionadas con el tema, de entre las que sobresalen el cuento de Willie el Vagabundo, incluido en *Redgauntlet*, sus *Letters on Demonology and Witchcraft*, rico y extenso tratado sobre brujerías y leyendas, y el simple pero efectivo relato *La cámara de los tapices*, perfecto ejemplo de los inicios del cuento de horror romántico, en el que Scott despliega con naturalidad toda la sobriedad y elegancia de su inigualable pluma.

Cabe a John William Polidori (1795-1821) el mérito de ser considerado, con el clásico que de él incluimos, el creador de la literatura de vampiros, que Le Fanu con *Carmilla* y Bram Stoker con *Drácula* habrían algo más tarde de consolidar. La historia tiene como trasfondo el trauma que causó a Polidori, el joven Aubrey del relato, su relación con Lord Byron, caracterizado de manera vengativa bajo la máscara del aristócrata lord Ruthven. Byron había contratado en 1816 a Polidori como médico personal para iniciar un viaje por el continente europeo; la relación, buena en un principio, comenzó pronto a deteriorarse, y el sensible médico ya no recibió más que hirientes burlas del lord, que denigraba ferozmente sus pobres esfuerzos literarios. Una vez en Suiza, los viajeros se instalaron en Villa Diodati, lugar donde se produjo su célebre encuentro con el poeta Percy Bysshe Shelley y su futura esposa Mary, y la legendaria velada en la que, tras leer algunos relatos de la antología *Fantasmagoriana*, realizaron una competencia de cuentos de horror entre ellos. Mary Shelley escribió su monumental novela *Frankenstein*; Polidori comenzó un cuento ridículo que, según parece, se transformó después en su empalagosamente melodramática novela *Ernestus Berchtold*, típicamente romántica; mas los dos poetas pronto se aburrieron de la prosa, aunque Byron llegó a esbozar un pequeño fragmento que cayó, finalmente, en manos de Polidori. Este comenzó a trabajar dichas páginas, iniciadas como una historia de fantasmas ambientada en Grecia, y produjo por último *El vampiro*, un clásico indiscutible de la literatura de horror. La obra fue publicada en 1819 como escrita por Lord Byron, quien negó la autoría con vehemencia, pero el tiempo subsanó el error, aunque no mucho antes de que el doctor pusiese fin a su cándida y virtuosa vida, de la cual los melosos valores que vertió en sus obras son un claro reflejo, ingiriendo veneno.

Como ya hemos dicho, la literatura de horror tiene un antes y un después de Edgar Allan Poe (1809-1849). Oriundo de la ciudad de Boston, se destacó como crítico, poeta, editor literario, ensayista y cuentista, y, pese a no ser siempre reconocido en su tiempo y morir en la miseria, la historia lo erigió como la máxima figura del Romanticismo americano. Posesor de un intelecto deslumbrante y de una prosa altamente poética, Poe revolucionó, con los puntos más álgidos de su narrativa, muchos de los parámetros del cuento corto, y, aunque de carácter moralista y profundamente religioso, la oscura tendencia de su vida le llevó a trazar los senderos que luego transitarían todos los escritores inclinados a lo macabro. Su torturado inconsciente empujó a sus pies a hollar escabrosos abismos poco explorados hasta entonces, y las lúcidas palabras de su poderoso razonar inmortalizaron grises visiones crepusculares que darían a su nombre brillo mundial. Lo más interesante de su obra incluye literatura detectivesca, a la cual ayudó a consolidar con cuentos como *Los crímenes de la calle Morgue*; narraciones populares como *Las aventuras de Arthur Gordon Pym* y *El escarabajo de oro*; poesía, de la que pueden extraerse joyas imperecederas como *El cuervo, Tierra de sueños, Ulalume, El gusano conquistador, La ciudad marina, Solo, Israfel* y *La durmiente*; y excelentes relatos oscuros como *Berenice, Sombra, Morella, Silencio, Ligeia, La caída de la casa Usher, William Wilson, La máscara de la muerte roja, El pozo y el péndulo, El corazón delator, El gato negro, El barril de amontillado* y *El caso Valdemar*. La tétrica atmósfera que se respira en estos relatos, así como las desviaciones mentales y extravíos que torturan a algunos de sus personajes en primera persona, instancias que no pasan desapercibidas en su atroz e impactante *Berenice*, serían de lo más acabado en la historia de la narrativa universal y sobrevivirán por siempre en ella como eternos baluartes de oscura exquisitez y de dramático tormento.

Considerado como el primer autor en asumir la literatura de horror como género, Joseph Sheridan Le Fanu (1814-1873) fue, ante todo, el mayor cultivador de la *ghost story* del siglo XIX. Nacido en Dublín, Le Fanu comenzó en 1839, tras recibirse de abogado, una extensa carrera como periodista y editor de periódicos y revistas, al tiempo en que se dedicaba a escribir numerosas novelas y relatos de misterio y de horror. Encerrado casi siempre en su hogar, abocado por entero a sus creaciones literarias y poco deseoso de relacionarse con sus semejantes, que otorgaban muy poco valor a su producción, la muerte de su esposa agravó su misantropía y lo volvió un recluso hasta su muerte, momento en que quedó por completo olvidado hasta que la fama de M. R. James logró rescatar su obra y su nombre de una larga oscuridad. Si bien su estilo es un tanto novelístico y prosaico, sus escritos poseen una extraña fuerza que tiene su epicentro en el sugerente suspenso que logran generar. Entre sus novelas son recordadas *El tío Silas* y *La casa junto al cementerio*, pero lo más importante de su obra se centra en sus cuentos cortos, algunos de ellos publicados en el volumen *In a Glass Darkly*, y entre los cuales son dignos de mención «Un extraño suceso en la vida de Schalken el pintor», «El testamento del squire Toby», «El familiar», «Té verde» y «Carmilla», su inmortal narración de vampirismo femenino. También destacó Le Fanu escribiendo baladas irlandesas y vertiendo leyendas locales en relatos como «Laura Silver Bell», «El pacto de sir Dominick» o «Historias de Lough Guir», que figuran

     Antiguos relatos de Oscuridad y de Horror

entre sus escritos más logrados, y junto a los cuales debe mencionarse a «Ultor de Lacy», una historia de fantasmas que, aunque convencional (nótense las semejanzas entre su inicio y el del relato de Scott), cobra un gran interés por lo romántico de su ambientación y por la serie de pintorescos sucesos que se desarrollan, de manera aparentemente aislada, en cada uno de sus distintos capítulos, y de entre los cuales resulta especialmente bello el episodio de las hadas que habitan en el castillo en ruinas.

Pese a su pluma en exceso periodística, nadie puede negar a Ambrose Bierce (1842-¿1914?) un lugar de privilegio en la historia del relato de horror. Célebre panfletista y cronista en su época, su nombre pasó a la historia principalmente por su facilidad para evocar, en un estilo simple y directo, o bien el más ácido de los cinismos, en el que dieron lo mejor de sí tanto su misantropía como el cruel humor negro que volcó en todos sus escritos, o el más escalofriante de los terrores. Antes de desaparecer para siempre en México sin dejar prueba de su muerte ni rastro alguno tras de sí, como sucediera con muchos personajes de sus cuentos, Bierce legó al mundo no sólo la mordacidad contenida en las páginas de *El diccionario del diablo* y la cínica y salvaje crueldad que rebosa de las piezas de *El club de los parricidas*, sino también el amenazante terror que, tanto en su versión física y psicológica como en la sobrenatural, impregna las historias reunidas en los volúmenes *Cuentos de soldados y civiles*, muy relacionado con la guerra de Secesión, en la que había participado y de la que fue un privilegiado cronista, *Can such things be?* y *Present at a Hanging and other ghost stories*. De entre sus numerosos relatos cabe destacar «La muerte de Halpin Frayser», «La casa encantada», «El ambiente adecuado», «La maldita criatura», «Del otro lado de la pared», «El camino bajo la luz de la luna», «Una contienda reñida» y «Un habitante de Carcosa», breve narración de estilo inusualmente cuidado que resultaría precursora tanto de los Mitos de Cthulhu como de un interesante recurso que sería explorado unas cuantas veces más en el futuro, y que el mismo Bierce ya había prefigurado en su célebre relato «Un incidente en el puente de Owl Creek».

Seguidor de la escuela de la *ghost story* victoriana, Montague Rhodes James (1862-1936) logró amoldar el cuento de fantasmas a las exigencias de verosimilitud de los tiempos modernos y otorgó al género sobrenatural una serie de nuevas reglas que resultarían indispensables en su evolución ulterior. Erudito bibliógrafo, especialista en manuscritos medievales, estudios bíblicos y arquitectura de iglesias, director de Eton y miembro de numerosas universidades, James fue un cuentista más bien flemático y apacible, lo cual se refleja poderosamente en sus relatos, cuyos protagonistas, muy alejados de los personajes torturados de Poe o Le Fanu, son en general ociosos anticuarios o *researchers* aparatosamente rutinarios y prosaicos. Si bien la escritura de estos cuentos no fue para él sino un agradable pasatiempo, la técnica que desarrolló, sugerente como la de Le Fanu, pero impregnada de un aire cotidiano, cierto humorismo de bibliotecario y un escepticismo que ayudó a mantener la tensión del relato hasta el final, lo convirtió en muy poco tiempo en uno de los genios consumados del género según opinión generalizada. Su treintena de historias fue publicada en los volúmenes *Ghost Stories of an Antiquary* (1904), *More Ghost Stories of an Antiquary* (1911), *A Thin Ghost and others* (1919) y *A Warning to the Curious and other ghost stories* (1925), en los cuales pueden hallarse algunas joyas como «El álbum del canónigo Alberic», «El grabado», «Número 13», «El tesoro del abad Thomas», «El señor Humphreys y su herencia», «Un episodio en la historia de la catedral» y «El conde Magnus», una obra maestra que guarda casi todas las características de los relatos del autor, como ser el protagonista culto y metódico que desata un mal inadvertidamente, las detalladas descripciones de iglesias, los manuscritos antiguos, el desarrollo tranquilo y pausado, el horror solapado que es antes advertido por el lector que por el protagonista, y la leve tensión del algo anunciado final, si bien James nos ahorra por una vez el fantasma grotesco y caricaturesco de sus relatos más típicos.

Cuando los terrenos de la *ghost story* y del horror gótico quedaron totalmente explorados y la literatura de terror parecía diluirse en un eclipse final, surgió en Gales una figura que, buscando nuevas fuentes en las zonas ocultas de la naturaleza y del pasado con un espíritu diabólicamente pagano, revolucionaría el mundo sobrenatural y lo llevaría a lo que sería el inicio de una nueva edad de oro: estamos hablando de Arthur Machen (1863-1947). Nacido en la ignota y rural Caerleon-on-Usk, el autor viajó a Londres llevando ya dentro de sí la semilla de sus geniales historias, puesto que no haría sino preconizar, en medio de la ciudad, la vuelta al mundo natural como fuente de misterio y terror, dando nueva vida a la herencia pagana de Europa. Su obra consta de autobiografías, novelas, de entre las que sobresalen *El terror* y la inquietante *La colina de los sueños*, algunos poemas en prosa que en su momento lo acercaron al decadentismo, como los de *Ornaments in Jade*, y cuentos de horror en los que todo su genio se halla visiblemente condensado. Su primer logro fue *El gran dios Pan*, narración en la que ciencia y naturaleza se dan la mano en un festín de crímenes sin nombre; siguieron obras como *La luz interior* y un endeble escrito titulado *Los tres impostores* que reunía sin embargo en su interior dos de sus mejores piezas: «La novela del polvo blanco», uno de los cuentos más terribles jamás escritos, y «La novela del sello negro», en la que hace su primera aparición el «pueblo pequeño», una maligna raza de seres diminutos y deformes que dieron lugar a las leyendas sobre elfos y hadas y que aún deambulan en los rincones oscuros de Gales, los cuales volverían a aparecer en posteriores relatos como *La mano roja* y *La pirámide brillante*. Pero su obra más lograda, sin duda la más delicada, imaginativa y artística de su producción, considerada por los más despiertos estudiosos del género como la cumbre del cuento de horror, es *El pueblo blanco*, una genial pieza cuyo *basso ostinato* es la supervivencia en nuestros tiempos de ritos y hechicerías de la Antigüedad. El relato se abre con un excelente prólogo filosófico que nos ilustra sobre la verdadera esencia del Mal y del Pecado, para dar paso luego a un extraño diario escrito por una adolescente en el cual el abismal horror, realzado por el lenguaje balbuciente y la aparente inocencia e ingenuidad de su joven escritora al describir sus singulares conocimientos sobre ciertos hechizos monstruosos, alcanza niveles inconcebiblemente sugerentes y rivaliza así con la inigualable belleza de una riqueza descriptiva en la que la imaginación del autor no parece tener límites, tanto cuando pinta boscosos paisajes de regiones perdidas como cuando inserta breves pero maravillosos cuentos de brujas, de aquelarres y de hadas.

Eternamente desconocido, Matthew Phipps Shiel (1865-1947) supo crear, sin embargo, un puñado de piezas que destellan como gemas perdidas en un abismo nocturno. La más memorable de todas ellas posiblemente sea su novela *La nube púrpura*, de 1901, acaso el mejor logrado intento de plasmar la apocalíptica idea de un hombre que queda solo en el mundo y se pasea entre muertos y ciudades sin vida como rey de todo. El gélido y fantasmagórico paisaje de perdición y de locura que el autor pinta al comienzo de la obra, así como las extravagancias y la feroz demencia en las que cae el protagonista al comprender su desesperada situación, hacen de ella uno de los pináculos literarios más injustamente soslayados de todos los tiempos. Mejor suerte ha corrido «La mansión de los sonidos», narración que presenta ciertas reminiscencias de *La caída de la casa Usher* de Poe, si bien similar interés revisten algunas de las piezas cuentísticas que se agrupan en volúmenes como *Shapes in the Fire*, y de entre las que destacan «Tulsah» y la exquisita y febril «Xélucha», definida por Lovecraft como «un fragmento nocivamente espantoso». El relato en sí no es más que una serie de imágenes macabras y grotescas que, cinceladas mediante el lenguaje erudito, florido y arcano propio de la prosa poética decadentista que cultivaba Shiel (y que hemos preferido dejar en la oscuridad que el autor quiso darle absteniéndonos de agregarle notas al pie), se enmarcan en una historia de horror asaz convencional pero que aun así genera una sensación implacablemente hipnótica sobre el lector.

¿Queda acaso algo por decirse sobre Howard Phillips Lovecraft (1890-1937), aquel recluso de Providence acosado por nocturnales horrores de negras alas? Pagano, de hábitos nocturnos, políticamente incorrecto, retraído salvo por carta, su obra se destaca eminentemente como una de las más lóbregas, imaginativas y subyugantes de toda la literatura de horror y se mantiene siempre vigente, ganando adeptos año tras año, cual un magnífico panteón irguiéndose imperturbable en la ciega noche de un cementerio de sepulcros en general modestos, derruidos u olvidados. En el conjunto de sus concepciones, de tal vez dudoso valor estilístico pero de inapreciable poder evocador, se conjuga desde lo profundamente demoníaco y sideral de sus Mitos de Cthulhu (*La ciudad sin nombre, El sabueso, El ceremonial, Dagon, La sombra sobre Innsmouth, El color que cayó del espacio, La llamada de Cthulhu, El caso de Charles Dexter Ward, El horror de Dunwich, El ser en el umbral, La sombra surgida del tiempo, El morador de las tinieblas*) hasta la magia de sus brillantes vuelos dunsanianos (*Celephais, La búsqueda de Iranon, Los otros dioses, Polaris, La maldición que cayó sobre Sarnath, La búsqueda onírica de Kadath la desconocida*), pero pasando sobre todo por lo notablemente opresivo, personal y oscuro de sus cuentos góticos o de Arkham (*El alquimista, Herbert West: reanimador, El horror oculto, La declaración de Randolph Carter, Lo innombrable, En la cripta, El horror de Red Hook* y joyas como *La tumba, Las ratas de las paredes* y *El extraño*). Ha sido difícil, entre tantas obras inmortales, seleccionar una sola, pero hemos optado finalmente por *The Outsider*, escrita en 1921, un siniestro relato que se encuentra muy ligado a la míticamente oscura y solitaria figura de Lovecraft y que quizás sea el sondeo más desesperado, terrible y profundo que hiciera el autor en los abismos de su propia alma y su vida de recluso, cuento que obliga a condonar el anunciado final por sus sombrías implicaciones de una soledad enorme, inexpugnable, eterna; por su espantosa galería de negras y decrépitas imágenes; por el monstruoso efecto del recurso de la primera persona, nunca antes utilizado de manera tan atrozmente inquietante; y por ese desenlace en el cual el extraño da un giro a su voluntad individual, a sus deseos insatisfechos, a sus impulsos vitales, renunciando a las pasiones engendradas por sus lecturas en la búsqueda de otras nuevas, en la búsqueda de su verdadero camino, tras asumir un irrevocable destino de sombras al cual logra así adaptarse, y que incluso llega por último a agradecer.

Ya como escultor, pintor, poeta o cuentista, nunca dejó el californiano Clark Ashton Smith (1893-1961) de sondear los más hondos abismos de los espacios siderales y del horror arquetípico de la conciencia humana. Miembro del círculo de corresponsales de Lovecraft, quien le escribió en 1922 una primera carta como admirador tras leer su libro de poemas *Ebony and Crystal* (que seguía a la juvenil colección titulada *The Star-Treader and other poems*, por la cual se lo llegó a comparar a Keats y a Shelley), Smith fue, junto al mismo Lovecraft y a Robert E. Howard, uno de los principales pilares de la revista *Weird Tales* y de la cimentación de los Mitos de Cthulhu. Su prosa altamente poética y ornada, recargada de vocablos exóticos y términos extraños, dejó a sus más bien débiles argumentos en un segundo plano y, si bien no lo salvó del olvido, bastó para situarlo entre los más refinados cuentistas norteamericanos de horror de todo el siglo xx. Haciendo uso de su esmerado estilo, Smith plasmó sus mejores sueños en los oníricos ciclos de relatos situados en Hiperbórea, Zothique y los medievales y oscuros bosques franceses de Averoigne, pero su obra inmortal, que se enmarca dentro del ciclo de los Mitos de Cthulhu, es la cuasi gótica *La estirpe sin nombre*, obligatoria en cualquier antología de terror: en ella, en sus vacilantes pero infernales insinuaciones, en su blasfema, inhumana densidad de sombras, en su desgarrador despliegue de negras calamidades personales, tanto la oscuridad como el horror, lo demoníaco, lo cruel y lo detestable llegan a un punto de opresión y amenaza que no ha podido ser igualado posteriormente por autor alguno hasta el día de la fecha. Sin lugar a dudas, el canto de cisne de la literatura de horror gótico y un perfecto cierre para nuestro presente volumen.

Esperamos que la cuidadosa selección de estos relatos resulte del agrado del lector. Algunos de ellos, es cierto, se hallan ya en todas las antologías de horror habidas y por haber, como sucede por ejemplo en el caso de Poe y, especialmente, en el de *El vampiro* de Polidori; otros pueden verse de cuando en cuando en algunas colecciones, o bien en libros de sus respectivos autores; y unos pocos, como sucede con *Xélucha* o con *Ultor de Lacy*, han circulado muy limitadamente en edición castellana, de modo que nos alegra poder ponerlos al fin, dada su indiscutible calidad, al alcance del público de habla hispana deseoso de alejarse un poco de la realidad y de la tecnología a fin de vislumbrar la posibilidad de un mundo más oculto y más bello. Hechas estas aclaraciones, no nos queda más que aconsejarle al lector el encendido de velas y retirarnos deseándole una silenciosa y sombría velada junto a estos «antiguos relatos de oscuridad y de horror».

E. EHRENDOST

Antiguos relatos de Oscuridad y de Horror

Sir Walter Scott

La cámara de los tapices

 a siguiente narración queda redactada por la pluma, tanto como la memoria lo permite, en el mismo carácter en el que fue presentada al oído del autor. No habrá este de reclamar el obtener mayores elogios, o el ser más profundamente censurado, que en proporción al buen o mal juicio que empleó al elegir su material, puesto que ha evitado solícitamente cualquier tentativa de ornamento que pudiese interferir con la simplicidad del relato.

Al mismo tiempo, debe ser admitido que la particular clase de historia que versa sobre lo maravilloso posee una influencia mayor cuando es narrada que cuando es entregada a la imprenta. El volumen tomado al mediodía, aunque trate los mismos incidentes, transfiere una impresión mucho más débil que cuando es llevado adelante por la voz de un orador frente a un círculo de oyentes que, junto a un fuego, permanecen pendientes del relato mientras el narrador detalla los pequeños incidentes que sirven para darle autenticidad y baja su voz con una afectación de misterio cuando se aproxima a la parte de horror y extrañeza. Fue con tales ventajas que el presente escritor escuchó los siguientes sucesos, hace ya más de veinte años, de boca de la celebrada miss Seward de Lichtfield, quien, a sus numerosos talentos, añadió, en un grado extraordinario, el peso de haberla narrado en privado. En la presente forma, la historia necesariamente habrá de perder todo el interés que ganaba por medio de la flexible voz y los inteligentes gestos de la talentosa narradora. Sin embargo, si se lee en voz alta ante una crédula audiencia, bajo la dudosa luz de un cerrado anochecer, o en silencio, cerca de una decadente vela y en medio de la soledad de una habitación tenebrosa, quizás se redima su carácter de buena historia de fantasmas. Miss Seward siempre afirmó que había recibido su información de una fuente auténtica, no obstante lo cual suprimió los nombres de las dos personas principalmente involucradas. No me aprovecharé de ninguno de los detalles que pueda haber recolectado desde entonces con respecto a los diversos puntos del relato, sino que los dejaré descansar bajo la misma descripción general en la que me fueron narrados de principio; y, por tal razón, procuraré no agrandar ni reducir bajo ningún tipo de circunstancia, con mayor o menor cantidad de material, la narración, sino que simplemente relataré, del mismo modo en que la oí, una historia de horror sobrenatural.

Cerca del fin de la guerra americana, cuando los oficiales del ejército de lord Cornwallis, que se rindieron en la ciudad de York, y otros, que habían sido hechos prisioneros durante la imprudente y funesta contienda, estaban regresando a su país para relatar sus aventuras y reponerse de sus fatigas, llegó entre ellos un oficial general a quien miss Seward dio en llamar Browne únicamente, según entendí, para salvar el inconveniente que supondría la introducción de un agente sin nombre en la narración. Era un oficial de mérito, así como un caballero de alta consideración tanto por su linaje como por sus prendas.

Unos negocios habían llevado al general Browne a iniciar un viaje por los condados del oeste cuando, en la culminación de una etapa matinal, se encontró en las proximidades de un pequeño pueblo campestre que presentaba una escena de inusual belleza y un carácter peculiarmente inglés.

El pequeño pueblo, con su antigua e imponente iglesia, cuya torre rendía testimonio de la devoción de los años de un pasado lejano, descansaba en medio de pasturas y maizales de no mucha extensión, aunque limitados y divididos por cercados de gran edad y tamaño. Había muy pocas señales que delatasen un aprovechamiento de lo moderno. Las inmediaciones del lugar no insinuaban ni la soledad de la decadencia ni el bullicio de la novedad; las casas eran viejas, pero se hallaban en buen estado, y un hermoso y pequeño río murmuraba libremente en su camino hacia la izquierda del pueblo, ni frenado por represa ni bordeado por canal.

Sobre una apacible eminencia, casi una milla al sur del pueblo, veíanse, en medio de venerables robles y enmarañados matorrales, los torreones de un castillo tan viejo como las guerras entre los York y los Lancaster,[1] pero que parecía haber recibido importantes alteraciones durante los tiempos de Isabel y su sucesor. No era una edificación de gran tamaño, pero cualquier comodidad que antaño hubiese proporcionado aún debía de seguirse obteniendo entre sus paredes; al menos, tal fue la inferencia que el general Browne extrajo al observar el humo que ascendía vivamente de varias de las antiguas chimeneas artísticamente esculpidas. Las murallas del parque corrían a lo largo de la carretera por unas doscientas o trescientas yardas, y, a través de los diferentes puntos en los que el ojo podía atrapar vislumbres del paisaje interior, era posible advertir que este era bastante boscoso. Otros puntos de vista abríanse sucesivamente: primero uno amplio, del frente del viejo castillo, y luego una vista lateral de sus particulares torres; el frente se hallaba enriquecido por toda la rareza de la escuela isabelina, mientras que la estructura más simple y sólida del resto de las partes

---

[1] Referencia a la guerra de las Dos Rosas, lucha nobiliaria que enfrentó por el trono de Inglaterra, entre los años 1455 y 1485, a las casas de York y Lancaster.

 Antiguos relatos de Oscuridad y de Horror

del edificio parecía indicar que había sido levantado más para defensa que para ostentación.

Deleitado con las parciales vistas que obtenía del castillo a través de los bosques y los claros por los que esta antigua fortaleza feudal estaba rodeada, nuestro viajero militar estaba determinado a inquirir si valdría la pena ver un poco más de cerca el lugar, y si contendría en su interior retratos familiares u otros objetos de curiosidad dignos de la visita de un forastero, cuando, dejando atrás la vecindad del parque del castillo, el carruaje tomó por una calle limpia y bien pavimentada y se detuvo frente a la puerta de una concurrida posada.

Antes de ordenar caballos para proseguir su viaje, el general Browne hizo preguntas acerca del propietario de la fortaleza que tanto había excitado su admiración, y quedó sorprendido y complacido por igual al oír en respuesta el nombre de un noble al cual llamaremos lord Woodville. ¡Cuán afortunado! Muchos de los recuerdos más tempranos de Browne, tanto de la escuela como del colegio superior, estaban conectados con un joven Woodville, a quien, tras unas pocas indagaciones, reconoció como el mismo que era ahora propietario de ese apacible dominio. Había alcanzado su potestad debido a la enfermedad de su padre unos pocos meses antes, y, como el general supo por el posadero, tras haber finalizado el período de luto estaba tomando ahora posesión de su heredad paterna, en la jovial temporada de otoño, acompañado por una selecta partida de amigos con la cual disfrutar de los deportes de una comarca famosa por su abundante caza.

Estas eran grandes noticias para nuestro viajero. Frank Woodville había sido compañero de Richard Browne en Eton y su amigo más íntimo en la Iglesia de Cristo; sus tareas y sus placeres habían sido los mismos, y el honesto corazón del soldado se animó al encontrar a un temprano amigo en posesión de una residencia tan exquisita y de una herencia, como el posadero le aseguró con una inclinación de cabeza y un guiño, completamente adecuada para mantener y acrecentar sus dignidades. Fue natural entonces que el viajero suspendiese su viaje, en el que no había nada que ameritase prisa, para visitar a un viejo amigo encontrado en circunstancias tan agradables.

Los nuevos caballos, por lo tanto, sólo tuvieron la breve tarea de transportar el carruaje de Browne al castillo de Woodville. Un portero los admitió en un moderno alojamiento gótico, construido en ese estilo para corresponderse con el castillo, y al mismo tiempo hizo sonar una campana para dar aviso de la llegada de visitantes. Aparentemente, el sonido de la campana interrumpió la separación y salida de los invitados, interesados en los diversos entretenimientos de la mañana, pues, en la entrada del patio del castillo, un gran número de jóvenes estaban paseándose en chaquetas deportivas al tiempo en que examinaban y criticaban los perros que los guardianes sujetaban listos para atender a sus pasatiempos. Mientras el general descendía del coche, el joven lord se acercó a la puerta del alojamiento y contempló por un instante, como si se tratase de un extraño, el semblante de su amigo, en el que la guerra, con sus fatigas y sus heridas, había producido una gran alteración. Pero la incertidumbre no duró más que hasta que el visitante habló, y el cordial saludo que siguió fue de esos que sólo pueden ser intercambiados entre aquellos que han pasado juntos los alegres días de la despreocupada niñez y la temprana juventud.

—Si hubiese podido formular un deseo, mi querido Browne —dijo lord Woodville—, habría sido el de tenerte aquí para esta ocasión, que mis amigos han sido lo suficientemente amables como para celebrar permitiéndose una suerte de vacaciones. No pienses que no has sido observado durante los años en los que has estado ausente. Te he seguido a través de tus peligros, tus triunfos, tus desgracias, y me he deleitado al ver que, tanto en la victoria como en la derrota, el nombre de mi viejo amigo era siempre distinguido con aplauso.

El general efectuó una respuesta adecuada y felicitó a su amigo por sus nuevas dignidades y por la posesión de un hogar y un dominio tan hermosos.

—No, no has visto nada aún —dijo lord Woodville—, y confío en que no tendrás la intención de dejarnos hasta no estar más familiarizado con el lugar. A decir verdad, lo confieso, mi presente partida es bastante grande, y la vieja casa, como otros lugares de este tipo, no posee tantos alojamientos como la extensión de sus muros exteriores parece prometer. Pero te podremos dar una cómoda y anticuada habitación, y me aventuro a suponer que tus campañas te habrán enseñado a estar agradecido aun en peores aposentos.

El general se encogió de hombros y rio.

—Presumo —dijo— que la peor habitación de tu castillo será considerablemente superior al viejo barril de tabaco que con gusto tomé como alojamiento nocturno cuando estaba en el Monte, como la gente de Virginia lo llama, con los cuerpos expedicionarios. Ahí descansé como el mismo Diógenes[2], tan complacido de poder cubrirme de los elementos que realicé un vano intento de llevarlo rodando hasta mi siguiente cuartel; pero mi comandante de aquel tiempo no consintió tan lujosa provisión, por lo que me vi obligado a despedirme de mi barril con lágrimas en los ojos.

—Bien, entonces, teniendo en cuenta que no temes por el cuarto —dijo lord Woodville—, te quedarás conmigo al menos por una semana. De armas, perros, cañas de pescar, carnadas y elementos para el deporte por tierra y por mar tenemos suficiente y de sobra: no podrás

---

[2] Diógenes de Sínope (c.412 a.C.-c.323 a.C.), filósofo griego, máximo representante de la escuela cínica, que despreciaba tanto las riquezas como toda convención social.

acometer un entretenimiento en el cual no podamos proveerte de los medios para llevarlo a cabo. Pero si prefieres el arma y los pointers, yo mismo iré contigo y veré si has mejorado tu puntería desde que has estado entre los indios de las colonias.

El general aceptó alegremente la propuesta de su amistoso anfitrión en todos sus puntos. Tras un día de varonil ejercicio, la compañía se reunió a la cena, en la que fue el placer de lord Woodville exponer las altas virtudes de su recuperado amigo y recomendarlo a sus invitados, la mayoría de los cuales eran personas distinguidas. Llevó al general Browne a hablar de las escenas que había presenciado; y como cada palabra señalaba igualmente al valiente oficial y al hombre juicioso, que mantenía la posesión de su fría mente aun ante los más inminentes peligros, la compañía contempló al soldado con unánime respeto, como a alguien que se ha probado posesor de una porción poco común de valor, ese atributo que cualquiera desea que se le atribuya.

El día en el castillo de Woodville terminó como es usual en semejantes mansiones. La hospitalidad se mantuvo dentro de los límites del orden; la música, para la cual el joven lord era diestro, sucedió a la circulación de la botella; las cartas y el billar estuvieron a disposición de quienes preferían esas recreaciones; pero el ejercicio de la mañana requería horas tempranas, por lo que, no mucho después de las once, los invitados comenzaron a retirarse a sus respectivos aposentos.

El joven lord condujo en persona a su amigo, el general Browne, a la cámara que le estaba reservada, la cual coincidía con la descripción que había recibido de ella, pues era cómoda, pero anticuada. La cama pertenecía a ese imponente modelo usado hacia fines del siglo xvii, y las cortinas de desteñida seda estaban profusamente adornadas con deslustrado oro. Pero, por otra parte, las sábanas, almohadas y mantas se veían seductoras para el veterano, sobre todo cuando recordaba «su mansión», el barril. Había un aire de tristeza en los tapices que cubrían, aun gastados como estaban, los muros de la pequeña cámara, ondulando suavemente cuando la brisa otoñal abríase paso a través de la antigua ventana enrejada, que golpeteaba y silbaba mientras el aire lograba penetrar por ella. También el tocador, con su espejo ceñido, a la usanza de comienzos de siglo, con una seda de color morado, y con sus cien extraños cajones, proporcionados para arreglos que estaban obsoletos desde hacía más de cincuenta años, tenía un anticuado y hasta melancólico aspecto. Pero nada podía resplandecer de manera más brillante y regocijadora que las dos largas velas de cera; o, si algo podía rivalizar con ellas, eran los llameantes y crepitantes leños de la chimenea, que enviaban al mismo tiempo brillo y calor a través de toda la cómoda habitación, la cual, no obstante la general antigüedad de su apariencia, no carecía de la más mínima conveniencia que los hábitos modernos hubiesen vuelto necesarios o deseables.

—Este es un anticuado cuarto de dormir, general —dijo el joven lord—; espero que no encuentres nada en él que te haga añorar tu viejo barril de tabaco.

—No soy exigente respecto de mis alojamientos —replicó el general—; sin embargo, si pudiese elegir, preferiría con holgura esta cámara a los cuartos más alegres y modernos de tu mansión. Créeme que cuando conjugo su moderno aire de comodidad con su venerable antigüedad, y recuerdo que es la propiedad de su señoría, me siento mejor alojado aquí que si estuviese en el más fino hotel que Londres pudiese ofrecer.

—Confío... no tengo dudas de que te encontrarás tan cómodo como yo deseo que te sientas, mi querido general —dijo el joven noble, y, deseándole una vez más las buenas noches, le dio un apretón de manos y se retiró.

El general miró nuevamente a su alrededor y se felicitó interiormente por su retorno a la vida pacífica, las comodidades de la cual le eran más apreciadas por el recuerdo de las penalidades y los peligros que recientemente había afrontado; luego se desvistió y se preparó para un lujoso descanso nocturno.

Aquí, contrariando la costumbre de este tipo de relatos, dejaremos al general en posesión de su cuarto hasta la mañana siguiente.

La compañía se reunió a desayunar a una hora temprana, pero sin la presencia del general Browne, que parecía ser el invitado que lord Woodville más deseaba honrar de entre todos aquellos a quienes su hospitalidad había congregado a su alrededor. En más de una ocasión expresó su sorpresa ante la ausencia del general, y por fin envió a un sirviente a inquirir sobre su persona. El hombre regresó con información de que el general Browne había estado caminando fuera de la casa desde primeras horas de la mañana, sin hacer caso del tiempo, que se mostraba neblinoso y turbulento.

—Los hábitos de un soldado —dijo el joven noble a sus amigos—; muchos de ellos adquieren una vigilancia habitual y no pueden dormir después de la temprana hora a la que sus deberes usualmente los obligaban a estar alerta.

Sin embargo, la explicación que lord Woodville así ofreció a sus huéspedes pareció poco satisfactoria para su propia mente, y fue en un acceso de silencio y abstracción que aguardó el regreso del general. Dicho regreso tuvo lugar casi una hora después de que la campana del desayuno hubiese sonado. El general se veía fatigado y enfebrecido. Su pelo, el empolvoramiento y arreglo del cual era en ese tiempo una de las más importantes ocupaciones del día de un hombre y señalaba su estilo tanto como, en el presente, el enlazamiento de una corbata, o la falta de una, estaba desgreñado, desensortijado, sin polvo y húmedo por el rocío. Parecía haberse echado sus ropas encima con descuidada negligencia, lo cual suele resultar muy llamativo en un militar, cuyos reales o supuestos deberes están habitualmente sujetos a prestar cierta atención al tocador, y su aspecto era pronunciadamente ojeroso y cadavérico.

—Así que nos has sacado una marcha de ventaja esta mañana, mi querido general —dijo lord Woodville—, ¿o es que no has encontrado el lecho tan de tu agrado como yo deseaba y tú parecías esperar? ¿Cómo descansaste anoche?

—¡Oh, excelentemente bien!, ¡extraordinariamente bien!, tan bien como nunca antes en mi vida —dijo rápidamente el general Browne, pero con un aire de embarazo que resultó obvio para su amigo.

Sorbió entonces apresuradamente una taza de té y, desconsiderando o rechazando cualquier otra cosa que se le ofrecía, pareció caer en un acceso de abstracción.

—¿Tomarás el arma hoy, general? —dijo su amigo y anfitrión, pero tuvo que repetir la pregunta dos veces antes de recibir la abrupta respuesta.

—No, milord; lo siento, pero no puedo tener el honor de pasar otro día con su señoría: mis caballos de postas han sido ordenados y estarán aquí dentro de poco.

Todos los que se encontraban presentes mostraron sorpresa, y lord Woodville inmediatamente replicó:

—¿Caballos de postas, mi buen amigo? ¿Qué puedes querer con ellos, cuando prometiste que te quedarías con nosotros por al menos una semana?

—Me temo —dijo el general, evidentemente embarazado— que, en el placer de mi primer encuentro con su señoría, debo de haber dicho algo acerca de permanecer aquí por unos días, pero desde entonces lo he encontrado del todo imposible.

—Esto es increíble —contestó el joven noble—. Ayer parecías tan libre de compromisos; y no puedes haber tenido una citación hoy, pues nuestro cartero no ha venido aún del pueblo y, por lo tanto, no puedes haber recibido misiva alguna.

El general Browne, sin dar mayores explicaciones, murmuró algo acerca de indispensables negocios e insistió en la absoluta necesidad de su partida en una forma que silenció toda oposición por parte de su anfitrión, que comprendió que la resolución estaba tomada y se abstuvo de generar más importunidades.

—Al menos, no obstante —dijo—, permíteme, mi querido Browne, ya que partir deseas o debes, mostrarte la vista de la terraza, que la niebla, que ya se está disipando, pronto dejará apreciar.

Abrió el marco de una ventana y bajó a la terraza mientras hablaba. El general lo siguió mecánicamente, pero parecía prestar poca atención a lo que su anfitrión decía mientras, mirando a lo largo de una extensa y rica vista, le señalaba los diferentes puntos dignos de observación. Así se siguieron moviendo hasta que lord Woodville alcanzó el propósito de llevarse a su invitado lejos del resto de los huéspedes y, volviéndose hacia él con un aire de gran solemnidad, le dirigió las siguientes palabras:

—Richard Browne, mi viejo y queridísimo amigo, ahora estamos solos. Permíteme conjurarte a que me respondas, por la palabra de un amigo y por el honor de un soldado, cómo descansaste en realidad anoche.

—A decir verdad, de la forma más miserable, milord —contestó el general, en el mismo tono de solemnidad—; tan miserablemente que no correré el riesgo de pasar una segunda noche aquí, no sólo ni por todas las tierras pertenecientes a este castillo, sino que tampoco lo haría por todo el país que veo desde este elevado punto de vista.

—Esto es extraordinario —dijo el joven lord como hablándose a sí mismo—; entonces debe de haber algo de cierto en los rumores sobre esa habitación...

Volviéndose nuevamente hacia el general, prosiguió:

—Por el amor de Dios, mi querido amigo, sé sincero conmigo y permíteme conocer los desagradables particulares que te han acontecido bajo un techo donde, con el consentimiento de su propietario, no habrías encontrado nada salvo comodidad.

El general se mostró afligido ante tal instancia y dudó antes de responder.

—Mi querido lord —dijo por fin—, lo que me sucedió anoche es de una naturaleza tan extraña y desagradable que casi no entraría en detalles ni con su señoría si no fuese porque, independientemente de mi deseo de complacer cualquier petición tuya, pienso que una sinceridad por mi parte podría llevar a alguna explicación sobre una circunstancia igualmente dolorosa y misteriosa. Ante los otros, la comunicación que estoy por referir podría llevarme a parecer un débil mental o un pobre supersticioso que sufrió que su propia imaginación le engañase y aturdiese, pero tú me has conocido en mi infancia y juventud y no sospecharás que haya adoptado en la madurez los sentimientos y las fragilidades de los que mis tempranos años estuvieron libres.

Aquí hizo una pausa, y su amigo replicó:

—No dudes de mi perfecta confianza en la veracidad de tu comunicación, por extraña que pueda ser; conozco la firmeza de tu disposición demasiado bien como para sospechar que hayas podido ser objeto de un engaño, y sé que tanto tu honor como tu amistad te impedirán por igual exagerar lo que sea que hayas presenciado.

—Bien —dijo el general—, entonces procederé a narrar mi historia tan bien como pueda, confiando en tu imparcialidad, y, sin embargo, sintiendo ciertamente que preferiría enfrentar una batería antes que traer de vuelta a mi mente los odiosos recuerdos de esta última noche.

 Antiguos relatos de Oscuridad y de Horror

Hizo una segunda pausa, y, percibiendo entonces que lord Woodville permanecía silencioso y en actitud de atención, comenzó, aunque no sin una evidente renuencia, la historia de sus aventuras nocturnas en la cámara de los tapices.

—Me desvestí y me metí en la cama tan pronto como su señoría me dejó, pero los leños de la chimenea que se sitúa casi enfrente del lecho resplandecían tan brillante y cálidamente que, ayudados por cien recuerdos de mi infancia y juventud que habían vuelto a mí tras el inesperado placer de haberme reencontrado con su señoría, me impidieron caer inmediatamente dormido. Debo, no obstante, decir que esas reflexiones eran todas de una placentera y agradable índole, fundadas en el sentimiento de haber cambiado por un tiempo las labores, fatigas y peligros de mi profesión por los goces de una vida pacífica y por la reunión de aquellos amistosos y afectuosos lazos que había roto ante los rudos llamados de la guerra.

»Mientras tan placenteras reflexiones cautivaban mi mente, adormeciéndome de a poco, fui súbitamente despabilado por un sonido semejante al del roce de un vestido de seda y el golpear de unos zapatos de taco alto, como si una mujer estuviese caminando por la habitación. Antes de que pudiese correr la cortina de la cama para ver de qué se trataba, la figura de una pequeña mujer pasó por entre la cama y el fuego. Me daba la espalda, y pude observar, por los hombros y el cuello, que era una anciana ataviada con un anticuado vestido que, según creo, las mujeres llaman *sacqué*; es decir, una especie de bata, completamente suelta en el cuerpo, pero recogida en anchos pliegues sobre el cuello y los hombros, que cae hasta el suelo y termina en una especie de cola.

»Consideré la intrusión como bastante singular, pero no abrigué ni por un momento la idea de que lo que estaba viendo pudiese ser algo más que la forma mortal de alguna anciana del establecimiento que tendría la afición de vestirse como su abuela y que, habiendo sido quizás, como su señoría mencionó que estaba algo estrecho de cuartos, despojada de su cámara para mi acomodación, habría olvidado dicha circunstancia y retornaba a eso de las doce a su antigua querencia. Bajo esta persuasión me removí en la cama y tosí un poco para hacer a la intrusa consciente de mi posesión del lugar. Ella se volteó lentamente, pero ¡por el Cielo misericordioso, milord!, ¡qué rostro me mostró! Ya no me quedó ninguna duda de lo que era, ni ningún pensamiento de que se tratara de un ser viviente. Sobre una cara que llevaba los manifiestos rasgos de un cadáver estaban impresas las huellas de las viles y atroces pasiones que la habían animado en vida. El cuerpo de una abominable criminal parecía haber sido sacado de la tumba, y su alma devuelta de los fuegos de castigo a fin de formar, por un tiempo, una unión con el antiguo cómplice de sus culpas. Me sobresalté en la cama y me incorporé, sosteniéndome sobre mis palmas, mientras seguía observando al horrible espectro. La bruja dio, según me pareció, un único y veloz paso hacia mi lecho y se sentó en él, adoptando precisamente la misma postura que yo había asumido en la extremidad del horror y acercando su diabólico rostro descompuesto a menos de medio metro del mío, con una sonrisa que parecía insinuar la malicia y la burla de un demonio encarnado.

Aquí el general Browne se detuvo y enjugó de su frente el frío sudor con el que el recuerdo de su horrible visión la había cubierto.

—Milord —prosiguió—, no soy un cobarde. He afrontado todos los peligros de muerte incidentales a mi profesión, y realmente puedo jactarme de que jamás hombre alguno vio a Richard Browne deshonrar su espada. Pero en estas horribles circunstancias, bajo los ojos y, según creí, casi en manos de la encarnación de un espíritu maligno, toda la firmeza me abandonó, toda mi hombría se derritió como cera en un horno y sentí que mis cabellos se erizaban. La corriente de mi sangre dejó de fluir y caí entonces en un desmayo, siendo tan ciertamente víctima de terror pánico como nunca lo fue una joven aldeana o un niño de diez años. Cuánto yací en esa condición, no puedo pretender conjeturarlo, pero fui despertado por el reloj del castillo dando la una, tan fuerte que parecía que estuviese en el interior mismo del cuarto. Pasó algún tiempo antes de que me atreviera a abrir los ojos, por mero temor a que se encontrasen nuevamente con aquel horrible espectáculo. Cuando, sin embargo, reuní el valor para mirar, ella ya no era visible. Mi primera idea fue la de hacer sonar mi campana, despertar a los criados y mudarme a un desván o un henil a fin de estar asegurado contra una segunda visita. Más aún, confesaré la verdad, mi resolución no fue alterada por la vergüenza de exponerme así a mí mismo, sino por el miedo de que, teniendo en cuenta que el cordel de la campana colgaba a un lado de la chimenea, pudiese ser, en mi camino hacia él, interceptado por la diabólica bruja que, me figuré, quizás seguía aún acechando en algún rincón de la alcoba.

»No pretenderé describir los fríos y calientes accesos de fiebre que me atormentaron durante el resto de la noche, entre sueños interrumpidos, cansadas vigilias y ese dudoso estado que forma la tierra neutra que media entre ambos. Centenares de seres terribles aparecieron para inquietarme, pero había tan gran diferencia entre la visión que he descripto y aquellas que le siguieron, que no tardé en comprender que estas últimas eran sólo engaños de mi propia imaginación y de mis nervios sobreexcitados.

»Finalmente despuntó el día y me levanté de la cama con mi salud enferma y mi mente humillada. Estaba avergonzado de mí mismo como hombre y como soldado, y todavía más al sentir mi propio deseo extremo de escapar de la habitación embrujada, deseo que, no obstante, conquistó todas las otras consideraciones; de modo que, echándome las ropas con la más descuidada prisa, consumé mi escape de la mansión de su señoría para buscar en el aire libre algún alivio para mi sistema nervioso, sacudido como estaba por el horrible encuentro con una visitante, porque así debo creerla, del otro mundo. Su señoría ha oído ahora la causa de mi desasosiego y de mi súbito deseo de abandonar este hospitalario castillo. En otros lugares confío en que podremos vernos a menudo, pero ¡que Dios me proteja de pasar una segunda noche bajo este techo!

Extraño como el relato del general era, habló él con un tan profundo aire de convicción que interrumpió todos los comentarios que usualmente pueden ser hechos ante semejantes historias. Lord Woodville no le preguntó ni una sola vez si estaba seguro de que no había soñado con la aparición, ni sugirió ninguna de las posibilidades por las que es concebible la explicación de fenómenos sobrenaturales, tales como extravagantes caprichos de la imaginación o engaños de los nervios ópticos. Por el contrario, pareció profundamente impresionado por la veracidad y realidad de lo que había oído y, tras una considerable pausa, lamentó, con una gran apariencia de sinceridad, que su temprano amigo hubiese, en su casa, sufrido tan severamente.

—Soy el más afligido por tu dolor, mi querido Browne —siguió luego—, que es el desgraciado, aunque más inesperado, resultado de un experimento mío. Debes saber que desde tiempos de mi padre y mi abuelo, cuando menos, la habitación que te fue asignada anoche ha permanecido cerrada a causa de relatos que referían que era perturbada por visiones y ruidos sobrenaturales. Cuando entré, hace unas semanas, en posesión de la herencia, pensé que el alojamiento que el castillo proporcionaba para mis amigos no era lo suficientemente extenso como para permitirles a los habitantes del mundo invisible retener la posesión de una cómoda habitación de dormir. Por consiguiente, determiné que la cámara de los tapices, como la llamamos, fuese reabierta; y, sin destruir su aire de antigüedad, coloqué en ella nuevos artículos de mobiliario, acordes con los tiempos modernos. Sin embargo, como la opinión de que el cuarto era frecuentado por apariciones prevalecía aún poderosamente entre los domésticos, y también era conocida en las vecindades y por varios de mis amigos, temí que algún prejuicio pudiese ser abrigado por el primer ocupante de la cámara, lo que podría tender a revivir el maligno relato del que dicha habitación había sido víctima y frustrar así mi propósito de volverla una parte útil de la casa. Debo confesar, mi querido Browne, que tu llegada en el día de ayer, agradable para mí por cien otras razones, parecía la más favorable oportunidad para acabar con los espantosos rumores que eran atribuidos al cuarto, puesto que tu valor era indudable y tu mente estaba libre de cualquier preocupación sobre el tema. No podría, por consiguiente, haber escogido un sujeto más apropiado para mi experimento.

—¡Por mi vida! —dijo el general Browne, algo apresuradamente—, quedo infinitamente agradecido a su señoría, muy particularmente obligado, por cierto. Es probable que recuerde por un buen tiempo las consecuencias del "experimento", como su señoría gusta llamarlo.

—Ahora eres injusto, mi querido Browne —dijo lord Woodville—. Sólo debes reflexionar por un simple instante para convencerte de que no pude augurar la posibilidad del dolor al que has sido tan desgraciadamente expuesto. Hasta ayer a la mañana yo era un completo escéptico en el tema de las apariciones sobrenaturales. Más aún, estoy seguro de que, de mencionarte lo que se decía respecto de ese cuarto, esos mismos relatos te habrían inducido, por tu propia elección, a escogerlo como tu alojamiento. Fue mi desgracia, quizás mi error, pero realmente de ningún modo mi culpa el que hayas sido afligido tan singularmente.

—¡Singularmente, por cierto! —dijo el general, reasumiendo su buen genio—; y reconozco que no tengo derecho a estar ofendido con su señoría por tratarme como lo que suelo creer que soy: un hombre de cierto valor y firmeza. Pero veo que mis caballos de postas han llegado, y no debo demorar a su señoría lejos de sus pasatiempos.

—No, mi viejo amigo —dijo lord Woodville—; ya que no puedes permanecer con nosotros por otro día, cosa a la que, es cierto, ya no te puedo instar, concédeme al menos media hora más. Solías amar los cuadros, y tengo una galería de retratos, algunos de ellos pintados por Van Dyck[3], de los ancestros a quienes estas propiedades y castillo pertenecieron en tiempos pasados. Pienso que muchos de ellos te impresionarán como no faltos de mérito.

El general Browne aceptó la invitación, aunque un poco de mala gana. Era evidente que no respiraría libremente o con facilidad sino hasta haber dejado el castillo de Woodville muy atrás. No obstante, no podía rehusarse a la invitación de su amigo, y menos teniendo en cuenta que se encontraba algo avergonzado por la displicencia que había mostrado a su bien intencionado anfitrión.

El general, por consiguiente, siguió a lord Woodville, a través de numerosos cuartos, hacia una larga galería repleta de cuadros que este último comenzó a señalarle, refiriéndole los nombres y dándole alguna información sobre los personajes que los retratos presentaban en progresión. El general Browne estaba muy poco interesado en los detalles que estos relatos le comunicaban. Eran, por cierto, del género que es usualmente encontrado en una antigua galería familiar. Aquí estaba un caballero que había arruinado la herencia en la causa real; allí, una fina doncella que la había reinstalado contrayendo matrimonio con un adinerado *roundhead*. Allá pendía un caballero que había estado en peligro por intercambiar misivas con la corte desterrada en Saint Germain;

---

[3] Antoon Van Dyck (1599-1641), pintor flamenco discípulo de Rubens.

   Antiguos relatos de Oscuridad y de Horror

acá, uno que había tomado armas por Guillermo en la Revolución; más allá, un tercero que había hecho valer su poder alternativamente en las balanzas del *whig* y del *tory*.[4]

Mientras lord Woodville estaba atascando aquellas palabras en el oído de su huésped, «contra el estómago de su sentido»[5], alcanzó el centro de la galería y entonces pudo ver al general Browne sobresaltarse súbitamente y asumir una expresión de extrema sorpresa, no exenta de espanto, en el momento en el que sus ojos quedaban atrapados y repentinamente clavados en el retrato de una vieja dama en *sacqué*, el vestido que estaba en boga a fines del siglo XVII.

—¡Es ella! —exclamó—; ¡es ella, en forma y facciones, aunque inferior en aspecto demoníaco a la maldita bruja que me visitó anoche!

—Si ese es el caso —dijo el joven noble—, ya no puede quedar duda alguna de la horrible realidad de tu aparición. Ese es el cuadro de una miserable antepasada mía, de cuyos crímenes un negro y enorme catálogo está registrado en una historia familiar que poseo. La narración de ellos sería demasiado horrible; sea suficiente con decir que, en aquella cámara fatal, incesto y asesinatos inhumanos fueron cometidos. La devolveré a la soledad a la que el mejor juicio de aquellos que me precedieron la habían consignado; y nunca nadie, en tanto yo pueda prevenirlo, será expuesto a una repetición de los horrores sobrenaturales que pudieron sacudir un valor como el tuyo.

Así fue que los amigos, que se habían encontrado con tal alegría, se separaron en un humor muy diferente; lord Woodville para ordenar que la cámara de los tapices fuera desamueblada y su puerta tapiada; y el general Browne para buscar, en algún país menos hermoso, y con algún amigo menos dignificado, olvido de la penosa noche que había pasado en el castillo de Woodville.

---

[4] Antiguas facciones políticas inglesas: la de los *roundheads* era la de los parlamentaristas, en oposición a los *cavaliers* o realistas, y el *whig* y el *tory* fueron los grupos parlamentarios antecesores, respectivamente, de los partidos liberal y conservador.

[5] William Shakespeare, *La tempestad*, Acto 2, Escena 1 («*You cram these words into mine ears, against the stomach of my sense*»).

John Polidori

El vampiro

 ucedió que, en medio de las disipaciones y los esplendores que acompañan a la temporada de invierno londinense, hizo aparición, en las numerosas reuniones celebradas por los más selectos círculos de la sociedad, un noble más notable por sus singularidades que por su rango. Solía mirar, en todas esas ocasiones, la vana alegría que se desarrollaba a su alrededor con indiferencia, como si fuese totalmente incapaz de participar en ella. Aparentemente, lo único que lograba atraer su atención era la graciosa sonrisa de las bellas, sonrisa que él, con una mirada, apagaba, llenando de horror corazones en los que hasta entonces sólo habían reinado la frivolidad y el placer. Aquellas mujeres que experimentaban esta sensación de temor eran incapaces de explicar su causa, aunque algunas la atribuían a esos muertos ojos grises que, al fijarse en el rostro de la persona, no parecían penetrar y abrirse paso hasta los secretos sentimientos del corazón, sino que, por el contrario, caían sobre la mejilla como un rayo de plomo y gravitaban sobre la piel sin poder atravesarla. Sus peculiaridades ocasionaban que no se le dejase de invitar a casa alguna; todos deseaban conocerle, y aquellos que alguna vez habían estado habituados a las emociones violentas, y que ahora sentían sobre sus vidas el enorme peso del tedio, se hallaban encantados de poder tener ante sí a alguien capaz de despertar su interés. A pesar del cadavérico matiz de su semblante, que nunca tomaba un tinte más encendido ni por el rubor de la modestia ni por el de las fuertes emociones que las pasiones engendran, y puesto que su fisonomía y sus rasgos eran bellos, muchas de esas mujeres que viven corriendo en pos de la notoriedad se disputaban sus atenciones, o se afanaban por ganar, cuando menos, alguna muestra de aquello que los hombres denominan inclinación. Lady Mercer, que, tras su matrimonio, se había mostrado capaz de superar, en el desorden de su conducta, a todas sus monstruosas rivales de salón, se lanzó a su conquista y, excepto disfrazarse de bandolera, hizo todo cuanto pudo por llamar su atención, pero en vano. Cuando se encontraba frente a él, aunque sus fríos ojos estuviesen aparentemente fijos en los de ella, daba la sensación de que le pasaba por completo inadvertida; y así, en cuanto todo su temerario impudor hubo fracasado, abandonó sus propósitos. Pero, a pesar de que las vulgares adúlteras no pudieran robarle siquiera una

simple mirada, la belleza del sexo femenino no le era indiferente; y tal era la cautela con la que hablaba a la esposa fiel y a la inocente hija, que pocos imaginaban que alguna vez se hubiese dirigido así al sexo opuesto. Tenía, sin embargo, la reputación de poseer una lengua cautivante, y, ya fuese porque esta hacía olvidar el temor que inspiraba en un principio su singular carácter, o ya bien a causa de su aparente desprecio por el vicio, podía vérsele tan a menudo entre aquellas mujeres que por sus virtudes domésticas son el ornato de su sexo como entre aquellas otras que con sus hábitos disolutos lo deshonran.

Justo por esos mismos tiempos llegó a Londres un joven caballero llamado Aubrey. Era un huérfano cuyos padres habían fallecido mientras aún se hallaba en su infancia y que había así quedado, junto a una única hermana, en posesión de una gran riqueza. Abandonado a sí mismo por sus tutores, que consideraban que su deber era meramente el de velar por su fortuna, mientras dejaban el más importante cargo de su mente al cuidado de mercenarios subalternos, Aubrey había crecido cultivando más su imaginación que su juicio. Por tal causa, había desarrollado ese elevado sentimiento romántico de honor y candor que diariamente arruina a tantos jóvenes alocados. Creía que todo humano simpatizaba por naturaleza con la virtud, y pensaba que el vicio había sido arrojado al mundo por la Providencia simplemente para dar un efecto más pintoresco a la escena, tal como vemos en las novelas; pensaba que la miseria de una choza consistía tan sólo en las vestimentas de sus moradores, que son tan cálidas como cualquier otra, pero que se adaptan mejor al ideal del pintor por sus pliegues irregulares y sus coloridos parches. En una palabra, pensaba que los sueños de los poetas eran las realidades de la vida. Era apuesto, franco y rico; por estos motivos se vio rodeado, no bien hizo su aparición en los altos círculos sociales, por multitud de madres que competían por ver cuál de todas le ofrendaba los mayores elogios y le describía con una menor parte de verdad a sus suspirantes hijas, mientras que estas, por el resplandecer de sus rostros en cuanto él se les aproximaba, y por el centelleo de sus ojos cada vez que abría sus labios, lo empujaron en poco tiempo a formarse falsas ideas sobre su propio mérito y talento. Apegado como estaba a la novela que había forjado en sus horas de soledad, se sorprendió sobremanera al encontrar que, excepto por las velas de sebo y de cera cuyas llamas, si bien no por la presencia de fantasmas, temblaban todo el tiempo como queriendo apagarse, no había fundamentos en la vida real que sustentasen la existencia de esos agradables cuadros y descripciones contenidas en aquellos volúmenes que habían formado su fuente de estudio. Encontrando, no obstante, cierta compensación en su vanidad gratificada, estaba a punto de abandonar definitivamente sus sueños cuando el extraordinario ser que ya hemos descripto vino a cruzarse en su camino.

     Antiguos relatos de Oscuridad y de Horror

Al conocerle, comenzó a estudiarle; y la misma imposibilidad de formarse una idea del carácter de un hombre enteramente encerrado en sí mismo, que no daba más señal de tener conciencia de aquellos que le rodeaban que por el tácito asentimiento de su existencia, el cual hacíase manifiesto tan sólo en su cuidado por evitar tener contacto alguno con ellos, le permitió a su imaginación formarse un ideal, valiéndose de todo aquello que su propensión a las ideas extravagantes le sugería, mediante el cual pronto hizo del ser en cuestión el héroe de un romance, determinándose así a ver en aquel más el producto de sus fantasías que la persona que realmente tenía ante sus ojos. Se hizo presentar ante él, se preocupó por tenerle numerosas atenciones, y logró cobrar tal relieve ante el noble, que, finalmente, su presencia comenzó a ser siempre reconocida. No tardó en enterarse de que los asuntos de lord Ruthven no iban bien, y al poco tiempo descubrió, por los preparativos que tenían lugar en su residencia, que se disponía a emprender un viaje. Deseoso de saber más sobre este singular personaje que, hasta ahora, no había hecho más que aguijonear su curiosidad sin satisfacerla, sugirió a sus tutores el que ya le había llegado el momento de efectuar un viaje por Europa, lo que por muchas generaciones había sido en su familia considerado necesario para permitirle a los jóvenes dar unos rápidos pasos en la carrera del vicio a fin de que pudiesen enfrentar de igual a igual a sus mayores, y de que no pareciesen como caídos del cielo dondequiera que las intrigas escandalosas fuesen mencionadas ya como temas de burla o de alabanza de acuerdo al grado de habilidad desplegado en su ejecución. Ellos dieron su consentimiento y Aubrey, haciendo inmediatamente partícipe de sus propósitos a lord Ruthven, se vio gratamente sorprendido al recibir de este una propuesta de que emprendiese dicho viaje junto a él. Halagado por semejante señal de estima de alguien que, al parecer, no tenía nada en común con los demás hombres, aceptó alegremente la invitación y, a los pocos días, ya habían cruzado las aguas del canal.

Hasta el momento, no había contado Aubrey con demasiadas oportunidades de estudiar el carácter de lord Ruthven, y ahora comenzaba a encontrar que, aunque la mayoría de sus acciones tenían lugar ante sus ojos, los resultados de estas ofrecían conclusiones muy diferentes a las que podían esperarse de acuerdo a los motivos que, en apariencia, las originaban. Su compañero era profuso en su liberalidad; el ocioso, el vagabundo y el mendigo recibían de sus manos más que suficiente para dar alivio a sus necesidades inmediatas. Pero Aubrey no podía dejar de notar que no era a los virtuosos reducidos a la indigencia por las desgracias propias de la vida a quienes daba sus limosnas: a estos los echaba inmediatamente de su puerta, apenas pudiendo reprimir una maliciosa sonrisa; pero cuando era un hombre sin moral el que le pedía algo, no para aliviar sus necesidades, sino para revolcarse en la lujuria o para hundirse más hondo en su depravación, era siempre despedido con una dádiva suntuosa. No obstante, Aubrey atribuía esto a la mayor importunidad de los viciosos, que generalmente prevalecen allí donde nada consigue la modesta timidez de los indigentes virtuosos. Pero había otra circunstancia concerniente a la caridad de lord Ruthven que le llamaba aún más la atención: todos los favorecidos por esta liberalidad encontraban, indefectiblemente, que iba acompañada por una maldición, pues ninguno de ellos se salvaba de terminar o en el cadalso o hundido en la más baja y abyecta de las miserias. En Bruselas y otras ciudades que atravesaron, Aubrey quedó sorprendido ante la avidez con la que su compañero buscaba los centros del vicio que se hallaban en boga; una vez allí, se lanzaba de inmediato a la mesa del faraón: jugaba y apostaba siempre con invariable éxito, excepto cuando su antagonista era algún reconocido tramposo, en cuyo caso perdía aún más de lo que hasta entonces había ganado. Todo esto lo realizaba con el mismo rostro inmutable con el que solía mirar a la sociedad a su alrededor, a no ser que jugara contra algún temerario joven inexperto o contra el infortunado padre de una familia numerosa: en estos casos parecía controlar la suerte a voluntad, hacía a un lado la aparente abstracción de su mente y sus ojos centelleaban con más fuego que el que enciende los ojos de un gato mientras juguetea con un ratón moribundo. Al irse de cada una de las ciudades dejaba tras de sí a un joven, rico antes de su llegada, arrancado del círculo del que fuera ornato y maldiciendo, en la soledad de un negro calabozo, el destino que le había puesto al alcance de semejante demonio, mientras que más de un padre se sentaba, frenético, en medio de las expresivas miradas de mudos niños hambrientos, ya sin una sola moneda de toda su inmensa fortuna con la cual calmar las imperiosas necesidades de esa familia. Sin embargo, nunca se llevaba nada de la mesa de juego, sino que perdía inmediatamente, ante alguno que hubiese sido ruina de muchos, hasta el último centavo que acababa de arrebatar a las convulsas manos de aquellos inocentes, cosa que sólo podía ser resultado de la posesión de un determinado grado de destreza en aquel juego que, no obstante, no le alcanzaba para enfrentar luego la astucia de los más experimentados. Con frecuencia deseaba Aubrey hacerle notar todo esto a su amigo, deseaba suplicarle que renunciara a esos gestos de caridad y a ese placer que terminaban por convertirse en ruina de todos y que ni siquiera le reportaban beneficio alguno, pero retrasaba su reconvención de día en día pues esperaba que su compañero le diese por fin alguna oportunidad para hablarle franca y abiertamente, cosa que, sin embargo, nunca ocurría. En su carruaje, viajando en medio de los más ricos y variados escenarios de la naturaleza, lord Ruthven era siempre el mismo: sus ojos decían aún menos que sus labios, y, aunque Aubrey se encontraba muy cerca del objeto de su curiosidad, nunca obtenía mayor gratificación de él que la de la constante excitación de ansiar en vano penetrar su misterio, misterio que, ante su exaltada imaginación, comenzaba ya a asumir la apariencia de algo sobrenatural.

Pronto llegaron a Roma, y Aubrey, por un tiempo, perdió de vista a su compañero; mientras este asistía a diario a las reuniones matinales de una condesa italiana, él había salido en busca de los ruinosos monumentos de una aldea vecina que se hallaba casi desierta. En aquellos días le llegaron cartas de Inglaterra; las abrió con ávida impaciencia. La primera era de su hermana y sólo contenía una gran profusión de afecto; las otras eran de sus tutores y lo dejaron completamente atónito: si ya antes había supuesto su imaginación que existía un poder maligno en su compañero, estas cartas parecían darle ahora casi razón suficiente como para creer firmemente en ello. Sus tutores insistían en que se separase de él de inmediato, asegurando que su carácter era espantosamente depravado y que poseía irresistibles poderes de seducción que hacían de sus licenciosos hábitos algo indeciblemente peligroso. Se había descubierto que su desprecio por las adúlteras no tenía su origen en un odio especial al reprobable carácter de estas, sino en el hecho de que sus deseos siempre requerían, para realzar su gratificación, que su víctima, la compañera de su culpa, fuese arrojada desde el alto pináculo de una virtud jamás mancillada hacia los más bajos abismos de la infamia y la degradación; en breve, todas las mujeres a las que se había acercado, aparentemente, a causa de sus castas virtudes, se habían arrancado, tras su partida, la máscara que cubría sus rostros y exponían ahora abiertamente ante la mirada pública, sin escrúpulo alguno, toda la deformidad de sus vicios.

Aubrey decidió separarse de aquel personaje cuyo carácter hasta el momento no había mostrado un solo punto agradable en el cual posar la mirada. Resolvió inventar algún pretexto plausible para abandonarle del todo, proponiéndose, mientras tanto, observarle más detenidamente y no dejar que ninguna circunstancia, por leve que fuera, le pasase desapercibida. Se introdujo en su mismo círculo y no tardó en percibir que su compañero trataba de aprovecharse de la inexperiencia de la joven hija de la dama cuya casa frecuentaba. En Italia es muy raro que las jóvenes solteras aparezcan en sociedad; por lo tanto, el lord se veía obligado a llevar adelante sus planes en el mayor de los secretos. Pero los ojos de Aubrey le seguían en todas sus maniobras, y pronto descubrió así que una cita había sido fijada, la cual de seguro terminaría en la ruina de esa inocente aunque imprudente joven. Sin perder un instante, entró en el gabinete de su compañero y le preguntó, abruptamente, cuáles eran sus intenciones con respecto a aquella dama, informándole, al mismo tiempo, que estaba al tanto de que ambos se encontrarían en secreto esa misma noche. Lord Ruthven le respondió que sus intenciones eran precisamente las que cualquier otro hombre tendría en una circunstancia similar; y al verse presionado a contestar si pensaba casarse con ella, simplemente rio. Aubrey se retiró y, habiendo escrito de inmediato unas líneas para notificarle a su compañero que a partir de aquel momento se veía obligado a renunciar a seguir acompañándole en su viaje, ordenó a su criado que le procurase otro alojamiento y se personó en la casa de la madre de la joven para participarle de todo cuanto sabía, no sólo con respecto a su hija, sino también en orden al carácter del lord. La cita fue impedida. Al día siguiente, lord Ruthven envió a su criado a notificar su completo consentimiento en cuanto a la separación, pero en su nota no dio a entender que abrigase ningún tipo de sospecha sobre el que sus planes se hubiesen visto frustrados por interposición de Aubrey.

Dejando Roma atrás, Aubrey encaminó sus pasos hacia Grecia y, atravesando la península, pronto se encontró en Atenas. Se alojó en la casa de un griego y dedicó su tiempo a buscar las memorias de una gloria pasada en aquellos monumentos que, quizás avergonzados de mostrar los registros y crónicas de hombres libres ante los ojos de esclavos, parecen buscar refugio en las entrañas de la tierra o bajo espesas capas de colorido musgo. Bajo el mismo techo que él vivía una joven tan hermosa y delicada que podría haber ofrecido el más digno de los modelos a un artista deseoso de representar sobre el lienzo a una de esas huríes que los creyentes esperan encontrar en el paraíso de Mahoma, excepto por el hecho de que sus ojos eran demasiado expresivos como para que alguien pudiese creer que ella perteneciese a aquella casta carente de alma. Cuando danzaba por la llanura, o recorría con paso ligero las faldas de las colinas, cualquiera habría considerado que hasta la gacela era un ser burdo en comparación con su belleza, pues ¿quién no habría preferido su mirada, animada e inocente, a la voluptuosa y adormilada mirada de aquel animal, más conveniente para el gusto de un epicúreo[1]? El leve andar de Ianthe a menudo hacía compañía a Aubrey en su diaria búsqueda de antigüedades, y, también muy a menudo, la joven, entregada a la persecución de alguna brillante mariposa, descubría inocentemente toda la belleza de sus formas, cual si flotara con el viento, a las ávidas miradas del extranjero, que, perdiéndose en la contemplación de aquella encantadora figura de sílfide, olvidaba al instante las letras casi borradas por el tiempo que acababa de descifrar sobre algún mármol. Con frecuencia sus largas trenzas exhibían, mientras revoloteaba ella a su alrededor, tan delicado brillo y tan cambiantes matices bajo los rayos del sol, que bien podía disculparse la distracción del anticuario cuando dejaba escapar de su mente el texto recién descifrado que acababa de considerar como de vital importan-

---

[1] Seguidores de las doctrinas de Epicuro (c.341 a.C.-c.270 a.C.), filósofo griego que preconizaba el alcance de la felicidad por medio de los goces y placeres de los sentidos.

 Antiguos relatos de Oscuridad y de Horror

cia para la exacta interpretación de algún pasaje de Pausanias[2]. Mas ¿para qué intentar describir encantos que todos sienten pero que nadie sabe apreciar? Eran la inocencia, la juventud y la belleza jamás manchadas por la afectación del concurrido salón o de los sofocantes bailes. Mientras él dibujaba aquellos restos de los cuales deseaba conservar un recuerdo para sus horas futuras, ella se ponía tras él y observaba los mágicos efectos de aquel lápiz que retrataba con fidelidad los parajes de su tierra nativa, tras lo cual comenzaba a describirle las danzas que con sus compañeras había ejecutado en esas verdes llanuras, a pintarle, en todos los ardientes colores de la memoria juvenil, la pompa de las fiestas nupciales que recordaba haber visto durante su infancia, y por último, desviándose hacia temas que evidentemente habían causado una mayor impresión en su mente, a relatarle las historias sobrenaturales que su nodriza allí le había referido. Su enorme seriedad al hablar y la sincera convicción que evidentemente tenía respecto de lo que narraba excitaban el interés de Aubrey; y a menudo, mientras ella le contaba la historia, que había circulado durante años entre sus vínculos y amistades, del vampiro, obligado cada año a prolongar su existencia por los siguientes meses alimentándose en la vida de alguna hermosa mujer, sentía que su sangre se le helaba en las venas, aun a pesar de sus intentos por ridiculizar esas horribles y ociosas fábulas, intentos a los cuales Ianthe respondía citándole los nombres de ancianos que habían terminado por descubrir un vampiro viviente entre ellos después de que muchas de sus parientes cercanas e hijas hubieron sido encontradas marcadas con la señal del apetito del demonio. Al no sacarlo de su incredulidad ni aun de este modo, Ianthe comenzaba a suplicarle que le creyera, pues se había observado que todos aquellos que se atrevían a cuestionar la existencia del vampiro obtenían siempre alguna prueba de esta, la cual los obligaba a admitir, con dolor y funesta aflicción, que la historia era cierta. En una ocasión le detalló la apariencia tradicional de este monstruo, y el horror de Aubrey se vio aumentado en cuanto escuchó de labios de la joven una descripción bastante certera del aspecto de lord Ruthven; pero, no obstante ello, persistió en sus intentos de persuadirla de que no podía haber nada de cierto en el origen de tales miedos, si bien se sentía impresionado en su interior ante las muchas coincidencias que seguían tendiendo a excitar en él la idea de que existía un determinado poder sobrenatural en el lord.

Aubrey comenzó a encariñarse cada vez más con Ianthe; su inocencia, tan diferente a todas las afectadas virtudes de las mujeres entre las cuales había él buscado hasta entonces su visión de romance, ganó su corazón; y, al tiempo en que se mofaba de la idea de un joven de hábitos ingleses casándose con una joven griega sin educación, sentía

---

[2] Escritor griego (c.110-c.180), autor de una célebre *Descripción de Grecia*.

igualmente que crecía cada vez más su afecto por la figura casi feérica que tenía ante sí. A veces se separaba de ella, formándose un plan para alguna búsqueda anticuaria, y partía, determinado a no regresar sino hasta que su objetivo fuese alcanzado; pero siempre encontraba imposible fijar su atención en las ruinas que le rodeaban, mientras retenía en su mente una sola imagen que parecía ser la legítima posesora de sus pensamientos. Ianthe no era consciente del amor que inspiraba y seguía siendo el mismo ser franco e infantil que Aubrey había conocido en un comienzo. Siempre parecía encontrar difícil separarse de él, mas esto se debía a que no tenía a nadie más con quien visitar sus lugares favoritos mientras su acompañante se entretenía esbozando el boceto de algún fragmento o ruina que hubiese escapado a las manos del tiempo. En cierta ocasión acudió a sus padres para que confirmasen la veracidad de la historia del vampiro, y ambos, junto con muchos otros presentes, afirmaron que este existía, palideciendo de horror ante su sola mención. Poco tiempo después, Aubrey decidió realizar una de sus excursiones, la cual iba a mantenerlo ocupado durante varias horas; al oír el nombre del lugar, sus hospederos le rogaron que regresase antes del anochecer, dado que debería atravesar inevitablemente un bosque en el cual ningún griego, bajo ninguna consideración, se adentraba tras el declinar del día. Se lo describieron como un antro de vampiros en sus orgías nocturnas, y denunciaron la inminencia de los más espantosos males sobre todo aquel que se atreviese a cruzarse en el camino de aquellos. Aubrey contestó con ligereza a tales reconvenciones e intentó ridiculizar ante ellos semejantes ideas, mas en cuanto los vio temblar ante sus audaces burlas contra aquel poder superior e infernal, el mismo nombre del cual parecía helar la sangre de todos, se sumió en el silencio.

A la mañana siguiente, Aubrey se puso en camino sin compañía alguna; al salir, observó con sorpresa los melancólicos rostros de sus hospederos y se sintió culpable al percibir que habían sido las palabras con las que había denigrado su creencia en esos horribles demonios las que les habían inspirado tal terror. Cuando estaba a punto de partir, Ianthe se acercó corriendo a un lado de su caballo y le suplicó seriamente que regresase antes de que el anochecer permitiese al poder de esos seres manifestarse, y así se lo prometió él. No obstante esto, sus búsquedas lo absorbieron de tal modo que no percibió que la luz comenzaba a menguar y que en el horizonte se formaba una de esas tormentas que, en los climas más cálidos, tan rápidamente se reúnen en una tremenda masa de nubes y desatan toda su furia sobre la apacible región. Cuando finalmente lo advirtió, montó en su caballo, determinado a salvar, con la velocidad, su retraso; pero ya era demasiado tarde. El crepúsculo es, en estas zonas meridionales, algo casi desconocido, y puede decirse que la noche comienza inmediatamente tras la puesta del sol, de modo que, antes de que Aubrey hubiese avanzado mucho, la noche y la furia de la tormenta se abatieron sobre él. El eco de los truenos apenas encontraba un intervalo de descanso, la densa y copiosa lluvia se abría paso a través del abovedado follaje y los ramificados relámpagos parecían caer y estallar a sus pies. Repentinamente, su montura se asustó y comenzó a galopar con aterradora velocidad a través del enmarañado bosque, extraviándose en la noche. El animal, finalmente, se detuvo agotado por la fatiga, y, a la luz de los relámpagos, su jinete advirtió que se hallaba en la inmediación de una casucha que apenas se elevaba por sobre los arbustos y los montones de hojas muertas que la rodeaban. Desmontando, se aproximó a ella, esperando encontrar alguien allí que le indicase el camino al pueblo o, cuando menos, en la esperanza de hallar un refugio que lo protegiese de la violencia de la tormenta. Pero, mientras se acercaba a la puerta, los truenos, haciendo un silencio, le permitieron oír en el interior los espantosos alaridos de una mujer mezclándose con la ahogada y exultante burla de una risa que se prolongaba en un sonido casi ininterrumpido. Aubrey se estremeció, pero, empujado por los truenos que nuevamente retumbaban sobre su cabeza, abrió de un golpe, con un súbito esfuerzo, la puerta de la cabaña. Se encontró entonces en la más completa oscuridad, mas los sonidos le permitieron guiarse en ella. Su entrada, aparentemente, no había sido notada, pues, aun cuando llamó en voz alta, los sonidos continuaron, haciendo caso omiso de él. De pronto tropezó con alguien, a quien inmediatamente aferró, y entonces una voz gritó: «¡Otra vez en mi camino!», a lo cual siguió una terrible carcajada. Aubrey se vio aprisionado por alguien cuya fuerza parecía sobrehumana; determinado a vender su vida todo lo cara que le fuese posible, se debatió, pero fue en vano: vio que su cuerpo era elevado en el aire y arrojado con enorme violencia contra el suelo; su enemigo se lanzó sobre él y, arrodillándose sobre su pecho, llevó ambas manos a su garganta, justo cuando el resplandor de un gran número de antorchas penetró súbitamente por la abertura que daba luz durante el día, de modo que el individuo, así interrumpido, se levantó inmediatamente, abandonando a su presa, y se precipitó por la puerta, perdiéndose luego, junto con el crujir de las ramas producido en su huida a través del bosque, en escasos segundos.

La tormenta había amainado un tanto, y Aubrey, incapaz de moverse, fue pronto oído desde el exterior. Varias personas entraron; la luz de sus antorchas iluminó las musgosas paredes y el techo de paja densamente cubierto de hollín. A ruegos de Aubrey, se apartaron de su lado para buscar a aquella cuyos gritos había él escuchado; las tinieblas fueron así cayendo nuevamente sobre él, pero cuál no fue su horror cuando, al volver la luz de las antorchas, percibió que los hombres regresaban cargando la etérea figura de su bella guía, Ianthe, como a un cadáver inanimado. Cerró los ojos, deseando que sólo fuese una visión originada por su imaginación perturbada; pero, al abrirlos, vio exactamente la misma figura amada, ya tendida junto a él. No había color ni en sus mejillas ni en sus labios, y, sin embargo, reinaba una tranquilidad en su rostro que parecía casi tan atractiva como la vida que alguna vez había allí morado; en su cuello y sobre su pecho había sangre, y en su garganta veíanse claramente unas marcas de colmillos que habían abierto la arteria. Todos los hombres señalaban esto gritando, golpeados por el horror: «¡Un vampiro, un vampiro!». En breves instantes improvisaron una litera y Aubrey fue colocado en ella junto a la joven que en los últimos tiempos había sido para él objeto de tantas luminosas y mágicas visiones, ahora caída, con la flor de la vida marchita en su interior. Aubrey no encontraba hilo para sus pensamientos; su mente estaba aturdida y parecía rehuir la reflexión refugiándose en el vacío; sostenía en su mano, casi inconscientemente, una daga desnuda, de extrañas formas, que había sido hallada en la cabaña. El cortejo fúnebre pronto se encontró con otros grupos que se hallaban atareados en la búsqueda de aquella a quien una madre había perdido. Sus desolados llantos, mientras se aproximaban a la aldea, prenunciaron a los padres la noticia de una terrible catástrofe. Describir la aflicción de estos sería imposible; pero en cuanto se enteraron de la causa de la muerte de su hija, miraron a Aubrey y le señalaron en silencio el cadáver. Quedaron inconsolables, y ambos murieron de dolor al poco tiempo.

Aubrey debió guardar cama, víctima de una violenta fiebre que minaba su salud y que a menudo le sumía en estados de delirio. En estos intervalos solía invocar los nombres de lord Ruthven y de Ianthe; por alguna inexplicable asociación, parecía rogar a su antiguo compañero que perdonase la vida de aquella a la que tanto amaba. En otras ocasiones, imprecaba maldiciones sobre la cabeza de este y le cargaba la imputación de destructor de su bella amiga. Quiso el azar que justo en aquel momento llegara lord Ruthven a Atenas, y, al enterarse del estado de Aubrey, se hospedó de inmediato en su misma casa y se volvió su devoto asistente. Cuando Aubrey se recuperó de sus delirios, se sobresaltó horrorizado a la vista de aquel cuya imagen había ahora combinado con la de un vampiro; pero lord Ruthven, por medio de amables palabras que implicaban casi arrepentimiento por el enorme daño que había sido ocasionado por su separación, y más aún por medio de las atenciones, ansiedad y cuidados que mostraba, poco a poco reconcilió al doliente con su presencia. Parecía estar muy cambiado, no asemejándose en nada a aquel ser apático que tan profundamente había impresionado al joven Aubrey; pero tan pronto como la recuperación de este comenzó a acelerarse, fue retornando gradualmente a su antiguo carácter y Aubrey no pudo percibir ya más diferencias con el hombre de siempre, excepto por el hecho de que a veces descubría, con gran asombro, al lord con la mirada clavada atentamente en él y con una sonrisa de maliciosa exultación jugando en sus labios, sonrisa cuya visión, ignoraba el porqué, le perseguía constantemente. Durante la última etapa de la convalecencia del inválido, lord Ruthven comenzó a ocupar todo su tiempo en observar las olas elevadas por la fría brisa o en seguir el progreso de esas esferas que giran, como nuestro mundo, alrededor del inmóvil sol, hasta el punto de dar la impresión de que deseaba evitar los ojos de todos.

La mente de Aubrey, tras esta tragedia, quedó muy debilitada, y la elasticidad de espíritu que alguna vez le había distinguido parecía ahora haber desaparecido para siempre. Se había vuelto un amante de la soledad y del silencio, como lord Ruthven; pero, por mucho que anhelara la soledad, su mente no parecía poder hallarla en los alrededores de Atenas: si la buscaba en las ruinas que otrora frecuentara, sentía la presencia de Ianthe a su lado; si la buscaba en los bosques, creía verla dando suaves pasos en la espesura mientras vagabundeaba buscando humildes violetas, para luego, girando súbitamente en su imaginación, mostrarle con una dócil sonrisa su pálido rostro y su cuello abierto. Decidió alejarse de esos escenarios, cada rasgo de los cuales le sugería tan amargas asociaciones mentales. Le propuso por consiguiente a lord Ruthven, a quien se sentía atado por las atenciones que le había tenido durante su enfermedad, visitar juntos esas partes de Grecia que aún no conocían.

Comenzaron a viajar entonces en todas direcciones, buscando los distintos puntos relacionados con algún recuerdo de la Antigüedad; pero, pese a que corrían constantemente de un lugar a otro, apenas prestaban verdadera atención a los objetos que desfilaban ante sus ojos. Oyeron hablar mucho de salteadores, pero poco a poco prefirieron ir olvidando estos rumores que, según pensaban, eran sólo inventos de personas cuyo interés pasaba por excitar la generosidad de aquellos a los que prevenían de peligros imaginarios. Como consecuencia de haber dado en desoír así las advertencias de los lugareños, cierto día emprendieron un viaje con un séquito muy reducido de guardias, más a propósito para servir de guías que de defensa. Pero al pasar por un angosto desfiladero, al fondo del cual un impetuoso torrente corría por entre enormes rocas caídas de los precipicios circundantes, encontraron motivo para arrepentirse de su negligencia, pues, no bien hubo terminado de penetrar todo el grupo en el estrecho pasaje, se vieron sorprendidos por una lluvia de balas que comenzaron a silbar en sus oídos entre los ecos del tronar de numerosas armas de fuego. En apenas un instante los guardias los abandonaron y, ubicándose tras unas rocas, comenzaron a disparar en dirección al sonido. Lord Ruthven y Aubrey, siguiendo su ejemplo, se ocultaron pronto tras un rodeo protector del desfiladero, pero, avergonzados de verse así detenidos por un enemigo que les dirigía insultantes gritos de desafío, y sabiéndose expuestos a una fácil matanza si uno de los bandoleros escalaba y los tomaba por la retaguardia, decidieron lanzarse en busca de sus agresores. Apenas abandonaron el escudo de rocas, lord Ruthven cayó abatido por un disparo en su hombro. Aubrey se precipitó en su auxilio y, sin defenderse ni prestar ya atención al peligro que corría, se encontró en breve rodeado por los rostros de los maleantes, puesto que los miembros de la escolta, al ver caer herido a lord Ruthven, habían arrojado sus armas en señal de rendición. Mediante la promesa de una gran recompensa, Aubrey indujo a los bandoleros a llevar a su amigo herido hasta una cabaña vecina, y, tras convenir con ellos un rescate, se vio libre de su presencia, pues los bandidos se contentaron con vigilar la puerta de la cabaña hasta que un camarada suyo volviese con la suma prometida, para la cual Aubrey había firmado una orden bancaria.

Las fuerzas de lord Ruthven declinaban rápidamente; al cabo de dos días apareció la gangrena, y la muerte parecía acercarse con velocidad. Su aspecto y su conducta, no obstante, seguían siendo los de siempre; parecía tan indiferente al dolor como lo fuera en el pasado a todo cuanto le rodeara. Pero, hacia el anochecer del segundo día, comenzó a verse algo agitado y a clavar muy a menudo sus ojos en Aubrey, el cual, al notarlo, le ofreció toda su ayuda con la mayor sinceridad.

—¡Sí, ayúdame!, tú puedes salvarme... y puedes hacer más aún... No me refiero a mi vida: el fin de mi existencia me preocupa tan poco como el del fugaz día; pero tú puedes salvar mi honor, ¡el honor de tu amigo!

—¡Dime cómo! —contestó Aubrey—, haré cualquier cosa por ti.

—Es poco lo que necesito; mi vida se aleja velozmente... no puedo explicar esto ahora... pero si callas absolutamente todo cuanto sabes de mí, mi honor se vería libre de mancha en los labios del mundo... y si mi muerte permaneciese ignorada por un tiempo en Inglaterra... yo... yo... mi vida...

—No dejaré que se sepa nada.

—¡Júralo! —gritó el moribundo, incorporándose con exultante violencia—, ¡jura por todo lo que tu alma venera, jura por todo aquello a lo que temes, que por un año y un día no comunicarás a nadie, por ningún medio, palabra alguna sobre mis crímenes y mi muerte, pasare lo que pasare y vieres lo que vieres!

Al gritar esto, sus ojos parecían a punto de saltar fuera de sus órbitas, y, cuando su amigo respondió: «¡Lo juro!», se dejó caer riendo en la almohada y ya no respiró más.

Aubrey, apenado, se retiró entonces a descansar, pero no logró conciliar el sueño. Todas las extrañas circunstancias que habían rodeado su relación con aquel hombre comenzaron a agolparse en su mente, sin que supiese por qué, y, en cuanto recordó su juramento, un gélido escalofrío recorrió su cuerpo, como si presintiese que le aguardaba algo terrible. A la mañana siguiente se levantó temprano, y estaba por entrar

     Antiguos relatos de Oscuridad y de Horror

a la cabaña en la que había dejado el cadáver del lord cuando uno de los salteadores lo abordó y le informó que el cuerpo ya no se hallaba allí, pues había sido llevado por él y sus compañeros aquella noche al pináculo de una montaña cercana, cumpliendo así una promesa que habían hecho al moribundo según la cual expondrían su cadáver al primer frío rayo de luna que saliese tras su muerte. Sorprendido, Aubrey tomó a varios de aquellos hombres y se dirigió a dicho pináculo, determinado a dar sepultura al cuerpo; pero, al llegar a la cima, no encontró señal ni de este ni de sus ropas, pese a que los bandoleros le juraron que aquella era, fuera de toda duda, la roca en la que habían dejado el cadáver. Permaneció un tiempo allí, con su espíritu perdido en conjeturas, pero al cabo retornó, convencido de que aquellos hombres habían enterrado el cuerpo en secreto para quedarse con las vestimentas.

Hastiado de un país en el que había sufrido tan terribles desgracias y en el que, por lo visto, todo conspiraba para aumentar esa supersticiosa melancolía que se había ido apoderando de su mente, resolvió abandonarlo, de modo que pronto estuvo en Esmirna. Mientras aguardaba allí por alguna embarcación que lo llevara a Otranto o a Nápoles, se dedicó a inspeccionar los efectos de lord Ruthven que llevaba consigo. Entre otras cosas, había un cofrecillo que contenía varias armas ofensivas, adaptadas en menor o mayor medida para asegurar la rápida muerte de la víctima. Encontró diversos tipos de puñales, y mientras les daba vueltas y examinaba sus curiosas formas se sorprendió al divisar una funda cuyos ornamentos eran del mismo estilo que los de aquella daga que había encontrado en la fatídica cabaña del bosque. Estremeciéndose, se apresuró a buscar el arma para cotejar ambos objetos y alcanzar una mayor certeza, y cuál no fue su horror al descubrir que, pese a sus extravagantes curvas, la daga entraba a la perfección en la funda que sostenía en sus manos. Sus ojos ya no habían menester una prueba más concreta y no conseguían apartarse de aquella daga, aunque su espíritu aún se resistía a creerlo; pero la singular forma, el idéntico tono de los colores que adornaban mango y funda y las manchas de sangre presentes en ambos objetos no dejaban espacio alguno para la duda.

Abandonó Esmirna con destino a su hogar, y, al pasar por Roma, su primer cuidado fue obtener información respecto del destino de aquella joven a la que había intentado salvar de las seductoras artes de lord Ruthven. Se enteró de que sus padres habían perdido su fortuna y se hallaban ahora en la más extrema miseria, y que nada se había sabido de ella tras la partida del lord. La mente de Aubrey comenzaba a vacilar ante la repetición de tantos horrores, y con temor albergaba en su pecho la sospecha de que la joven había sido víctima del destructor de Ianthe. Se volvió taciturno y silencioso, y su única ocupación pasó a ser la de aumentar la velocidad de sus postillones, como si corriese a salvar la vida de algún ser querido. No tardó en llegar a Calais, y una brisa que parecía obedecer a sus deseos lo empujó pronto a las costas de Inglaterra, desde donde se apresuró hacia la mansión de sus padres. Una vez allí, pareció perder todo recuerdo del pasado, durante un tiempo, bajo el efecto de los abrazos y las caricias de su hermana, la cual, si ya con sus antiguas ternuras infantiles se había hecho antes acreedora de su afecto, ahora que empezaba a hacerse mujer le resultaba aún más agradable como compañera.

Miss Aubrey no tenía esa cautivante gracia que gana la mirada y el aplauso de la concurrencia de un salón y carecía de esa liviana vivacidad que sólo existe en la calurosa atmósfera de los ambientes concurridos. Sus ojos azules nunca se encendían con la despreocupada alegría propia de los espíritus frívolos. Rodeábala un melancólico encanto que no parecía brotar de la desgracia, sino de algún sentimiento interior, lo cual acaso fuera señal de un alma consciente de la existencia de reinos más brillantes. Su paso no era ese leve andar que se precipita a dondequiera que una fugaz mariposa o un color llame la atención, sino que era sereno y reflexivo. Cuando se hallaba sola, su rostro nunca se encendía con la sonrisa de la dicha; pero cuando su hermano le expresaba todo su afecto y olvidaba frente a su persona esas aflicciones que, como ella bien sabía, tanto atormentaban su descanso, ¿quién habría cambiado su sonrisa por la de la voluptuosidad? Daba la sensación entonces de que su rostro y sus ojos resplandecían con la luz de su propia esfera nativa. Contaba a la sazón con sólo dieciocho años y aún no había sido presentada en sociedad, pues sus tutores habían considerado más prudente retrasar su aparición hasta que su hermano hubiese regresado del continente a fin de que este pudiera constituirse en su protector. Se resolvió entonces, por consiguiente, que la próxima gala, que se acercaba, sería el momento señalado para que hiciese su entrada en el ajetreo de la «escena». Aubrey habría preferido permanecer en la mansión, alimentando la melancolía que le abrumaba: no podía sentir interés alguno por las frivolidades de los hombres modernos cuando su mente seguía desgarrada por el recuerdo de los sucesos que había presenciado; pero al fin decidió sacrificar sus inclinaciones a la protección de su hermana. De modo que se dirigieron a Londres y, una vez allí, se abocaron a los preparativos para la reunión, que se anunciaba para el día siguiente.

El amontonamiento fue impresionante; hacía ya bastante tiempo que no se celebraba una recepción de importancia, y todos aquellos que se hallaban ansiosos de asolearse un poco bajo la sonrisa de la nobleza se apresuraron hacia allí. Aubrey, acompañando a su hermana, se encontraba en el lugar. Apartado de todos, solitario en un rincón, abstraído de cuanto lo circundaba, comenzó a recordar que había sido en aquel mismo sitio que había visto por vez primera a lord Ruthven. Entonces, súbitamente, sintió que alguien lo tomaba por el brazo y que una voz

que conocía muy bien le susurraba al oído: «¡Recuerda tu juramento!».
Apenas tuvo valor para volverse, temeroso de ver un espectro capaz
de reducirlo a cenizas, pero pronto percibió a corta distancia a aquella misma figura que tanto había llamado su atención cuando, en aquel
mismo salón, hiciera su primera entrada en sociedad. Lo observó hasta
que sus piernas apenas fueron ya capaces de sostener su peso, momento en que se vio obligado a apoyarse en el brazo de un amigo y, abrién-
dose dificultosamente paso a través de la multitud, alcanzó a arrojarse
al interior de su carruaje y fue conducido a su hogar. Una vez allí, comenzó a pasearse por su cuarto con pasos precipitados, mientras se tomaba la cabeza con ambas manos como si temiese que sus ideas esca-
pasen violentamente de su cerebro. ¡Lord Ruthven nuevamente ante él!
Las circunstancias se agolpaban en su mente en espantosa sucesión: la
daga... su juramento... Se sacudió, incapaz de creerlo posible: ¡los muertos regresando de sus sepulcros! Tomó en consideración la idea de que
su imaginación acaso hubiese evocado a la realidad aquella figura que
ocupaba sus pensamientos noche y día. No tardó en convencerse de
que, en efecto, era imposible que aquello pudiese ser real, y al poco
tiempo decidió, por consiguiente, retornar a la vida de sociedad, pues,
aunque intentaba preguntar por lord Ruthven, dicho nombre quedaba
siempre ahogado en sus temblorosos labios y no lograba obtener información alguna sobre él. Se dirigió unos días después con su hermana
a una reunión organizada por un pariente cercano. Dejándola bajo la
protección de una dama, se retiró a una habitación aislada y se entregó
allí a sus devoradores pensamientos. Percibiendo, al cabo, que muchos
se iban, se levantó y, al entrar a otro salón, divisó a su hermana rodeada
por varios circunstantes con los cuales parecía mantener una animada
conversación; intentando abrirse paso hasta ella, rogó a un individuo
que le dejase pasar, cuando vio que este, volteándose, le revelaba aquellas facciones que tanto aborrecía. Se abalanzó sobre su hermana, la
tomó por un brazo y, con pasos presurosos, la arrastró hacia la calle. Al
llegar a la puerta se encontró con la inesperada barrera de un gran número de sirvientes que aguardaban a sus señores, y, mientras intentaba
abrirse un camino entre ellos, oyó de nuevo aquella voz susurrar cerca
de su oído: «¡Recuerda tu juramento!». No se atrevió a mirar, sino que,
apretando el paso, huyó a su hogar llevándose consigo a su hermana.

Aubrey se volvió casi un monomaníaco. Si ya antes se hallaba obse-
sionado con aquel tema, cuánto más no lo estaría ahora que la certeza
de que el monstruo seguía vivo acosaba su mente. No parecía ya notar
en lo absoluto las tiernas atenciones de su hermana, y en vano lo urgía
ella a que le diese razón de su abrupto cambio de conducta. Aubrey sólo
repetía unas pocas palabras, pero que eran suficientes para aterrarla.
Cuanto más se sumía en sus pensamientos, más confundido parecía. El
recuerdo de su propio juramento lo afligía sin descanso: ¿tendría en-

tonces que permitir, sin poder jamás impedir el progreso de su marcha, que aquel monstruo vagase, portando la ruina en su aliento, en medio de todos cuantos él amaba? Acaso su misma hermana había sido ya tocada por él. Pero aun si osase romper su juramento, revelando sus sospechas, ¿quién sería capaz de creerle? En ocasiones albergaba la idea de emplear sus propias manos para liberar al mundo de semejante demonio, pero entonces recordaba que la muerte ya había probado ser ineficaz. Permaneció así durante días, encerrado en su cuarto, sin ver a nadie y comiendo sólo cuando su hermana entraba y, con ojos arrasados en lágrimas, le suplicaba que, por piedad a ella, no se dejase morir de ese modo. Finalmente, siendo ya incapaz de soportar la quietud y la soledad, comenzó a abandonar la casa para deambular por las calles, ansioso por escapar de la imagen que lo perseguía sin tregua. Sus vestimentas pronto testimoniaron negligencia, mientras él se exponía, en sus constantes vagabundeos, tanto al sol del mediodía como al rocío de la noche. No tardó en quedar irreconocible; al principio retornaba al hogar con el anochecer, pero con el tiempo tomó la costumbre de echarse a descansar dondequiera que la fatiga le diese alcance. Su hermana, preocupada por su seguridad, contrató hombres para que le siguiesen, pero él pronto conseguía despistarlos, escapando de su vigilancia con mayor velocidad que la que se emplea en huir de un pensamiento. Su conducta, sin embargo, se vio pronto modificada. Horrorizado ante la súbita idea de que, con su ausencia, estaba dejando a todos sus amigos en compañía de un demonio de cuya presencia no eran conscientes, decidió retornar a los vínculos sociales a fin de vigilarlo de cerca y prevenir, a pesar de su juramento, a todos aquellos a cuya intimidad lord Ruthven se acercase. Pero en cuanto retornó a los salones, sus suspicaces y ojerosas miradas resultaron tan espeluznantes, y tan evidente su estremecimiento interior, que su hermana se vio finalmente obligada a rogarle que se abstuviese de frecuentar una sociedad que lo afectaba tan vivamente. Cuando, no obstante, esas reconvenciones probaron ser inútiles, sus tutores consideraron apropiado tomar cartas en el asunto y, temiendo que su mente se balanceaba ya al borde de la locura, decidieron que era aquel el momento preciso de reasumir el papel que la confianza de los padres de Aubrey les había encomendado.

Con el objeto de mantenerlo a salvo de aquellos daños y sufrimientos que había encontrado a diario durante sus vagabundeos y de prevenir que volviese a exponer ante la mirada general las señales de lo que ellos consideraban locura, contrataron a un médico para que residiese en la mansión y cuidase constantemente de él. Apenas pareció notarlo, a tal punto se hallaba absorbida su mente por una sola y terrible idea obsesiva. Por último, su incoherencia se volvió tan grande que se resolvió confinarlo a su cámara. Allí yacía aletargado durante días, sin que nada pudiese levantarlo. Se hallaba demacrado y sus ojos habían asumido un brillo vidrioso. El único signo de que algo de memoria y de afecto quedaban en él tenía lugar únicamente cuando su hermana entraba a la habitación; entonces, a menudo se sobresaltaba y, aferrándola por sus manos, con miradas que la atormentaban indeciblemente, le decía una y otra vez: «¡Oh, no lo toques!... ¡si tu amor por mí vale algo, no te acerques a él!». Sin embargo, cuando ella le preguntaba a quién se refería, su única respuesta era: «¡Es verdad, es verdad!», tras lo cual caía en un nuevo letargo febril del cual ni ella podía sacarlo. Esto duró muchos meses, pero, no obstante ello, cuando el año comenzó a tocar a su fin sus incoherencias fueron perdiendo frecuencia gradualmente, su mente pareció librarse un poco de su sombría disposición y no tardaron sus guardianes en notar que varias veces al día contaba con los dedos un número determinado y sonreía.

Ya casi había transcurrido el tiempo entero del plazo cuando, el último día del año, uno de sus tutores entró en su cuarto y comenzó a dialogar con el médico sobre la triste circunstancia de que Aubrey siguiese en tan lamentable estado mientras su hermana estaba por contraer matrimonio al día siguiente. Tales palabras captaron de inmediato su atención y ansiosamente preguntó con quién se casaría. Complacidos por esa señal de recuperación de sus facultades mentales, de las cuales temían que se hallaba ya privado, le mencionaron al conde de Marsden. Creyendo que se trataba de un joven conde que le había sido presentado en sociedad, Aubrey pareció muy satisfecho, y sorprendió aún más a ambos hombres al expresar su intención de estar presente en las nupcias, manifestando asimismo el deseo de ver cuanto antes a su hermana. No le respondieron, pero a los pocos minutos ella se hallaba ya junto a él. Pareció entonces ser nuevamente sensible a la influencia de su hermosa sonrisa, pues la estrechó contra su pecho y besó sus mejillas, húmedas por las lágrimas que manaban producto de la alegría de advertir que su hermano se hallaba nuevamente vivo para los sentimientos afectuosos. Comenzó él a hablarle con toda su acostumbrada calidez, felicitándola por su boda con una persona tan distinguida por su rango y por cada una de sus prendas, cuando súbitamente percibió un medallón que ella lucía sobre su pecho. Entonces, precipitándose a abrirlo, cuál no fue su sorpresa al descubrir allí las inequívocas facciones de aquel monstruo que había marcado su vida de manera tan nefasta. Le arrebató el retrato en un paroxismo de rabia y lo pisoteó con furia. Cuando ella le preguntó por qué destrozaba así la imagen de su futuro esposo, él se quedó un momento mirándola extraviado, como si no comprendiese nada; luego, tomándola por las manos y clavándole la mirada con una expresión frenética, le suplicó que le jurara que nunca se casaría con ese monstruo, pues él... Pero no pudo seguir: sentía que aquella voz le ordenaba otra vez recordar su juramento, de modo que miró bruscamente en todas direcciones, creyendo que lord

Ruthven se hallaba allí, mas no vio a nadie. Justo en ese momento, los tutores y el médico, que lo habían escuchado todo y pensaron que se trataba de una recaída en su alteración, entraron y, separándolo por la fuerza de miss Aubrey, rogaron a esta que abandonase el aposento. Él cayó entonces de rodillas ante ellos, implorándoles que pospusiesen la ceremonia cuando menos por un día, pero ellos, atribuyendo tal actitud a la demencia que imaginaban que había tomado posesión absoluta de sus facultades, se esforzaron por tranquilizarlo y se retiraron luego.

Lord Ruthven se había personado en el domicilio de Aubrey al día siguiente de la presentación de la hermana de este en sociedad y había sido despedido, como todo el mundo, sin poder verlo. Cuando supo del delicado estado en que su salud se encontraba, no tardó en comprender que él había sido la causa del mal; pero en cuanto se enteró de que se consideraba que el joven estaba loco, apenas pudo disimular su júbilo ante aquellos que le habían dado la información. Se hizo introducir de inmediato en el hogar de su antiguo compañero y, por medio de sus constantes cuidados, el inmenso afecto que mostraba por él y el enorme interés con que preguntaba por su estado, supo ganarse gradualmente el oído de miss Aubrey. ¿Quién podría haber resistido su poder? Sus labios tenían tantos peligros y fatigas para narrar; tan convincentemente podía hablar de sí mismo como de un ser que nada tenía en común con el género humano y que sólo hacia aquella a quien se dirigía sentía algo de simpatía; tan verosímil era al expresar que, desde que la había conocido a ella, había al fin encontrado, siquiera para oír sus suaves acentos, un motivo digno por el cual conservar su existencia en este mundo; y, en breve, tan bien sabía hacer uso de sus artes de serpiente, o tal era la voluntad del Destino, que no tardó en hacerse dueño del amor de la joven. Como justo en aquel mismo tiempo el título de conde perteneciente a la rama más antigua de su familia recayó sobre él, obtuvo una importante embajada que le sirvió como perfecta excusa para acelerar la boda, la cual se fijó finalmente para el día anterior a su partida hacia el continente, pese al estado en que se encontraba el hermano de la novia.

Aubrey, en cuanto fue abandonado por el médico y sus tutores, intentó sobornar a los criados, pero en vano. Pidió entonces lápiz y papel, y no bien los hubo obtenido le escribió una carta a su hermana conjurándola a, en consideración a su propia felicidad, a su honor y al de aquellos padres difuntos que otrora la habían llevado en sus brazos mirándola como la esperanza de la familia, demorar por al menos unas horas ese casamiento, sobre el cual él denunciaba que se cernían las más terribles maldiciones. Los criados le prometieron que se la entregarían, pero se la dieron al médico, quien decidió que sería mejor no seguir vejando la mente de miss Aubrey con lo que él consideraba los delirios de un maniático.

Esa noche transcurrió sin mucho descanso para los atareados moradores de la mansión y Aubrey oyó, con un horror más fácil de imaginar que de describir, el ajetreo de los preparativos. Con el llegar de la mañana, el sonido de los carruajes irrumpió en sus oídos. Se puso entonces realmente frenético. Afortunadamente, la curiosidad de los criados comenzó a prevalecer sobre el celo de su vigilancia, de modo que se fueron alejando uno tras otro, abandonándolo a la sola custodia de una indefensa anciana. No dejó él pasar la oportunidad y de un salto abandonó la habitación, llegando en un instante a la sala en la que todos se hallaban reunidos. Lord Ruthven fue el primero en percibir su presencia; se acercó de inmediato a él y, tomándolo del brazo con fuerza, lo arrastró fuera del aposento, mudo de rabia. Al llegar a la escalera, el lord susurró en su oído:

—Recuerda tu juramento, y ten presente que, si no se casa hoy conmigo, tu hermana queda deshonrada: ¡las mujeres son frágiles!

Con esas palabras lo empujó a los brazos de los criados, que, advertidos por la anciana, habían llegado en busca de él. Aubrey ya no pudo seguir en pie; su rabia, incapaz de encontrar vía alguna de escape, había roto una de sus arterias, de modo que fue transportado a su lecho. Nada de esto se mencionó a su hermana, que no se hallaba presente en la sala cuando él entró, pues el médico temía agitarla demasiado. De manera que las nupcias finalmente se celebraron y los novios abandonaron Londres sin demora.

La debilidad de Aubrey fue aumentando poco a poco y la cantidad de sangre perdida pronto generó en él síntomas que delataban la inevitable aproximación de la muerte. Hizo entonces llamar a sus tutores y, en cuanto sonaron las campanas de la medianoche, les relató con calma lo que el lector acaba de leer. No bien hubo terminado de hacerlo, expiró.

Sus tutores se lanzaron en pos de miss Aubrey a fin de salvarla, pero cuando llegaron a destino ya era demasiado tarde: lord Ruthven había desaparecido y la sangre de la hermana de Aubrey había aplacado la sed de un vampiro.

Edgar Allan Poe

Berenice

Dicebant mihi sodales, si sepulchrum amicæ visitarem,
curas meas aliquantulum fore levatas.

- Ibn al-Zayyat.

La miseria tiene muchos aspectos. La desdicha de la tierra es multiforme. Sobrepasando el amplio horizonte como el arco iris, sus matices son tan variados como los matices de dicho arco; tan nítidos también, como al mismo tiempo tan íntimamente unidos. ¡Sobrepasando el amplio horizonte como el arco iris! ¿Cómo puede ser que de la belleza haya yo derivado a semejante tipo de desgracia, de una alianza de paz a semejante símil de tristeza? Pero así como, en Ética, el mal es una consecuencia del bien, así, en la realidad, de la alegría nace el pesar. O los recuerdos de la pasada bienaventuranza son la angustia de hoy, o las agonías que *son* tienen su origen en los éxtasis que *podrían haber sido.*

Mi nombre de pila es Egæus; no mencionaré mi apellido. Sin embargo, no hay en mi país torres más venerables que mis lóbregas y grises heredades. Nuestro linaje ha sido llamado raza de visionarios; y en muchos sorprendentes particulares, en el carácter de la mansión familiar, en los frescos del salón principal, en los tapices de los dormitorios, en los relieves de algunos pilares de la sala de armas, pero especialmente en la galería de cuadros antiguos, en el estilo de la biblioteca y, por último, en la singular naturaleza de los contenidos de esta, hay evidencia más que suficiente para justificar dicha creencia.

Los recuerdos de mis más tempranos años están conectados con esa mansión y con sus volúmenes, de los cuales no diré más. Allí murió mi madre. Allí dentro nací yo. Pero es mera ociosidad el decir que no había yo vivido antes, que el alma no tiene una existencia previa. ¿Lo negáis? No discutamos el asunto. Convencido yo, no busco convencer. Hay, no obstante, un recuerdo de formas etéreas, de ojos espirituales y expresivos, de sonidos musicales aunque tristes, un recuerdo que no será excluido; una memoria semejante a una sombra, vaga, variable, indefinida, inestable; y semejante a una sombra, también, dada mi imposibilidad de desembarazarme de ella en tanto la luz de mi razón exista.

En aquella mansión nací yo. Así despertando, de la larga noche de lo que parecía, pero no era, la no existencia, a verdaderas regiones de hadas, a un palacio de imaginación, a los extraños dominios del pensamiento monástico y la erudición, no es singular el que mirase yo a mi alrededor con sobrecogidos y ardientes ojos, que malgastara mi infancia entre libros y disipara mi juventud en ensueños; pero *sí* es singular el que transcurrieran los años y el cénit de mi madurez me encontrara aún en la mansión de mis padres; *sí* es asombrosa la paralización que cayó sobre las fuentes de mi vida, asombrosa la inversión total que tuvo lugar en el carácter de mis más comunes pensamientos. Las realidades del mundo comenzaron a afectarme como visiones y sólo como visiones, mientras que las extravagantes ideas de la tierra de los sueños se transformaron, en cambio, no en el material de mi existencia diaria, sino, absoluta y únicamente, en esa existencia misma.

Berenice y yo éramos primos, y crecimos juntos en mis heredades paternas. Sin embargo, crecimos de manera diferente: yo, enfermizo y sumido en la melancolía; ella, ágil, graciosa y rebosante de energías; suyos eran los paseos por las colinas, míos los estudios del claustro; yo viviendo encerrado en mí mismo y dedicándome en cuerpo y alma a la más intensa y dolorosa meditación; ella vagando despreocupadamente por la vida, sin pensar en las sombras de su camino o en la silenciosa huida de las horas de negras alas de cuervo. ¡Berenice! Invoco su nombre... ¡Berenice!... Y, de las grises ruinas de la memoria, mil tumultuosos recuerdos se conmueven a este sonido. ¡Ah!, vívidamente surge su imagen ante mí ahora, como en los antiguos días de su alegría y de su dicha. ¡Oh, primorosa y sin embargo fantástica belleza! ¡Oh, sílfide entre los arbustos de Arnheim! ¡Oh, náyade entre sus fuentes!... Y entonces... entonces todo es misterio y terror, y una historia que no debería ser contada. Una enfermedad, una enfermedad fatal, cayó como el simún sobre ella, y, aun mientras yo la contemplaba, el espíritu del cambio la arrasó, expandiéndose por su mente, sus hábitos y su carácter, y, de la manera más sutil y terrible, perturbando incluso la identidad de su persona. ¡Ay! El destructor vino y se fue, y la víctima... ¿dónde estaba ella? Yo no la reconocía, o no la reconocía ya como Berenice.

Entre la numerosa serie de dolencias provocadas por aquella enfermedad fatal y primaria que causó una revolución tan horrible en el ser moral y físico de mi prima, puede ser mencionada como la más penosa y obstinada en su naturaleza una especie de epilepsia que no pocas veces terminaba en *catalepsia*, un estado que se asemejaba bastante a una disolución definitiva y del cual recobrábase, en la mayoría de los casos, de forma sorprendentemente abrupta. Mientras tanto, mi propia enfermedad, pues se me ha dicho que no de otro modo debo llamarla, mi propia enfermedad, entonces, creció rápidamente en mí y asumió finalmente un carácter monomaníaco de una especie nueva y extraordinaria, que a cada hora y a cada momento cobraba más vigor y que por fin obtuvo sobre mí el más incomprensible ascendiente. Esta monomanía, si así debo llamarla, consistía en una irritabilidad morbosa de esas propiedades de la mente que en la ciencia metafísica reciben el nombre de *el atento*. Es más que probable que no se me comprenda, pero temo, ciertamente, que no es de modo alguno posible el proporcionar a la mente del lector corriente una idea adecuada de esa nerviosa *intensidad del interés* con que, en mi caso, las facultades de la meditación (para no hablar técnicamente) se ocupaban y se sumían en la contemplación de incluso los objetos más ordinarios del universo.

Reflexionar durante largas horas infatigables, con mi atención clavada en alguna trivial divisa sobre un margen o en la tipografía de un libro; quedarme durante la mayor parte de un día de verano absorto en una singular sombra que caía oblicuamente sobre un tapiz o sobre la puerta; perderme durante toda una noche en la contemplación de la firme llama de una lámpara o en los rescoldos de un fuego; ensoñarme días enteros en el perfume de una flor; repetir monótonamente alguna palabra común hasta que su sonido, a fuerza de ser repetido continuamente, dejaba de sugerirle idea alguna a la mente; perder todo sentido de movimiento o de existencia física por medio de una quietud corporal obstinadamente prolongada durante largo tiempo: tales eran algunos de los más comunes y menos perniciosos caprichos provocados por una condición de las facultades mentales, a decir verdad, no del todo única, pero ciertamente capaz de desafiar cualquier tipo de análisis o explicación.

Pero que no se me malentienda. La inconveniente, grave y morbosa atención así excitada por objetos en sí mismos triviales no debe ser confundida con esa propensión a meditar común a todo el género humano, y a la que especialmente se entregan las personas de ardiente imaginación. Tampoco era, como se puede suponer en un principio, una condición extrema o una exageración de dicha propensión, sino algo principal y esencialmente distinto, diferente. En un caso, el soñador o entusiasta, interesándose en un objeto usualmente *no* trivial, lo pierde de vista poco a poco en un cúmulo de deducciones y sugerencias que de este provienen, hasta que, en la conclusión de un ensueño *a menudo repleto de placer*, encuentra el *incitamentum* o primera causa de sus reflexiones completamente desvanecido y olvidado. En mi caso, el objeto primario era *invariablemente* trivial, aunque asumía, por medio de mi enferma visión, una refracta e irreal importancia. Pocas deducciones, si es que alguna, eran hechas, y esas pocas retornaban pertinazmente al objeto original como centro. Las meditaciones *nunca* eran placenteras; y, al final del ensueño, la primera causa, muy lejos de haberse perdido de vista, alcanzaba ese sobrenaturalmente exagerado interés que constituía la principal característica de la enfermedad. En una palabra, las facultades mentales más particularmente ejercitadas eran, en mí, como he dicho antes, las del *atento*, mientras que son, en el soñador, las del *especulativo*.

Mis libros en esa época, si no servían realmente para irritar mi afección, participaban por lo menos enormemente, en su imaginativa e inconsecuente naturaleza, de los atributos característicos de la afección misma. Puedo recordar muy bien, entre otros, el tratado *De amplitudine beati regni Dei*, del noble italiano Cœlius Secundus Curio; la gran obra *De civitate Dei*, de San Agustín; y el *De carne Christi*, de Tertuliano, en el cual la paradójica sentencia «*Mortuus est Dei filius; credibile est quia ineptum est: et sepultus resurrexit; certum est quie impossibile est*»[1] ocupó todo mi tiempo durante varias semanas de laboriosa e infructuosa investigación.

Así se verá que, arrancada de su equilibrio sólo por cosas triviales, mi razón asemejábase a ese acantilado del cual habla Ptolomeo Hefestión[2], que, resistiendo firmemente los ataques de la violencia humana y la aún más feroz furia de las aguas y los vientos, temblaba únicamente al contacto de la flor llamada asfódelo. Y aunque, para un observador descuidado, pueda parecer como algo fuera de toda duda el que la alteración producida en la condición *moral* de Berenice por su desgraciada dolencia me proporcionase muchos objetos para el ejercicio de esa intensa y anormal meditación, cuya naturaleza me ha causado cierto trabajo explicar, diré que de ningún modo era este el caso. En los intervalos lúcidos de mi inestabilidad, su calamidad, por cierto, me daba pena, y, conmovido por la ruina total de su hermosa y apacible vida, no dejaba de meditar frecuente y amargamente en los increíbles medios por los que una revolución tan extraña había acontecido de manera tan repentina. Pero estas reflexiones no compartían la idiosincrasia de mi enfermedad, y eran semejantes a las que podrían haber surgido, bajo circunstancias similares, en el común del género humano. Fiel a su propio carácter, mi afección se deleitaba en los menos importantes pero más sorprendentes cambios obrados en la constitución *física* de Berenice, en la singular y aterradora distorsión de su identidad personal.

Durante los más brillantes días de su incomparable belleza, estoy seguro de que nunca la había amado. En la extraña anomalía de mi existencia, mis sentimientos *nunca* habían sido del corazón; mis pasiones *siempre* fueron de la mente. A través del gris de la temprana aurora, entre las sombras entrelazadas del bosque al mediodía y en el silencio

---

[1] La célebre sentencia de Tertuliano (155-222) corre: «El hijo de Dios murió: es creíble porque es absurdo; y sepultado resucitó: es cierto porque es imposible».

[2] Oscuro autor epitomado por el patriarca Focio (c.820-898) en su *Biblioteca*, 190.

de mi biblioteca por la noche, ella a menudo había pasado fugazmente ante mis ojos, y yo la había visto, no como la Berenice que respiraba y vivía, sino como la Berenice de un sueño; no como un ser de la tierra, terrenal, sino como la abstracción de dicho ser; no como algo para admirar, sino para analizar; no como un objeto de amor, sino como el tema de la más abstrusa e inconexa especulación. Y ahora... ahora me estremecía en su presencia y palidecía al verla aproximarse; sin embargo, lamentando amargamente su arruinada y desolada condición, recordé que ella me había amado mucho tiempo y, en un mal momento, le hablé de matrimonio.

Y aproximábase finalmente la fecha de nuestras nupcias, cuando, durante un atardecer en el invierno del año, uno de esos intempestivamente cálidos, calmos y neblinosos días que son la nodriza de la hermosa Alcíone,[3] me senté, creyendo que estaba solo, en el gabinete interior de la biblioteca. Pero al levantar mis ojos vi que Berenice se encontraba de pie ante mí.

¿Fue mi propia imaginación excitada, la neblinosa influencia de la atmósfera, la incierta oscuridad del aposento o los grises vestidos que caían alrededor de su figura lo que le dio un contorno tan vacilante e indistinto? No sabría decirlo. Ella no profirió ni una palabra, y yo... por nada del mundo podría haber pronunciado una sílaba. Un helado escalofrío recorrió todo mi cuerpo; un sentido de insufrible inquietud me oprimió; una curiosidad destructora se extendió por mi alma; y, hundiéndome en la silla, permanecí por algún tiempo sin aliento e inmóvil, con los ojos clavados sobre su persona. ¡Ay! Su delgadez era excesiva, y ni un solo vestigio del antiguo ser se demoraba en línea alguna de su contorno. Finalmente, mis ardientes miradas recayeron sobre su rostro.

La frente era alta, muy pálida y singularmente plácida; el cabello, alguna vez negro azabache, caía parcialmente sobre ella y ensombrecía las hundidas sienes con innumerables rizos, ahora de un vivo amarillo, que chocaban discordantemente, en su fantástico carácter, con la gran melancolía de su rostro. Los ojos no tenían vida, ni brillo, ni, en apariencia, pupilas, y rehuí involuntariamente su vidriosa mirada para contemplar los delgados y encogidos labios. Estos se separaron y, en una sonrisa de peculiar significado, *los dientes* de la cambiada Berenice reveláronse lentamente a mis ojos. ¡Quiera Dios que nunca los hubiera contemplado, o que, habiéndolo hecho, hubiese muerto!

El cerrarse de una puerta me distrajo y, levantando la vista, encontré que mi prima había salido del aposento. Pero del desordenado apo-

---

[3] «Pues como Zeus, durante el invierno, da por dos veces siete días de calor, los hombres han llamado a este clemente y templado tiempo "la nodriza de la hermosa Alcíone"». (*Simónides*).

sento de mi mente, ¡ay!, ni había salido, ni se apartaría ya, el blanco y espantoso espectro de sus dientes. Ni una mancha en su superficie, ni una sombra en su esmalte, ni una melladura en sus bordes había que esa momentánea sonrisa no hubiese bastado para grabar a fuego en mi memoria. Los veía *entonces* incluso más claramente de lo que los había visto *un momento antes*. ¡Los dientes!... ¡los dientes! Estaban aquí, y allí, y por todas partes, visible y palpablemente ante mí; grandes, estrechos y excesivamente blancos, con los pálidos labios contrayéndose a su alrededor, como en el momento mismo de su primera terrible revelación. Entonces sobrevino toda la furia de mi *monomanía*, y en vano luché contra su extraña e irresistible influencia. Entre los múltiples objetos del mundo externo no tenía yo pensamientos sino para los dientes. Los anhelaba con un deseo frenético. Todos los otros asuntos y todos los distintos intereses fueron absorbidos en su sola contemplación. Ellos, ellos solos estaban presentes ante el ojo de mi mente, y ellos, en su única individualidad, se volvieron la esencia de mi vida mental. Los expuse a todas las luces, les hice adoptar todas las actitudes. Estudié sus características. Me demoré en sus peculiaridades. Medité sobre su conformación. Reflexioné sobre la alteración de su naturaleza. Me estremecí al asignarles en mi imaginación una facultad sensitiva y consciente, y, aun sin la asistencia de los labios, una capacidad de expresión moral. De mademoiselle Sallé bien se ha dicho «*que tous ses pas étaient des sentiments*», y de Berenice aún más seriamente creía yo *que tous ses dents étaient des idées.*[4] *Des idées!* ¡Ay, aquí estaba el insensato pensamiento que me destruyó! *Des idées!* ¡Ay, fue *por eso* que los codicié tan demencialmente! Sentí que su sola posesión me devolvería definitivamente la paz, restituyéndome a la razón.

Y el anochecer cerrose así sobre mí; y entonces la oscuridad llegó, y lo ennegreció todo, y se fue; y amaneció el nuevo día; y las neblinas de una segunda noche estaban ya congregándose alrededor, y aún seguía yo sentado inmóvil en ese solitario cuarto, y aún seguía yo sumido en la meditación, y aún el *fantasma* de los dientes mantenía su terrible ascendiente sobre mí mientras, con la más viva y atroz nitidez, flotaba entre las cambiantes luces y sombras del aposento. Finalmente irrumpió en mis sueños un grito como de horror y consternación; y luego, tras una pausa, llegó el sonido de turbadas voces, entremezcladas con varios gemidos de tristeza o de dolor. Me levanté de mi asiento y, abriendo una de las puertas de la biblioteca, vi de pie en la antecámara a una joven criada, arrasada en lágrimas, que me dijo que Berenice... ya no existía. Había sufrido un ataque de epilepsia temprano por la mañana,

---

[4] Mademoiselle Marie Sallé (c.1707-1756) fue una afamada bailarina francesa que se desempeñó en el repertorio de la ópera barroca. Las frases significan, respectivamente, «que todos sus pasos eran sentimientos» y «que todos sus dientes eran ideas».

Antiguos relatos de Oscuridad y de Horror

y ahora, al caer de la noche, la tumba estaba lista para su ocupante y terminados todos los preparativos para el entierro.

Me encontré sentado en la biblioteca, nuevamente solo. Parecía como si acabara de despertar de un confuso y excitante sueño. Sabía que era ya la medianoche, y recordaba que a la puesta del sol Berenice había sido enterrada. Pero del sombrío período intermedio no tenía un real o, al menos, definido conocimiento. Sin embargo, su recuerdo estaba repleto de horror; horror más horrible por su vaguedad, y terror más terrible por su ambigüedad. Era una página espantosa en la historia de mi existencia, escrita con oscuros, atroces e ininteligibles recuerdos. Me esforcé por descifrarlos, pero fue en vano, mientras, una y otra vez, como el espíritu de un sonido perdido, el agudo y penetrante alarido de una voz femenina parecía resonar en mis oídos. Yo había hecho algo, pero... ¿qué cosa? Me lo pregunté a mí mismo en voz alta, y los susurrantes ecos del aposento me respondieron: «*¿Qué cosa?*».

Sobre la mesa que estaba a mi lado ardía una lámpara, y junto a ella descansaba una pequeña caja. No tenía ninguna característica particular, y yo la había visto con frecuencia ya antes, pues era propiedad del médico de la familia; pero ¿cómo había llegado *allí*, a mi mesa, y por qué me estremecí al verla? Estas cosas no eran en modo alguno dignas de ser tenidas en cuenta, y mis ojos fatalmente cayeron en las páginas abiertas de un libro, sobre una oración allí subrayada. Eran las simples pero singulares palabras del poeta Ibn al-Zayyat: «*Dicebant mihi sodales, si sepulchrum amicæ visitarem, curas meas aliquantulum fore levatas*».[5] ¿Por qué entonces, al leerlas, se me erizaron los cabellos y la sangre de todo mi cuerpo se congeló en mis venas?

Sonó un ligero golpe en la puerta de la biblioteca y, pálido como el morador de una tumba, un criado entró en puntas de pie. Su mirada estaba desencajada por el terror, y me habló con una voz trémula, ronca y muy baja. ¿Qué decía? Algunas oraciones entrecortadas pude oír. Habló de un terrible grito perturbando el silencio de la noche, de la congregación de la servidumbre, de una búsqueda en dirección al origen del sonido; y entonces los tonos de su voz se volvieron espeluznantemente nítidos mientras me susurraba algo sobre una tumba violada, sobre un desfigurado cuerpo amortajado, aunque aún respirando, aún palpitando, ¡aún *vivo*!

Señaló mis ropas: estaban manchadas con barro y sangre coagulada. No hablé, y me tomó suavemente por la mano: estaba marcada con la impresión de uñas humanas. Dirigió mi atención hacia un objeto apoyado en la pared; lo miré durante unos minutos: era una pala. Con un

---

[5] Aproximadamente: «Decíanme mis compañeros que, si visitaba el sepulcro de mi amada, podría aliviar un poco mi miseria».

grito me precipité a la mesa y tomé la caja que sobre ella descansaba, pero no pude abrirla, y en mi temblor se me deslizó de las manos, cayó pesadamente y se rompió en pedazos; y de entre ellos, con un sonido tintineante, rodaron algunos instrumentos de cirugía dental, entremezclados con treinta y dos objetos pequeños, blancos y ebúrneos que se desparramaron por todo el suelo.

J. Sheridan Le Fanu

Ultor de Lacy

Una leyenda de Cappercullen

Capítulo I
El legado del jacobita[1]

n mi infancia escuché un gran número de tradiciones familiares irlandesas de un carácter más o menos sobrenatural, algunas de ellas muy singulares, y todas, al menos para un niño, enormemente interesantes. Relataré a continuación una de ellas, aunque el paso a la fría letra de imprenta de algo conocido por medio de la narración oral, que se ve favorecida con toda la ayuda de la animación en las expresiones de la voz y del rostro humanos, más la apropiada *mise-en-scène* del anticuado hogar de la sala con su atento círculo de excitados semblantes y, fuera, el viento invernal y el gemido de las desnudas ramas, acompañado por el ocasional golpeteo del tosco y anticuado marco de una ventana tras la celosía y las cortinas mientras el viento sopla, será, como mucho, un buen intento.

Casi a mitad de camino subiendo la romántica cañada de Cappercullen, cerca del punto donde los condados de Limerick, Clare y Tipperary convergen, en la entonces aislada y boscosa región de las colinas Slieve-Felim, se erguían, en los reinados de Jorge I y Jorge II, las pintorescas e imponentes ruinas de uno de los más bellos castillos angloirlandeses de todo Munster, y quizás de toda Irlanda.

Dicho castillo coronaba el empinado precipicio de la boscosa cañada, hundido entre los antiguos bosques que cubrían ese extenso y solitario territorio. No había vivienda alguna en varias millas a la redonda, excepto por la media docena de casuchas y la humilde capilla de techo de paja que componían la pequeña aldea de Murroa, la cual se enclavaba al pie de la cañada, en los enmarañados límites del noble bosque.

Lo remoto de su situación y lo dificultoso de su acceso lo habían salvado de la demolición. No era digno del tiempo de nadie echar abajo y remover el pesado y tosco roble, y mucho menos la mampostería o el

---

[1] Los jacobitas eran los partidarios de los derechos de Jacobo Estuardo (depuesto en 1688 por los protestantes) y sus descendientes al trono británico.

deteriorado techo del edificio. Todo aquello que hubiese valido el costo de un traslado hacía ya bastante que había sido llevado de allí. Al resto se lo había abandonado al tiempo, el destructor.

Los propietarios hereditarios de este noble edificio, y de un vasto territorio en los condados contiguos que he mencionado, eran ingleses (los De Lacy) mucho tiempo atrás naturalizados irlandeses. Habían adquirido al menos esta parte de su heredad durante el reinado de Enrique VIII y la habían retenido, no sin ciertas vicisitudes, hasta el inicio de la revolución en Irlanda, momento en el que sufrieron la pérdida de sus derechos y, al igual que otras grandes familias de aquel período, experimentaron un eclipse final.

El De Lacy de esos tiempos se expatrió a Francia y tuvo brevemente a su cargo la Brigada Irlandesa, mando que interrumpió por una enfermedad. Solicitó el retiro, se volvió un pobre parásito de la corte de Saint Germain, y murió a comienzos del siglo XVIII (hasta donde recuerdo, en 1705), dejando un único hijo, de apenas doce años de edad, bautizado con el extraño pero significativo nombre de Ultor[2].

En este punto comienza el ingrediente maravilloso de mi relato.

Cuando el padre de Ultor estaba muriendo, hizo conducir a su hijo a la cabecera de su lecho, acompañado sólo por el confesor; y habiéndole dicho, primero, que al llegar a la edad de veintiún años debía reclamar una pequeña heredad en el condado de Clare, en Irlanda, que llegaba a él por parte de su madre (los títulos de la cuál le entregó), y, segundo, que no debía casarse antes de los treinta, basándose en que los casamientos prematuros destruían el poder y el espíritu de todo gran proyecto y podrían incapacitarlo para el cumplimiento de su destino (la restauración de la familia), comenzó entonces a hablarle de un tema tan aterrador y escalofriante que el niño rompió a aullar de una forma espantosa, temblando, aferrándose al traje del sacerdote con una mano y a la fría muñeca de su padre con la otra, e implorándole a este, con gritos de horror, que desistiese de su comunicación.

Pero el sacerdote, sin lugar a dudas impresionado también, lo obligó, por la imperiosa necesidad, a escuchar. Su padre le mostró entonces el pequeño retrato de un hombre, de cuya visión se volvió otra vez con gritos hasta que fue igualmente forzado a mirar. No lo dejaron sino hasta que hubo memorizado cuidadosamente las facciones del individuo y fue capaz de describirles, de memoria, el color de ojos y pelo, así como el corte y los tonos de la vestimenta. Entonces le dio su padre una caja negra con este retrato en su interior, que era una miniatura de cuerpo entero, de poco más de veinte centímetros de largo, pintada muy finamente en un óleo tan fluido como el esmalte, y dobló sobre esta una hoja de papel, escrita con letra muy legible y esmerada.

---

[2] El significado del latín *ultor* es 'vengador'.

    Antiguos relatos de Oscuridad y de Horror

Las escrituras y esta caja negra constituían el más importante legado dejado a su único hijo por el arruinado jacobita, quien depositó ambas cosas en manos del sacerdote a fin de que las custodiase hasta que Ultor hubiese alcanzado una edad que le permitiese tanto comprender su valor como guardarlas de manera segura. En cuanto esta escena hubo concluido, la mente del agonizante exiliado debió de sentirse algo aliviada, pues comenzó a hablar alegremente y hasta afirmó que creía que se recuperaría. Calmaron al excitado niño, y su padre lo besó y le dio una pequeña moneda de plata para que se comprase fruta con ella, y entonces lo enviaron a caminar un rato con otro niño. Cuando regresó, su padre ya había muerto.

Ultor permaneció en Francia, bajo los cuidados del eclesiástico, hasta que alcanzó los veintiún años, momento en el que viajó a Irlanda y, no habiendo sido su título afectado por la pérdida de derechos de su padre, fácilmente hizo valer sus demandas por la pequeña heredad en el condado de Clare.

Allí se estableció, realizando, cada tanto, lúgubres y solitarios reconocimientos de los vastos territorios que alguna vez habían pertenecido a su padre y alimentando los oscuros e impacientes pensamientos propios de la empresa a la que se había consagrado.

Ocasionalmente visitaba París, a la sazón centro común de todos los exiliados ingleses, irlandeses y escoceses; y allí, poco después de pasados sus treinta años, desposó a la hija de otra casa irlandesa arruinada. Esta esposa regresó con él a la melancólica soledad de la residencia de Munster y le dio con el tiempo dos hijas: Alice, la mayor, de ojos y cabellos oscuros, grave y sensible, y Una, cuatro años menor, de grandes ojos azules y de largos y hermosos cabellos dorados.

La pobre madre de estas niñas debió de ser una criatura naturalmente alegre, sociable y vivaz, y esa naturaleza animada e infantil sin duda comenzó a languidecer en el aislamiento y la oscuridad de su nuevo hogar. En todo caso, murió joven, y las niñas quedaron al exclusivo cuidado de su taciturno y amargado padre. Con el tiempo las jóvenes crecieron, según cuenta la tradición, bellas. La mayor fue destinada a un convento, y a la menor su padre esperaba poder casarla tan noblemente como su sangre de alto linaje y su espléndida belleza parecían prometer, si tan sólo el gran juego en el que había resuelto arriesgarlo todo tenía éxito.

Capítulo II

Las hadas del castillo

Cuando se produjo la rebelión de 1745, Ultor de Lacy fue uno de los pocos irlandeses que se implicó traidoramente en esa romántica y audaz insurrección. Naturalmente, hubo órdenes de arresto en su contra, pero no pudieron encontrarle. Las jóvenes permanecían aún, como lo habían hecho hasta entonces, en el solitario hogar de su padre en Clare, pero si había él cruzado las aguas o se encontraba todavía en Irlanda fue, por un tiempo, algo totalmente desconocido incluso para ellas. Como podía esperarse, fue desposeído y perdió los derechos sobre su pequeña heredad. Esto fue una triste catástrofe, un tremendo despertar del acariciado sueño de dignidades reconquistadas.

A su debido tiempo, los oficiales de la corona llegaron para tomar posesión de la hacienda, y las jóvenes tuvieron que marcharse. Afortunadamente para ellas, el eclesiástico que he mencionado no tenía tanta confianza como su padre en que este podría recuperar el magnífico patrimonio de sus ancestros, y, por consejo suyo, se habían asegurado para cada hija veinte libras al año en el contrato matrimonial de sus padres, lo cual era todo lo que se interponía ahora entre esta orgullosa casa y la literal indigencia.

En el crepúsculo de cierto atardecer, mientras unos niños de la aldea regresaban, con los bolsillos cargados de nueces y *frahans*, de un paseo por la oscura y boscosa cañada de Cappercullen, vieron en el castillo, con total asombro y hasta terror, una luz roja que, surgiendo de la estrecha ventana rodeada de hiedra y altas ramas de una de las torres que dominaban el precipicio, se esparcía sobre el valle, ya en tinieblas bajo las sombras de la noche que lentamente se cerraba.

—¡Mirad, mirad, es la torre de Phooka[3]! —fue el grito unánime, en el irlandés vernáculo, tras lo cual una precipitada fuga general se inició.

Esa parte de la cañada, poblada de grandes fragmentos de roca, entre los cuales se elevaban los altos troncos de viejos árboles, y cubierta por una enmarañada vegetación, no era en lo absoluto un terreno favorable para correr. Estaba, además, todo muy oscuro, de modo que abrirse paso a través de zarzas y avellanos y saltar por sobre las rocas era una tarea complicada. El pequeño Shaeen Mull Ryan, el último del grupo que huía preso del pánico, vio, mientras gritaba a sus compañeros que lo aguardasen, una figura blancuzca que, emergiendo de entre los arbustos que hay en la base del tramo de peldaños de roca que descienden por el costado de la cañada, cerca de los muros del castillo, interceptaba su huida al tiempo en que con una discorde voz masculina gritaba:

—¡Te tengo!

En ese mismo instante, el niño, con un grito de terror, tropezó y cayó, tras lo cual se vio rudamente tomado por un brazo y puesto de pie con una sacudida.

---

[3] Duende de las leyendas célticas, también llamado Pooka o Puck, que asumía formas de diversos animales y moraba ya en cuevas, entre las montañas, o en viejas ruinas. Según una historia tradicional irlandesa, dormir bajo su torre era peligroso.

Siguieron a esto un salvaje aullido del niño y un ataque de terror y súplicas.

—¿Quién es, Larry; qué sucede? —gritó una voz, alto en el aire, desde la ventana de la torre. Las palabras bajaron flotando por entre los árboles, claras y dulces como las notas graves de una flauta.

—Sólo un niño, milady; un muchacho.

—¿Se encuentra herido?

—¿Estás herido? —preguntó el hombre blancuzco, que lo retenía firmemente, y repitió la pregunta en irlandés; pero el niño sólo siguió lloriqueando y suplicando piedad, con sus manos juntas, mientras intentaba caer de rodillas.

La vieja y fuerte mano de Larry lo mantuvo de pie. Estaba, en efecto, herido, y sangraba por sobre uno de sus ojos.

—Sólo un poco lastimado, milady.

—Tráelo aquí arriba.

Shaeen Mull Ryan se rindió. Estaba entre «la gente buena», que sabía que lo tendrían prisionero para siempre y un día. De nada le serviría resistirse. Comenzó a sentirse muy aturdido y se entregó pasivamente a su destino; fue llevado de la cañada a la plataforma superior, con la vieja mano nudosa de su captor aún sobre su brazo, y miró en derredor, hacia los altos y misteriosos árboles, y hacia el gris frente del castillo que se revelaba, bajo la imperfecta luz lunar, como la escena de una pesadilla.

El anciano que, con piernas muy delgadas, caminaba a su lado, vestido con una sucia chaqueta blanca de azules paramentos y grandes botones de peltre, con sus plateados cabellos escapando por debajo de su estropeado tricornio y con su despierto, fruncido y resuelto semblante, en el cual el niño no podía leer promesa alguna de compasión, luciendo tan blanco y espectral bajo la luz de la luna, era, según pensó él, la encarnación ideal de un elfo.

Esta figura lo condujo en silencio por debajo de la gran arcada de la entrada, y a través de la crecida hierba del patio, hacia la puerta del ángulo más lejano de la edificación; luego, en la oscuridad, lo hizo subir, vuelta tras vuelta, por los peldaños de piedra de una escalera en espiral, y, tras un último giro, lo introdujo en una gran habitación, en cuyo hogar, que había permanecido largo tiempo en desuso, ardía un fuego de césped y leña sobre el cual pendía una vieja olla de la que se ocupaba una anciana con un cucharón de madera. Un candelabro de hierro sostenía una vela solitaria, y por todo el suelo de la habitación, así como por sobre la mesa y las sillas, había un desorden de todo tipo de objetos: pilas de viejos tapices desteñidos, cajas, baúles, ropas, platos de peltre, copas y no sé cuántas cosas más.

Pero lo que atrajo instantáneamente la temerosa mirada del niño fueron las figuras de dos damas. Llevaban puestas sendas capas rojas, como las aldeanas de Munster y Connaught, y sus restantes vestimentas se encontraban bastante descuidadas, pero ambas tenían el gran aire, las refinadas expresión y belleza y, por sobre todo, la serena actitud de mando que son propios de las personas de alto rango.

La mayor, de cabellos negros y ojos castaños, estaba sentada escribiendo en la mesa sobre la cual se hallaba situado el candelabro y dirigió su oscura mirada al niño en cuanto este entró. La otra, de grandes ojos azules, con su capucha echada hacia atrás bajo un torrente de ondulados cabellos dorados, hermosa y *riant*, y con algo bondadoso, travieso y extraño en su rostro, lo impresionó como la más maravillosa belleza que él jamás pudiese haber imaginado.

Hicieron preguntas al hombre en un lenguaje extraño para el niño. No era inglés, pues él tenía cierta noción de aquel; y las respuestas del hombre parecieron divertirlas. Las dos jóvenes damas intercambiaron una mirada y sonrieron misteriosamente. El niño estaba más convencido que nunca de que se hallaba entre «la gente buena». La más joven se adelantó alegremente y dijo:

—¿Sabes quién soy yo, pequeño muchacho? Bien, soy el hada Una, y este es mi palacio; y esa hada que ves allí —apuntando a la dama de pelo oscuro, que estaba buscando algo en una caja— es mi hermana y la médico familiar, la dama Airegrave; y aquellos —señalando con la mirada al anciano y a la anciana— son algunos de los miembros de mi corte; y estoy considerando ahora qué haré contigo... si te enviaré esta noche hacia Lough Guir, cabalgando de prisa, para dar mis saludos al conde de Desmond en su castillo encantado;[4] o directo a tu cama, dos mil millas bajo tierra, entre los gnomos; o a la prisión que hay en ese pequeño rincón de la luna que ves por la ventana, con el morador de la luna como tu carcelero, por tres veces trescientos años y un día. Bueno, no llores: ya ves cuán serias pueden ser las cosas para ustedes, pequeños, por acercarse tanto a mi castillo. Ahora, sólo por esta vez, te dejaré ir; pero, de aquí en adelante, todos los niños que yo o mi gente encontremos a menos de media milla de mi castillo me pertenecerán de por vida y ya no volverán a contemplar ni su casa ni a su gente nunca más.

A continuación entonó una breve melodía y dio místicamente una media docena de pasos ante él, levantando su capa con sus pequeños

---

[4] Según una antigua leyenda irlandesa, recogida en detalle por Le Fanu en su serie de relatos *Historias de Lough Guir*, Gerald FitzGerald, tercer conde de Desmond, se hundió en 1398 junto a su castillo bajo las aguas de Lough Guir (*Loch Gair*), lago situado en el condado de Limerick, y mora desde entonces en aquel junto a su familia y sus sirvientes hasta que el hechizo se rompa, para lo cual debe gastar por completo las herraduras de plata del corcel con el que se le permite salir a cabalgar una noche cada siete años (si bien este último detalle de la leyenda se atribuye en realidad al undécimo conde de Kildare, que vivió dos siglos más tarde pero también se llamó Gerald FitzGerald, lo cual sin duda ha de ser el origen de la confusión entre ambas historias).

     Antiguos relatos de Oscuridad y de Horror

dedos e inclinándose casi hasta el suelo, para indescriptible alarma del pobre niño.

Luego, con una risita, dijo:

—Pequeño muchacho, debemos curar tu cabeza.

Y así lavaron su raspón y la mayor le aplicó un emplasto. La de grandes ojos azules sacó de su bolsillo una pequeña caja francesa de chocolates, la vació en las manos del pequeño y dijo:

—No es necesario que temas al comerlos: verás que son deliciosos. Y enviaré al elfo Blanc-et-bleu para que te deje libre. Tómalo —se dirigió a Larry— y déjalo ir con una carga solemne.

La mayor, con una sonrisa grave y afectuosa, dijo, mirando al hada:

—¡Oh, brava Una, nada puede jamás sofocar la bondad de tu corazón!

Y Una la besó vivamente en la mejilla.

La puerta de roble del cuarto se volvió a abrir, y Shaeen, con su conductor, descendió la escalera. Larry acompañó al asustado niño en severo silencio casi hasta la mitad de la boscosa ladera que descendía hacia Murroa, y entonces se detuvo y dijo en irlandés:

—Nunca viste elfos y hadas antes, mi buen joven, y no es frecuente que aquellos que posan alguna vez los ojos sobre nosotros regresen para contarlo. Quienquiera que se acerque, de noche o de día, más allá de esta piedra —y la golpeó con el extremo de su bastón— nunca volverá a ver su hogar, pues lo retendremos hasta el día del Juicio Final. Buenas noches, pequeño... ¡y mantente lejos!

De manera que estas jóvenes damas, Alice y Una, con dos viejos sirvientes, habían tomado como morada, por instrucción de su padre, una parte de ese lado del antiguo castillo que dominaba la cañada, y con el mobiliario y los tapices que se habían llevado de su última residencia, más la ayuda de cristales para las ventanas y algunas otras reparaciones indispensables, así como una completa ventilación, habían vuelto algo habitables los cuartos que habían seleccionado para que les sirviesen de rudo y temporario refugio.

Capítulo III
Las aventuras del sacerdote en la cañada

Al principio, naturalmente, no vieron ni oyeron mucho de su padre. En general, no obstante, sabían que su plan era procurarse algún empleo en Francia y llevarlas luego allí. Su extraña morada presente era sólo una aventura y un episodio, y pensaban que de un momento a otro podrían recibir instrucciones para comenzar el viaje.

Tras un corto período de tiempo, la persecución se relajó. El gobierno, al parecer, no se interesaba más, a condición de que no se dejase ver, en qué había sucedido con él o dónde se escondía. En todo caso, las autoridades locales no mostraban ya disposición alguna de darle caza. Las cargas de las jóvenes damas por la pequeña propiedad que habían perdido fueron pagadas sin ninguna disputa, y no se elevaron vejatorias preguntas sobre qué se había hecho del mobiliario y de otros objetos personales que habían sido llevados de la casa confiscada.

La reputación de embrujado que tenía el castillo (pues, en aquellos tiempos, en cuestiones de lo maravilloso los adultos eran como niños) resguardaba a la pequeña familia en la soledad que esta codiciaba. Una o dos veces a la semana, el viejo Laurence, con un pequeño e hirsuto pony, hacía una expedición secreta a la ciudad de Limerick, partiendo antes del amanecer y retornando bajo el manto de la noche con sus compras. Había también una furtiva visita ocasional, bajo la luz de la luna, del viejo sacerdote de la parroquia, y una misa nocturna en el antiguo castillo para la pequeña congregación de proscritos.

Cuando la alarma y las búsquedas iniciales se calmaron, su padre comenzó a hacerles, cada tanto, breves y cautelosas visitas. Al principio, estas tenían sólo la duración de una noche y eran efectuadas con enorme precaución; pero gradualmente se fueron volviendo más extensas y menos precavidas. Aún estaba, como la frase reza en Munster, «a su cuidado»: tenía siempre armas de fuego preparadas junto a su cama y había dispuesto escondites en el castillo para el caso de enfrentar una sorpresa. Pero, al no percibirse ni intento ni disposición alguna de molestarle, comenzó a sentirse más tranquilo, si no más alegre.

Sucedió, finalmente, que en ocasiones llegaba a quedarse allí por dos meses seguidos y luego partía tan súbita y misteriosamente como había aparecido. Supongo que siempre tendría alguna promisoria trama entre manos, así como su cabeza llena de ingeniosas traiciones, y que viviría en el enfermizo y excitante dietario de la esperanza aplazada.

¿Hubo una justicia poética en que el pequeño *ménage* así secretamente establecido en el solitario edificio deteriorado por el tiempo haya experimentado, aunque por causas no tan fácilmente explicables, esas mismas perturbaciones sobrenaturales que había tratado de inspirar?

La interrupción de las visitas ocultas del viejo sacerdote fue la primera consecuencia de la misteriosa interferencia que entonces comenzó a manifestarse. Una noche, habiendo dejado su caballo al cuidado de su sacristán en la pequeña aldea, se fue andando a pie por el serpenteante camino, por entre las grises rocas y los helechos que poblaban la cañada, con la intención de hacer una fantasmal visita a las hadas reclusas del castillo, y se extravió de esta extraña manera.

Había luz lunar, pero la luna se hallaba apenas por sobre su cuarto menguante y un largo séquito de fúnebres nubes navegaba lentamente a lo largo del cielo, de modo que, tenue y pálida como era, la luz no iluminaba demasiado y con frecuencia se oscurecía por completo durante un minuto o dos. Cuando el sacerdote alcanzó el punto de la cañada en el cual los peldaños del castillo debían estar, no pudo ver nada de aquellos y, arriba, ni rastro de las altas torres. Así, un tanto desconcertado, continuó con su ascenso por la hondonada, preguntándose cómo su marcha se había vuelto tan inusualmente prolongada y agotadora.

Por fin, efectivamente, pudo ver el castillo con toda claridad y un solitario rayo de luz surgiendo de la torre, como era usual cuando su visita estaba siendo esperada. Pero no logró hallar la escalinata, de modo que se vio obligado a trepar por entre las rocas y los apiñados arbustos lo mejor que pudo. Sin embargo, al alcanzar la cima descubrió que allí no había nada salvo el desnudo brezal. Entonces las nubes ensombrecieron nuevamente la luna, por lo que comenzó a avanzar con dificultad y paso vacilante hasta que vio una vez más la silueta del castillo, muy clara y nítida, recortada contra el cielo. Pero esta vez resultó ser una gran masa almenada de nubes en el horizonte. Pocos minutos más tarde se encontró, de pronto, bastante cerca del gran frente, que se elevaba gris y sombrío bajo la fría luz, y sólo cuando pudo golpearlo con su buen bastón de roble descubrió que era uno de esos grises murallones naturales de roca viva que se levantan aquí y allí, en pintorescas filas, a lo largo de las pendientes de esas solitarias montañas. Y así, persiguiendo, hasta el amanecer, vagarosos espejismos del castillo a través de charcas y por entre negras hondonadas, pasó una noche de miserables contratiempos y fatigas.

Otra noche, cabalgando por la cañada hasta donde el camino llano del fondo lo permite, y mientras intentaba hacer a su caballo apresurarse hacia el árbol de costumbre, oyó de pronto un horrible grito proveniente de lo alto de las escarpadas rocas situadas por encima de su cabeza, y algo (una enorme forma humana, al parecer) descendió rodando violentamente por entre las rocas y cayó con terrible ímpetu justo delante de los cascos de su caballo, para allí quedar, como un gran cadáver palpitante. El animal estaba asustado, así como, a decir verdad, también lo estaba su jinete, y más aún cuando ese cuerpo supuestamente sin vida se puso de pie y, abriendo sus brazos como para impedirles un mayor progreso, adelantó hacia ellos su enorme semblante blancuzco. Entonces el caballo, con un relincho de terror, pegó un salto con el que casi desmontó al sacerdote, y rompió en un galope furioso e incontrolable.

No necesito narrar todos los extraños y variados contratiempos que el honesto sacerdote tuvo que sufrir en sus esfuerzos por hacer visitas al castillo y a sus aislados moradores. Fueron más que suficiente para agotar su resolución y para aterrarlo hasta la sumisión absoluta. De modo que, finalmente, sus nocturnas visitas espirituales cesaron, y, temiendo despertar sospechas, consideró también prudente abstenerse de intentarlas a la luz del día.

De esta manera, las jóvenes damas del castillo quedaron más solas que nunca. Su padre, cuyas estadías eran ya con frecuencia de larga duración, había dejado últimamente de hablar de su proyectada partida hacia Francia, se irritaba ante cualquier alusión a ella y, según temían ambas, había abandonado el plan definitivamente.

Capítulo IV
La luz en la torre del campanario

Poco después de la interrupción de las visitas del sacerdote, el viejo Laurence, una noche, preso de una enorme sorpresa, vio una luz brillando en una ventana de la torre del campanario. Al principio fue sólo un trémulo rayo rojo, visible por unos pocos minutos, que pareció abandonar la cámara escapando a través de la ventana hacia el patio del castillo para finalmente perderse. Este campanario se hallaba en el ángulo del edificio exactamente opuesto a aquel en el que el proscrito grupo se había instalado.

Toda la familia se sintió preocupada ante la aparición de este apagado rayo rojo en la cámara de la torre del campanario. Nadie sabía qué pensar de ello. Pero el viejo Laurence, que había hecho campaña en Italia con su antiguo señor, el abuelo de las jóvenes, estaba resuelto a investigar, y, llevando sus grandes pistolas de arzón consigo, subió hasta el corredor que conducía a la torre. Mas su búsqueda resultó infructuosa.

La luz dejó una sensación de gran inquietud entre los reclusos, pues, ciertamente, no era agradable abrigar sospechas sobre el posible establecimiento de algún morador independiente y potencialmente peligroso, o incluso de una colonia entera, dentro de los muros de la vieja edificación.

Al poco tiempo la luz volvió a aparecer, más firme y algo más brillante, en la misma cámara. Nuevamente el viejo Laurence se abrochó el cinturón con sus armas, murmurando ominosos juramentos y esta vez seriamente decidido a entablar conflicto. Las jóvenes observaban todo en conmocionado suspenso desde una gran ventana en su plaza fuerte, mirando diagonalmente al otro lado del patio. Pero cuando Laurence, que había entrado en el conjunto de edificaciones opuestas, debía de estar aproximándose a la cámara de la cual aquel resplandor de mal augurio surgía, el brillo menguó uniformemente, hasta por último desaparecer del todo justo unos pocos segundos antes de que se oyese la voz del viejo gritando desde la abovedada ventana para saber por dónde se había ido la luz.

La iluminación de la gran cámara de la torre del campanario se volvió, finalmente, un fenómeno de frecuente y casi continua recurrencia. Había sido allí, mucho tiempo atrás, en épocas de problemas y peligros, donde los De Lacy de aquellos días difíciles habían acostumbrado reunirse en juicio feudal contra los adversarios cautivos. Según alegaba la tradición, en aquellas ocasiones no les daban, a menudo, más tiempo para la plegaria que aquel que llevaba subir a la almena de la torrecilla superior, de la cual eran inmediatamente colgados del cuello como ejemplo y admonición para todas las personas inclinadas al mal que pudiesen ver aquello desde la comarca debajo.

El viejo Laurence observaba esos misteriosos resplandores con rabiosos e inquietos ojos, y numerosas y variadas fueron las estratagemas que pergeñó, aunque en vano, para sorprender a los audaces intrusos. Es, no obstante, un hecho probado el que no hay fenómeno alguno, no importa cuán sorprendente haya sido en un comienzo, que sea capaz, si continúa manifestándose con tolerable regularidad y no es asistido por ninguna nueva circunstancia terrorífica, de seguir excitando alarma o maravilla durante mucho tiempo. De modo que la familia terminó habituándose a la presencia de esta misteriosa luz. Ningún daño la acompañaba. El viejo Laurence, fumando su solitaria pipa en el patio de crecida hierba, solía echarle una incómoda mirada, mientras brillaba tenuemente a través de la sombría abertura, y murmuraba una plegaria o un juramento; pero había abandonado toda persecución, considerándola un asunto sin esperanza. Y Peggy Sullivan, la vieja dama de toda tarea, cuando, por azar (pues nunca miraba voluntariamente hacia el sitio embrujado), atrapaba el débil reflejo de su apagado fulgor con el rabillo del ojo, se persignaba o aferraba su rosario, mientras surcos más profundos se congregaban en su frente y su rostro tomaba el color de la ceniza y asumía una expresión de manifiesta inquietud. Y esto no mejoraba con la ligereza con la que las jóvenes damas, sobre quienes el espectro había perdido su influencia, habiendo la familiaridad, como es usual, engendrado desprecio, comenzaban poco a poco a hablar, e incluso a bromear, sobre la cuestión.

Capítulo V
El hombre con la marca de clarete

Pero en cuanto aquella excitación menguó, la vieja Peggy Sullivan produjo una nueva, pues aseguró solemnemente haber visto un hombre de rostro delgado, con una horrible marca roja sobre una de las mejillas, mirando desde esa misma ventana, justo a la puesta del sol, poco antes de que las jóvenes damas regresaran de su caminata vespertina.

Esto sonó en los oídos de todos como el desvarío de una anciana, pero aun así causó cierta conmoción, jocosa por la mañana, y tal vez sólo un poco alarmante cuando la noche cubría por completo el vasto y desolado castillo, aunque nunca del todo desagradable. No obstante, este pequeño fulgor de credulidad se convirtió, de pronto, en la más brillante luz de convicción.

El viejo Laurence, que no era dado a las visiones y que tenía una cabeza fría y poco impresionable, así como una vista de halcón, vio la misma figura casi a la misma hora, en el momento exacto en que, desde el horizonte, los últimos resplandores de la puesta del sol teñían lo alto de las torres y las copas de los soberbios árboles que las rodeaban.

Acababa de entrar al patio por el gran portal cuando oyó, de pronto, surgiendo de la espesa hiedra que cubría el lado izquierdo del muro, el peculiar gorjeo de alarma que es propio de los gorriones cuando un gato o un halcón amenaza su seguridad; y, elevando sus ojos distraídamente, vio, con una especie de sobresalto, a un hombre delgado y desgarbado que permanecía, con sus piernas cruzadas, en el hueco de la ventana de la cual la luz solía brotar, inclinándose a un lado, con su espalda apoyada en el parteluz de piedra, y mirando hacia abajo con una suerte de enfermiza expresión de burla, con una de sus amarillas mejillas muy manchada con lo que suele llamarse una «mancha de clarete».

—¡Al fin te tengo, maldito villano! —gritó Larry, en un extraño ataque de rabia y pánico—. ¡Salta ya mismo aquí abajo y ríndete, o disparo!

La amenaza fue seguida por un juramento, tras lo cual extrajo del bolsillo de su chaqueta el largo pistolón que solía llevar consigo y apuntó al hombre hábilmente.

—Contaré hasta diez. Uno... dos... tres... cuatro... si retrocedes, disparo, recuérdalo... cinco... seis... espero que seas elástico... siete... ocho... nueve... Una chance más, ¿bajarás hasta aquí?... Entonces, se acabó... ¡diez!

El pistolón se disparó. El siniestro extraño estaba a apenas quince pies de él, lo cual para Larry era un blanco seguro. Pero esta vez erró escandalosamente, pues el tiro hizo saltar un poco de polvo blanco del muro de piedra a casi un metro de distancia del objetivo, y el sujeto en ningún momento cambió, durante todo el procedimiento, su negligente postura o mudó su sardónica sonrisa.

Larry estaba mortificado y furioso.

—No te salvarás esta vez —dijo con una fiera mueca, mientras cambiaba el arma humeante por la pistola que tenía cargada en reserva.

—¿A qué le disparas, Larry? —preguntó entonces una voz familiar junto a él, y vio a su amo, acompañado por un apuesto joven que iba vestido con una capa.

—A ese canalla, señor, allí, en la ventana.

—Pero no hay nadie allí, Larry —dijo De Lacy con una carcajada, lo cual no era una indulgencia común en él.

Mientras Larry miraba, la figura de algún modo se disolvió y desapareció sin necesidad de retirarse. Una rama de hiedra amarilla y roja, que pendía de lo alto de la ventana, se agitó extrañamente en lugar de la cara; un montón de mampostería arruinada y descolorida tomó, en perspectiva, la forma y el color de los brazos y la figura; y dos imperfectas vetas de líquenes rojos y amarillos aparecieron en lugar del curvo contorno de las largas y delgadas zancas. Larry se maldijo a sí mismo, pasó su mano por su húmeda frente, sobre sus perplejos ojos, y no pudo emitir palabra por un minuto. Todo había sido un truco diabólico. Podía jurar que había visto cada rasgo de ese rostro amarillo, el lazo y los botones de su capa y su jubón, e incluso esos delgados dedos amarillos de largas uñas que asomaban de la vara horizontal de la ventana, donde ahora no quedaba más que una mancha de moho.

El joven caballero que había llegado con De Lacy permaneció allí esa noche y compartió visiblemente gustoso la sencilla cena de la familia. Era un jovial y apuesto francés, y la belleza de la dama más joven, así como su simpatía y su buen carácter, parecieron hacerle el paso de las horas demasiado veloz, y demasiado triste el momento de la partida.

Cuando hubo partido, temprano por la mañana, Ultor de Lacy mantuvo una larga conversación con su hija mayor, mientras la más joven se hallaba ocupada en su diaria tarea matinal, pues, entre sus posesiones, esta *proles generosa* contaba con una pequeña vaca de Kerry.

Le contó que había visitado Francia desde la última vez que había estado en Cappercullen, y cuán cordial y gracioso su soberano había sido, y cómo había arreglado una noble alianza para su hermana Una. El joven caballero era de alto linaje y, aunque no rico, contaba, no obstante, con sus acres y su *nom de terre*, así como con el rango de capitán en el ejército. Se trataba, en breve, del mismo caballero del que se habían despedido esa mañana. No era necesario hablar de qué asunto en especial lo había llevado a Irlanda, pero, estando allí, había decidido presentarle ya a su hija y había encontrado que la impresión que ella le había causado era justo la deseada.

—Tú, ya lo sabes, querida Alice, estás prometida a una vida conventual. De haber sido de otro modo...

Vaciló por un momento.

—Tienes razón, querido padre —dijo ella, besándole la mano—. Estoy prometida, y ningún lazo terrenal o tentación tendrá poder para apartarme de esa sagrada promesa.

—Bien —respondió él, devolviéndole las caricias—, no quiero presionarte sobre ese punto. Igualmente, no debe ser sino hasta que el casamiento de Una haya tenido lugar. Y esto último no podrá concretarse, por muchas buenas razones, en menos de doce meses a partir de hoy. Cambiaremos entonces esta extraña y bárbara residencia por París, donde hay muchos conventos aceptables en los cuales son recibidas como hermanas algunas de las más nobles damas de Francia; y allí, mediante el casamiento de Una, continuarán, si no el apellido, al menos la sangre, el linaje y el título que, en tanto la justicia gobierne segura el curso de la vida humana, se establecerán nuevamente, poderosos y honorables, en este país, escenario de su antigua gloria y sus transitorias desgracias. Mientras tanto, no debemos mencionar nada de esta alianza a Una. Aquí no corre ningún riesgo de ser cortejada o pedida en matrimonio, pero el mero conocimiento de que su mano fue dada podría excitar en ella una caprichosa oposición y una aflicción tal como la que ni tú ni yo querríamos ver; por lo tanto, guardemos el secreto.

Esa misma tarde llevó a Alice consigo para dar una caminata alrededor de los muros del castillo, mientras hablaban de serios asuntos y, como era usual, él le dejaba entrever el oscuro y dudoso panorama de algunos de esos castillos construidos en el aire en los que habitualmente moraba y entre los cuales sus agotadas esperanzas revivían.

Estaban caminando sobre una agradable hierba de oscuros tonos verdes, a la sombra de los grises muros del castillo y de los altos árboles del bosque que lo flanqueaban aquí y allí, cuando, precisamente mientras doblaban la esquina de la torre del campanario, les salió al encuentro una persona que caminaba directamente hacia ellos. La visión de un extraño, con la excepción del visitante llevado por su padre, era en ese lugar algo tan absolutamente sin precedentes que Alice se sorprendió y espantó hasta el punto de quedar por un momento totalmente paralizada.

Pero había más en esta aparición para despertar emociones de desagrado que la mera circunstancia de lo inesperado de su presencia. La figura era ciertamente extraña, pues se trataba de un hombre alto, flaco y desgarbado, ataviado con un sucio traje de estilo más bien español, una capa marrón enlazada y descoloridas medias rojas. Tenía largas piernas descarnadas, largos brazos, manos y dedos, y un rostro enfermizo y alargado, con una nariz caída, una socarrona y sarcástica mirada y una gran mancha púrpura que cubría más de la mitad de una de sus mejillas.

Al pasar junto a ellos, tocó su sombrero con sus delgados y pálidos dedos, dirigiéndoles una desagradable mirada de soslayo, y desapareció dando la vuelta al edificio. Los ojos de padre e hija lo siguieron en silencio.

Ultor de Lacy pareció, primero, absolutamente horrorizado, pero de pronto se vio inflamado por una furia ingobernable. Arrojó su bastón al suelo, desenvainó su espada y, sin acordarse ya de su hija, salió en persecución del sujeto.

Sólo pudo vislumbrar de manera fugaz al extraño mientras este, alejándose, desaparecía al doblar la esquina más distante del castillo. La pluma, los lacios cabellos, la punta de la vaina de la espada, el aleteo del extremo de la capa, una media roja y un tacón fue todo lo que pudo ver del desconocido.

Cuando Alice llegó a su lado, Ultor se hallaba con la espada desenvainada aún en la mano, en un estado de abyecta agitación.

—¡Gracias al Cielo, se ha ido! —exclamó ella.

—Se ha ido... —repitió su padre, con una singular mirada.

—Y tú estás a salvo —añadió ella, tomando su mano.

Ultor exhaló un hondo suspiro.

—¿Crees que él regresará?

—¿Él?... ¿quién?

—El extraño con el que nos acabamos de cruzar. ¿Lo conoces, padre?

—Sí... y no, hija... No lo conozco... y, sin embargo, lo conozco muy bien. ¡Si pudiésemos abandonar este condenado sitio esta misma noche! ¡Maldita sea la estúpida malicia que provocó este horrible rencor, al que ningún sacrificio o penuria pueden apaciguar y ningún exorcismo puede aplacar o siquiera suspender! El miserable ha venido de muy lejos con el claro propósito de destruir mi última esperanza, de perseguirnos hasta nuestro último retiro y de maldecir con su triunfo el mismo polvo y las ruinas de nuestro linaje. ¿Qué diablos sucede con ese estúpido sacerdote que ha interrumpido sus visitas? ¿Tienen que quedar mis hijas sin misa y sin confesión, sin los sacramentos que *guardan* tanto como salvan, sólo porque se pierde una vez en la niebla o porque confunde un poco de espuma de un arroyo con el rostro de un muerto? ¡Maldito sea!

»Mira, Alice —continuó luego—: si él no vuelve, debes escribirle toda tu confesión... tú y Una. Laurence es confiable y se las llevará... y conseguiremos el permiso del obispo o, si es necesario, el del papa para que les dé la absolución. ¡Moveré cielo y tierra, pero ambas tendrán sus sacramentos, mis pobres niñas! Yo fui un sujeto algo revoltoso en mi juventud, y nada inclinado a la santidad, pero sé que sólo hay un camino seguro, y... y... conserven cada una un trozo de esto —abrió aquí un pequeño estuche plateado— mientras permanezcan en este sitio; envuélvanlo respetuosamente en un trozo del viejo pergamino de salmos y luego cósanlo, y llévenlo cerca de sus corazones. Es un fragmento de hostia consagrada, y ayudará, con la protección de los santos, a guardarlas de cualquier daño. Y sean estrictas en el ayuno y constantes en la plegaria; yo no puedo hacer nada, ni idear ninguna otra ayuda. La maldición ha caído, ciertamente, sobre mí y los míos.

Y Alice vio, en silencio, cómo lágrimas de desesperación rodaban por el pálido y agitado rostro de su padre.

Este episodio también fue un secreto, y Una no oiría nada de él.

Capítulo VI
Voces

Poco después de aquello, Una, nadie supo por qué, comenzó a perder espíritu y a palidecer. Su alegría y sus travesuras desaparecieron. Hasta sus canciones dejaron de oírse. Mantenía silencio con su hermana y prefería la soledad. Afirmaba que se encontraba bien y que era feliz, y de ningún modo se le podía hacer dar explicaciones por el lamentable cambio que se había producido en su persona. Se había vuelto algo excéntrica también, y de obstinarse por trivialidades, así como extrañamente fría y reservada.

En consecuencia, Alice comenzó a sentirse mal. ¿Cuál sería la causa de este distanciamiento? ¿La habría ofendido?, ¿y cómo? Pero Una nunca antes había abrigado resentimiento por más de una hora. ¿Qué podía haber alterado su entera naturaleza de tal modo? ¿Se trataría de la sombra de una futura demencia?

En una o dos ocasiones en que Alice la apremió, con lágrimas y súplicas, a que revelara el secreto del cambio operado en su humor y su conducta, pareció escuchar en una especie de silencioso asombro y suspicacia, y luego miró por un instante a su hermana como a punto de contarlo todo. Pero su grave mirada dilatada pronto cayó al suelo y se trocó por una singular sonrisa de astucia, al tiempo en que comenzaba a susurrar algo para sí misma; y la sonrisa y el susurro fueron ambos un misterio para Alice.

Las dos dormían en una misma habitación (una cámara en una alta torre) a la que, al llegar, cuando la pobre Una era tan alegre, habían adornado con viejos tapices y decorado fantásticamente conforme a su destreza y buen humor. Cierta noche, mientras se acostaban, Una dijo, como hablándose a sí misma:

—Esta es mi última noche en esta habitación... Ya no dormiré más con Alice.

—¿Y qué ha hecho la pobre Alice para merecer tan extraña dureza de tu parte?

Una la miró con curiosidad y algo asustada, y entonces aquella singular sonrisa apareció en su rostro como un destello de luz lunar.

—Mi pobre Alice, ¿qué tienes tú que ver con ello? —susurró.

—¿Y por qué hablas de no dormir más conmigo? —preguntó Alice.

—¿Por qué? Querida Alice... no hay un porqué, no hay una razón... sólo el conocimiento de que debe hacerse así, o Una morirá.

—¡Morir, querida Una!, ¿qué quieres decir?

—Sí, dulce Alice, morir, de verdad. Todos debemos morir en algún momento, ya sabes, o... o experimentar un cambio; y mi momento está cerca, *muy* cerca... a no ser que no duerma más contigo.

—Ciertamente, pienso que te encuentras enferma, pero no próxima a morir.

—Una sabe lo que piensas, sabia Alice, pero ella no está loca... Por el contrario, es más sabia que muchos otros.

—Es más triste y extraña, también —dijo Alice tiernamente.

—La sabiduría es tristeza —respondió Una, y miró por todo el cuarto a través de sus dorados cabellos, a los que estaba peinando, y luego por la ventana, al otro lado de la cual se veían las copas de los grandes árboles y el tranquilo follaje de la cañada bajo la neblinosa luz lunar—. Es suficiente, querida Alice: así debe ser. La cama de Una debe moverse de aquí, o en poco tiempo su lecho será uno demasiado profundo. Mira, no me iré demasiado lejos: solamente al cuarto pequeño.

Señaló hacia un aposento o cuarto interior que se abría a aquel en el cual se hallaban. Los muros del castillo eran enormemente gruesos, y había dos puertas de roble entre las cámaras, por lo que Alice pensó, con un suspiro, en cuán completamente separadas iban a estar.

No obstante, no ofreció resistencia alguna. El traslado se efectuó y las jóvenes, por primera vez desde su infancia, durmieron en cuartos separados. Unas noches después, Alice despertó, a una hora tardía, de un espantoso sueño en el cual aquella siniestra figura que ella y su padre habían visto en su paseo alrededor del castillo desempeñaba un papel principal.

Al despertar advirtió que aún llegaban a sus oídos los sonidos que se habían mezclado con su sueño. Eran las notas de una voz profunda, retumbante, grave, que surgía de la cañada bajo los muros del edificio, como entre entonando algo y canturreando, de manera indolentemente desigual e intermitente, cual las vagas melodías de un hombre entreteniéndose al trabajar. Mientras aún se maravillaba por estos insólitos cánticos, se hizo un silencio y, sin lugar a dudas, siguió (¿podía creer en lo que oía?) el grave contralto de Una, que cantaba suavemente un compás o dos desde su ventana. Entonces hubo otro silencio, y nuevamente se oyó la extraña voz masculina, cantando débilmente desde el frondoso abismo.

Con un helado sentimiento de sospecha y terror, Alice se deslizó hacia la ventana. La luna, que ve tantas cosas, y que guarda tantos secretos con su fría e impenetrable sonrisa, se hallaba en lo alto del cielo. Pero Alice vio el rojo parpadeo de una vela en la ventana del cuarto de Una y, según creyó, la sombra de su cabeza contra el profundo muro lateral de la abertura. Entonces la luz se apagó y no hubo más visiones o sonidos por esa noche.

Al día siguiente, mientras se sentaban a desayunar, las pequeñas aves silbaban alegremente en medio del soleado follaje.

—Amo esta música —dijo Alice, inusualmente pálida y triste—; viene con la agradable luz de la mañana. Recuerdo, Una, cuando tú cantabas, como esas felices aves, en los frescos rayos de la mañana; pero eso era en los viejos tiempos, cuando Una no escondía secretos de la pobre Alice.

—Una entiende lo que su sabia Alice quiere decir; pero hay otras aves, silenciosas durante todo el día, y, según dicen, las más dulces de todas, que aman cantar sólo de noche.

Y así seguían las cosas: la hermana mayor, dolorida y melancólica; la menor, silenciosa y cambiada de una manera inexplicable.

Poco tiempo después de esto, una noche, Alice, despertando, oyó que una conversación tenía lugar en el cuarto de su hermana. No parecía existir el menor intento de disimulo. No alcanzaba a distinguir las palabras, debido a que los muros tenían unos seis pies de espesor y a que las dos grandes puertas de roble se interponían, pero inequívocamente eran la clara voz de Una y los profundos tonos, similares a campanadas, del desconocido los que construían el diálogo.

Alice saltó de su cama, se echó sus ropas encima e intentó entrar al cuarto de su hermana, pero la puerta interior se encontraba acerrojada. Las voces dejaron de hablar en cuanto golpeó, y Una abrió la puerta y permaneció ante ella en su ropa de dormir, con una vela en la mano.

—¡Una, Una, querida, por favor, dime quién entró aquí! —gritó Alice asustada, echando sus temblorosos brazos al cuello de su hermana.

Una retrocedió, con sus grandes e inocentes ojos azules fijos en ella.

—Entra, Alice —dijo fríamente.

Y Alice entró, lanzando una mirada de terror en torno. No había ningún sitio donde esconderse allí: una silla, una mesa, un pequeño camastro y dos o tres perchas para colgar ropas en la pared; una estrecha ventana, con dos barras de hierro cruzadas, y ningún hogar o chimenea... nada salvo los desnudos muros.

Alice miró en torno, sorprendida, y sus ojos se clavaron con mortificada e interrogante mirada en los de su hermana. Una esbozó entonces una de sus peculiares sonrisas y dijo:

—¡Sueños extraños! Yo he estado soñando, y también lo ha estado Alice. Ella oye y ve los sueños de Una y se inquieta... y bien está que lo haga.

Y besó la mejilla de su hermana con un frío beso, tras lo cual se recostó en su pequeña cama, con su delgada mano bajo su cabeza, y no habló más.

Alice, no sabiendo qué pensar, regresó a su cuarto.

Por aquel entonces, Ultor de Lacy retornó. Escuchó la extraña narración de su hija mayor con marcada inquietud y con una agitación que parecía más crecer que disminuir. Le ordenó, no obstante, que no mencionase nada de aquello ni a los viejos sirvientes ni a nadie a quien por azar pudiese ver, sino sólo a él y al sacerdote, si es que este último podía ser persuadido a regresar y reasumir sus deberes. El problema, sin embargo, tal como estaban las cosas, no duraría demasiado, pues todo había tomado un cariz favorable. La unión de su hija menor se concretaría en pocos meses, y en ocho o nueve semanas deberían estar ya en camino a París.

Un día o dos después de la llegada de su padre, Alice, en medio de la noche, oyó aquella reconocible voz de extraño y profundo tono hablando suavemente, según parecía, desde fuera, no muy lejos de su ventana, y a la voz de Una, clara y tierna, respondiéndole. Se apresuró hacia su ventana y la abrió, arrodillándose en el ancho alféizar y dirigiendo una cautelosa y temerosa mirada hacia la ventana de su hermana. Mientras cruzaba la habitación las voces habían cesado, y al asomarse vio que una luz en el cuarto de Una se apagaba. Pero entonces, puesto que los rayos lunares caían brillantes y claros sobre toda esa parte del castillo que dominaba la cañada, pudo ver, con total nitidez, la sombra de un hombre proyectada sobre aquellos muros como si fuera sobre una pantalla.

Esta negra sombra le recordó, con un horrible estremecimiento, a la silueta y la vestimenta del extraño de traje español. Pudo reconocer el gorro, la capa, la espada, los largos y delgados miembros y el siniestro perfil. La sombra se proyectaba tan oblicuamente que las manos llegaban casi a la altura de la ventana, mientras que las piernas se estiraban y estiraban, más y más largas a medida que la vista las seguía, hacia el suelo, hasta desaparecer en la oscuridad general. Súbitamente, la figura, con un descomunal salto, se precipitó hacia abajo, como lo harían las sombras ante un repentino movimiento de la luz, y se perdió bajo los muros del castillo.

—No sé si estoy soñando o despierta cuando oigo y veo estas cosas, pero le pediré a mi padre que pase aquí la noche conmigo y entre los dos no podremos equivocarnos. ¡Que los santos nos protejan y guarden!

Y, aterrada, se cubrió la cabeza con las sábanas y rezó durante una hora.

Capítulo VII
El amor de Una

—He estado con el padre Denis —dijo De Lacy al día siguiente—, y vendrá mañana, de modo que, gracias al Cielo, podrán ambas confesarse y oír misa, y mi mente hallar paz. Y de seguro encontrarás después de ello a Una más feliz y más como solía ser.

Pero entre la copa y los labios hay un largo tramo. El sacerdote no estaba destinado a oír la confesión de la pobre Una. Cuando esta le fue a dar las buenas noches a su hermana, se quedó mirándola, con sus grandes y fríos ojos, hasta que algo de sus viejos sentimientos humanos pareció asomar a ellos y se llenaron lentamente de lágrimas, las cuales cayeron una tras otra sobre su raído vestido mientras ella seguía contemplando el rostro de Alice.

Esta, extasiada, se levantó de un salto y rodeó con sus brazos el cuello de Una.

—¡Mi amado tesoro, todo ha terminado! ¡Amas a la pobre Alice de nuevo y seremos más felices que nunca!

Pero, mientras aún la abrazaba, los ojos de Una se dirigieron hacia la ventana, sus labios se separaron y Alice sintió instintivamente que los pensamientos de su hermana se encontraban ya muy lejos.

—¡Escucha... escucha... silencio! —dijo Una entonces, mientras, con una fija mirada de deleite, como si pudiese ver muy a lo lejos, mucho más allá de los muros del castillo, los árboles, la cañada y el oscuro velo de la noche, acercaba su mano a su oído, balanceaba leve y rítmicamente su cabeza, como si estuviese oyendo una música que no llegaba a los oídos de Alice, y sonreía con una extraña sonrisa de placer que lentamente desapareció para dejar tras de sí esa inexplicable expresión de astucia que asustaba a su hermana de un modo tan particular, infundiéndole una vaga sensación de peligro.

Tras ello, Una, en tonos tan dulces y bajos que parecieron el ensueño de una canción, comenzó a cantar algo que, según imaginó Alice, debía de ser la melodía que acababa de oír en ese extraño éxtasis, y que recordaba a la triste y bella balada irlandesa conocida como «*Shule, shule, shule, aroon*», los llamados nocturnos que el soldado irlandés prófugo dirige a su amada para que esta lo siga.

Alice había dormido muy poco la noche anterior. Se encontraba entonces abrumada por el cansancio, por lo cual, dejando su vela ardiendo junto a su cama, cayó rápidamente en un sueño profundo. Sin embargo, poco más tarde despertó por completo de manera abrupta, tal como a menudo sucede sin causa aparente, y vio que Una estaba entrando a su cuarto. Llevaba una pequeña bolsita bordada, que había hecho ella misma, en sus manos, y se acercó velozmente a la cabecera del lecho, con su extraña sonrisa torcida, creyendo, evidentemente, que su hermana se hallaba dormida.

Alice quedó paralizada por un súbito terror y ni habló ni se movió; su hermana deslizó suavemente una mano bajo su almohada y en seguida la retiró de nuevo. Luego se detuvo un momento junto al hogar y estiró su mano hacia la repisa de la chimenea, de la cual tomó un pequeño trozo de tiza que de inmediato depositó, según creyó ver Alice, en la palma de una larga mano amarilla que se introducía cautelosamente, desde la puerta de la habitación vecina, para recibirlo. Tras ello, se demoró unos instantes más bajo el oscuro arco de la puerta y sonrió por sobre su hombro hacia su hermana, para por último retornar a su cuarto cerrando las dos puertas.

Casi helada de terror, Alice se levantó y corrió hacia la cámara de su hermana, en cuyo interior se detuvo gritando:

—¡Una, Una, en el nombre del Cielo!, ¿qué te sucede?

Pero Una parecía haber estado profundamente dormida en su cama. Se incorporó con un sobresalto y, mirando a su hermana con displicente sorpresa, dijo:

—¿Qué busca Alice aquí?

—Estuviste en mi cuarto, Una querida, y parecías turbada y afligida.

—Sueños, Alice. Mis sueños cruzando tu mente; sólo sueños... sueños. Ve a tu cama y duerme.

Y a su cama se fue, mas no a dormir. Permaneció despierta por más de una hora, y entonces Una salió una vez más de su cuarto. Esta vez se hallaba completamente vestida: llevaba su capa encima y sus zapatos puestos, como el ruido de sus pasos claramente evidenciaba. Portaba un pequeño paquete envuelto en un pañuelo y tenía su cabeza cubierta por su capucha; y así equipada, según parecía, para un viaje, se acercó a los pies de la cama de Alice y allí se detuvo, dirigiéndole una mirada tan desalmada y terrible que Alice casi perdió sus sentidos. Luego se volvió y regresó a su cuarto.

Puede que haya retornado luego, pero Alice no lo creyó así... al menos, no la vio en absoluto. Pero se quedó muy excitada y perturbada, y, casi una hora más tarde, se aterrorizó al oír un golpe en su puerta, no en la que se abría a la cámara de Una, sino en la que daba al pasillo de la escalera en espiral. Saltó en seguida de su cama, pero, tras comprobar que la puerta se hallaba acerrojada, se sintió algo más aliviada. El golpe se repitió y oyó a alguien riendo suavemente del otro lado.

Finalmente, llegó la mañana: esa espantosa noche había terminado. Pero Una... ¿dónde estaba Una?

Alice jamás volvió a verla. En la cabecera de su vacío camastro aparecieron escritas con tiza las palabras «Ultor de Lacy... Ultor O'Donnell». Y Alice encontró bajo su propia almohada la pequeña bolsa bordada que había visto en las manos de Una. Era su humilde prenda de despedida y tenía la simple leyenda de «El amor de Una».

La rabia y el horror de De Lacy no tuvieron límite. Culpó al sacerdote, en frenético lenguaje, por haber expuesto a su hija, con su negligencia y su cobardía, a las maquinaciones del demonio, y bramó y blasfemó como un demente.

Se dice que consiguió que un solemne exorcismo fuese ejecutado, en la esperanza de poder liberar y recuperar a su hija. Muchas veces, desde entonces, según se asegura, esta fue vista por los viejos sirvientes. En una ocasión se la vio, durante una dulce mañana estiva, en la ventana de una de las torres, arreglándose sus hermosas trenzas doradas, con un pequeño espejo en su mano; y primero, al verse descubierta, miró aterrada, pero luego sonrió, con su torcida y astuta sonrisa. A veces, también, se decía que, en la cañada, a la luz de la luna, aldeanos rezagados se la habían cruzado, siempre sorprendida al principio y sonriendo luego, generalmente canturreando fragmentos de viejas baladas irlandesas que parecían tener una tenue correspondencia con su melancólico destino. Hace ya mucho que las apariciones cesaron, pero se dice que cada tanto, quizás una vez cada dos o tres años, tarde en las noches de verano, pueden oírse, aunque apagadas y lejanas en las depresiones de la cañada, las dulces y tristes notas de la voz de Una cantando esas quejumbrosas melodías. Esto también, por supuesto, con el tiempo cesará, y todo quedará olvidado.

Cuando Ultor de Lacy murió, su hija Alice encontró, entre sus efectos personales, una pequeña caja que contenía el retrato que ya he descripto. Al verlo, se apartó de él horrorizada. Allí, en la plenitud de sus siniestras peculiaridades, estaba fielmente retratado el fantasma que aún permanecía, con una vívida y horrible exactitud, en sus recuerdos. Plegada en la misma caja había una breve nota manuscrita que declaraba lo siguiente:

«En el mes de diciembre del año 1601, Walter de Lacy, de Cappercullen, hizo varios prisioneros en el vado de Ownhey o Abington, soldados irlandeses y españoles que huían de la crucial derrota de las legiones rebeldes en Kinsale; y entre el número, cierto Roderic O'Donnell, un gran traidor, pariente cercano de ese otro O'Donnell que había liderado a los rebeldes, pidió por su vida con inmediata y miserable súplica, afirmando tener parentesco a través de su madre con los De Lacy, y ofreció un enorme rescate. Pero De Lacy, dado, según muchos piensan, su gran celo por la reina, lo condenó cruelmente a la muerte. Mientras lo conducían a lo alto de la torre, donde estaba la horca, Roderic, al encontrarse en esa situación extrema, y no teniendo ya esperanza alguna de misericordia, juró que, puesto que no podría hacerles el mal antes de su muerte, se consagraría *tras ella* a destruir la grandeza de los De Lacy y que no se detendría jamás hasta que su obra hubiese quedado concluida. Desde entonces, ha sido visto con frecuencia, siempre perniciosamente para los intereses de esa familia, hasta el punto de que se volvió costumbre en ella mostrar a los niños de su linaje un retrato en miniatura de dicho O'Donnell, tomado de entre sus pocas pertenencias, a fin de evitar que fuesen desprevenidamente engañados por él, y con objeto de que no pudiese cumplir su voluntad aquel que, con diabólicas trampas e infernal astucia, buscaba constantemente la ruina de esa antigua casa y especialmente el dejar a esa *stemma generosum* sin descendencia para la transmisión de su noble sangre y su venerable apellido».

La anciana miss Croker, de Ross House, que tenía unos setenta años en 1821, año en que me relató esta historia a mí, había estado y conversado con Alice de Lacy, monja profesa que llevaba el nombre de hermana Agnes, en un hogar religioso de la calle King, en la ciudad de Dublín, fundado por la famosa condesa de Tyconnell, y había oído la narración de sus propios labios. Yo la consideré digna de ser preservada, y no tengo nada más que agregar.

Ambrose Bierce

Un habitante de Carcosa

> Pues existen diversas clases de muerte. Hay algunas en las cuales el cuerpo perdura y otras en las que se desvanece por completo junto con el espíritu. Esto ocurre por lo común únicamente en soledad (tal es la voluntad de Dios), y, al no haber visto nadie ese fin, decimos que ese hombre se ha perdido, o que ha partido para un largo viaje, cosa que en efecto hace; pero en ocasiones esto ha sucedido ante la vista de muchos, como abundantes testimonios demuestran. Un tipo de muerte hay en el que el espíritu también muere, y se ha sabido de casos en los que esto sucedió incluso mientras el cuerpo aún se mantenía vigoroso durante muchos años. Y a veces, como se ha atestiguado irrefutablemente, el espíritu muere con el cuerpo, pero pasado cierto tiempo resucita en el mismo sitio en el que el cuerpo se convirtió en polvo.

Meditando estas palabras de Hali (Dios le conceda el descanso) y preguntándome su completo sentido, como alguien que, teniendo un indicio, aún duda sobre si no habrá algo muy distinto detrás de aquello que ha discernido, no reparé en el sitio en el cual me había extraviado sino hasta que el súbito soplo de una ráfaga de viento frío sobre mi rostro me hizo tomar conciencia de mis alrededores. Observé con estupor que nada me resultaba familiar. En todas direcciones se extendía una desierta y desolada llanura, cubierta por una alta espesura de pastos marchitos que susurraban y silbaban bajo el viento otoñal con el Cielo sabrá qué misteriosas e inquietantes sugerencias. Resaltando por sobre estos, a largos intervalos, erguíanse unas rocas, de extrañas formas y sombríos colores, que parecían confabular entre sí e intercambiar miradas de incómoda implicación, como si hubiesen levantado sus cabezas para contemplar la culminación de algún acontecimiento largamente previsto. Unos decrépitos árboles diseminados por diversos puntos parecían ser los líderes de esta malévola conspiración de silenciosa expectativa.

El día, según me pareció, debía de estar muy avanzado, a pesar de que el sol no se veía; y, aunque sentía que el aire era frío y húmedo, era consciente de este hecho más bien de forma mental que de manera física, puesto que no experimentaba sensación alguna de molestia.

Por sobre todo el lúgubre paisaje, una bóveda de bajas nubes de color plomizo se cernía como una maldición visible. En todo esto había algo de amenazante y portentoso, una alusión a crímenes, una insinuación de perdición. No había ave, insecto o bestia algunos. El viento suspiraba en las desnudas ramas de los muertos árboles, y el grisáceo pasto se inclinaba para susurrar sus espantosos secretos a la tierra, pero ningún otro sonido o movimiento perturbaba la solemne calma de ese lóbrego paraje.

Observé en la hierba una determinada cantidad de piedras erosionadas, que evidenciaban en sus formas el trabajo de herramientas. Se hallaban derruidas, cubiertas de musgo y medio hundidas en la tierra. Algunas yacían caídas; otras se inclinaban en diversos ángulos; ninguna se encontraba en posición vertical. Se trataba obviamente de lápidas funerarias, aunque las tumbas ya no existían ni como túmulos ni como depresiones: los años lo habían nivelado todo. Esparcidos en diversos sitios, bloques más imponentes marcaban los lugares en los cuales algún sepulcro pomposo o algún ambicioso monumento habían alguna vez lanzado su irrisorio desafío al olvido. Tan viejas veíanse estas reliquias, estos vestigios de vanidad, estos monumentos conmemorativos de afecto y compasión, tan erosionados, dañados y manchados, y tan abandonado, desierto y olvidado veíase el lugar, que no pude menos que creer que había descubierto el cementerio de una raza de hombres prehistóricos, de una nación cuyo mismo nombre había desaparecido mucho tiempo atrás.

Sumido en estos pensamientos, permanecí por algún tiempo sin prestar atención a la secuencia de mis propias experiencias, pero no tardé en preguntarme: «¿Cómo he llegado hasta este sitio?». Una breve reflexión pareció dejar esto claro y explicar, al mismo tiempo, aunque de una inquietante manera, el singular carácter con el que mi imaginación había revestido todo cuanto veía y oía. Estaba enfermo. Recordaba ahora que había estado postrado por una fiebre repentina y que mi familia me había dicho que, en mis períodos de delirio, había estado pidiendo constantemente por aire y libertad, y que había sido así menester retenerme en la cama por la fuerza para impedir que escapase de la casa. Ahora, indudablemente, había eludido la vigilancia de quienes me atendían y había vagado hasta... ¿hasta dónde? No podía acertar a conjeturarlo. Evidentemente me encontraba a una considerable distancia de la ciudad en la cual moraba, la antigua y célebre ciudad de Carcosa. Por ningún sitio había signo visible o audible de vida humana: ni columna de humo ascendiendo, ni ladridos de perros guardianes, ni mugido de ganado, ni gritos de niños jugando, ni nada salvo aquel lúgubre cementerio, con su tétrica atmósfera de misterio y espanto ocasionada por mi propio cerebro trastornado. ¿No estaría acaso delirando nuevamente, allí, lejos de toda ayuda humana? ¿No sería todo aquello una ilusión

   Antiguos relatos de Oscuridad y de Horror

nacida de mi locura? Llamé en voz alta los nombres de mi mujer y mis hijos, y extendí mis manos en busca de las suyas mientras caminaba por entre las derruidas piedras, sobre el pasto marchito.

Un sonido a mis espaldas me hizo volver la cabeza. Un animal salvaje, un lince, se me acercaba. Me asaltó un pensamiento: «Si pierdo la salud aquí, en esta desolación, si la fiebre retorna y mis fuerzas me abandonan, esta bestia me destrozará la garganta». Me precipité de un salto hacia el lince, gritando. El animal trotó tranquilamente a un palmo de mí y desapareció tras una roca. Un momento después, la cabeza de un hombre pareció brotar de la tierra un poco más allá. Venía ascendiendo por la cuesta más alejada de una baja colina, cuya cresta apenas podía distinguirse del nivel general de la llanura. No tardó en hacerse enteramente visible su figura, recortándose sobre el gris fondo de nubes. Estaba mitad desnudo, mitad vestido con pieles de animales. Tenía sus cabellos en desorden y su barba se encontraba larga y sucia. En una mano llevaba arco y flechas; con la otra sostenía una antorcha encendida de la que subía una larga estela de humo negro. Caminaba lenta y cautelosamente, como si temiese caer en alguna fosa abierta, acaso oculta por el alto pasto. Esta extraña aparición me sorprendió no poco, si bien no me sumió en alarma, y, tomando un camino tal como para interceptarle, lo abordé con la familiar salutación de «Dios te guarde».

No me prestó atención ni detuvo su paso.

—Buen extraño —continué—, estoy enfermo y extraviado. Le suplico que me indique la dirección hacia Carcosa.

El hombre se puso a entonar un bárbaro cántico en una lengua desconocida y siguió adelante, alejándose. Un búho en la rama de un árbol decrépito ululó lúgubremente y fue respondido por otro en la lejanía. Entonces miré hacia arriba y pude ver, a través de una súbita grieta formada entre las nubes, a ¡Aldebarán y las Híadas! En todo esto había una continua alusión a la noche: el lince, el hombre con la antorcha, el búho... Sin embargo, yo veía; veía incluso a las estrellas en ausencia de la oscuridad. Yo veía... pero aparentemente no era ni visto ni oído. ¿Qué horrible sortilegio signaba mi existencia?

Me senté sobre la raíz de un gran árbol para considerar seriamente qué me convendría hacer. Ya no podía dudar de que era presa de la locura; sin embargo, reconocía aún un fundamento que arrojaba un interrogante sobre esta convicción: no tenía el más mínimo rastro de fiebre. Más aún, experimentaba una alegría y un vigor que me eran completamente desconocidos, una sensación de exaltación física y mental. Todos mis sentidos parecían estar alerta: podía sentir el aire como una sustancia pesada; podía oír el silencio.

Una gran raíz del enorme árbol contra cuyo tronco me inclinaba, mientras seguía sentado a sus pies, mantenía encerrada en su abrazo una losa de piedra, una parte de la cual emergía por sobre el hueco que otra raíz dejaba. La piedra hallábase así parcialmente protegida de la erosión natural, aunque en gran parte descompuesta. Sus aristas estaban deterioradas, sus ángulos habían desaparecido, su superficie se encontraba profundamente descostrada y cubierta por surcos. Brillantes partículas de mica podían verse por la tierra a su alrededor, vestigios de su descomposición. Al parecer, esta piedra había señalado la sepultura de la cual el árbol había brotado mucho tiempo atrás. Las exigentes raíces de este habían, sin duda, saqueado la tumba y aprisionado su lápida.

Una repentina brisa barrió algunas ramas y hojas secas que se acumulaban sobre la superficie de la piedra; pude ver entonces las letras en bajo relieve de una inscripción y me incliné para leerla. ¡Dios del Cielo! ¡En ella figuraba mi nombre completo, la fecha de mi nacimiento... *y la fecha de mi muerte!*

Un rayo horizontal de sonrosada luz iluminó por completo el costado del árbol, mientras yo me ponía de pie horrorizado. El sol elevábase por el este; yo me encontraba entre su ancho disco rojo y el árbol... ¡y ninguna sombra oscurecía el tronco!

Un coro de lobos aullando saludó a la aurora. Los vi sentados sobre sus cuartos traseros, ya solos o en grupos, en las cimas de los irregulares túmulos y montículos que poblaban la mitad de la desolada vista, extendiéndose hasta el horizonte; y entonces comprendí que aquellas eran las ruinas de la antigua y célebre ciudad de Carcosa.

   Antiguos relatos de Oscuridad y de Horror

M. R. James

El conde Magnus

 l modo en el que los papeles con los que he elaborado una historia coherente llegaron a mis manos es el último punto que el lector conocerá a través de estas páginas. Pero es necesario anteponer a mis extractos de ellos una exposición del formato en el que los poseo.

Consisten, esencialmente, en una serie de apuntes para un libro de viajes, uno de esos volúmenes que estaban en boga entre 1840 y 1860. El *Diario de una estancia en Jutlandia y las islas danesas*, de Horace Marryat, es un buen ejemplo de la clase de libro a la que aludo. Estos libros se ocupaban usualmente de alguna zona poco conocida del continente europeo y estaban ilustrados con grabados en madera o cobre. Proporcionaban datos sobre el alojamiento en hoteles y los medios de comunicación del lugar, tales como los que esperaríamos encontrar hoy en cualquier buena guía turística, y añadían a ello extensas conversaciones con inteligentes extranjeros, ingeniosos posaderos y locuaces campesinos. En una palabra, estaban llenos de habladurías.

Comenzados con la idea de recopilar material para la confección de un libro de este tipo, mis papeles, al progresar, asumían el carácter de un testimonio sobre una extraña experiencia personal, y este testimonio se prolongaba hasta la misma víspera, casi, de la culminación de aquella.

El autor era un tal Mr. Wraxall. Todo lo que sé sobre él deriva enteramente de las evidencias que sus escritos proporcionan, de las cuales deduzco que era un hombre que había ya pasado la mediana edad, que gozaba de algunos recursos económicos y que se hallaba completamente solo en el mundo. No tenía, según parece, residencia estable en Inglaterra, sino que era un habitué de hoteles y pensiones. Es probable que albergara la idea de instalarse algún día, cosa que nunca llegó a concretar; y también pienso que es posible que el incendio en el guardamuebles Pantechnicon, a comienzos de 1872, pueda haber destruido muchos elementos que habrían arrojado alguna luz sobre su persona, pues hace referencia en una o dos ocasiones a objetos de su propiedad que se hallaban depositados en dicho establecimiento.

Parece asimismo que Mr. Wraxall ya había publicado un libro, que trataba sobre unas vacaciones que había tomado una vez en la Bretaña francesa. Más que esto no puedo decir sobre su obra, pues una diligente búsqueda en trabajos bibliográficos me ha convencido de que debió de publicarse de manera anónima o bajo algún seudónimo.

En cuanto a su carácter, no es difícil formarse una opinión superficial. Debió de haber sido un hombre culto e inteligente. Al parecer, estuvo a punto de ser un miembro de su colegio de Oxford; del Brasenose, según puedo juzgar por el *Calendario*. Su principal defecto era sin lugar a dudas el de su excesiva curiosidad, posiblemente un buen defecto en un viajero, pero un defecto que, por cierto, este en particular terminó pagando muy caro.

En la que resultó ser su última expedición, estaba preparando un nuevo libro. Escandinavia, una región poco conocida para los ingleses cuarenta años atrás, se le había revelado como un lugar interesante para su objetivo. Presumiblemente debió de haber encontrado algunos viejos libros de historia sueca, o tal vez algunas memorias, y se le ocurrió así la idea de que no estaría de más escribir un libro descriptivo de viajes por Suecia, entremezclándolo con episodios de la historia de algunas de las grandes familias del país. Se procuró entonces cartas de presentación para algunas personas de alcurnia de dicha nación y partió hacia allí a comienzos del verano de 1863.

De sus viajes por el Norte no es necesario hablar, ni de su estadía por algunas semanas en Estocolmo. Sólo debo mencionar que cierto *savant* de esta ciudad le puso tras las huellas de una importante colección de documentos familiares pertenecientes a los propietarios de una antigua residencia señorial en Vestergothland y le consiguió el permiso para examinarlos.

La residencia señorial, o *herrgård*, en cuestión será llamada Råbäck (pronúnciese algo así como Robeck), aunque no es ese su verdadero nombre. Se trata de uno de los mejores edificios de su tipo en todo el país, y el grabado suyo que aparece en el *Suecia antiqua et moderna*, de Dahlenberg, fechado en 1694, la muestra muy semejante a como el turista la puede ver hoy día. Fue construida poco después del 1600, y es, en líneas generales, muy parecida a cualquier casa inglesa de ese mismo período en cuanto a material (ladrillo rojo con revestimiento de piedra) y estilo arquitectónico. El hombre que la edificó era un vástago de la gran familia De la Gardie, y sus descendientes aún la ocupan. De la Gardie es el nombre con el que los designaré cuando mencionarlos se vuelva necesario.

Recibieron a Mr. Wraxall con gran amabilidad y cortesía y le instaron a permanecer en la casa por tanto tiempo como sus investigaciones durasen. Pero, prefiriendo moverse independientemente, y desconfiando de su capacidad para conversar en sueco, se instaló en la posada de la aldea, que resultó ser bastante cómoda, al menos durante esos meses de verano. Este arreglo, sin embargo, acarreaba consigo una caminata diaria de casi una milla para ir y volver de la residencia señorial. Dicha residencia se alzaba en medio de un parque y estaba protegida (cubierta, podríamos decir) por grandes y añosos árboles. A su alrededor había un jardín rodeado por muros, y luego aparecía un cerrado bosque que bordeaba uno de esos pequeños lagos con los que el país entero está poblado. Seguían luego los muros de la propiedad, y había que escalar una empinada loma (una colina rocosa apenas cubierta de tierra) en lo alto de la cual se alzaba una iglesia cercada por altos y oscuros árboles. Era un edificio curioso a los ojos de un inglés. La nave y los laterales eran bajos y estaban llenos de bancos y de tribunas. En la tribuna occidental había un espléndido órgano antiguo de tubos de plata, vistosamente pintado. El techo del recinto era plano y había sido adornado por un artista del siglo XVII con un extraño y espantoso Juicio Final pródigo en llamas incandescentes, ciudades en ruinas, barcas ardiendo, almas en pena y oscuros demonios sonrientes. Hermosas coronas de latón pendían del techo; el púlpito se veía como una casa de muñecas, cubierto de pequeños querubines y santos de madera pintada; un facistol con tres relojes de arena se sujetaba del atril del predicador. Vistas semejantes se pueden encontrar aún hoy en muchas iglesias de Suecia, pero lo que distinguía a esta particularmente era un añadido al edificio original. En el extremo oriental del lateral norte, el constructor de la residencia señorial había erigido un mausoleo para él y su familia. Se trataba de un amplio edificio octogonal, iluminado por una serie de ventanas ovales, con un techo en forma de cúpula rematado por una especie de objeto semejante a una calabaza que terminaba en una aguja, un ornamento en el que los arquitectos suecos se deleitaban enormemente. El techo, por su parte exterior, era de cobre y estaba pintado de negro, mientras que las paredes, al igual que las de la iglesia, eran de un deslumbrante blanco. No había acceso alguno a este mausoleo desde la iglesia: disponía de un portal y peldaños propios sobre el lado norte.

Pasado el camposanto, se extendía el camino que conducía a la aldea, y en no más de tres o cuatro minutos se llegaba a la puerta de la posada.

En el primer día de su permanencia en Råbäck, Mr. Wraxall encontró abierta la puerta de la iglesia y apuntó todas estas notas del interior que acabo de epitomar. No obstante, no pudo entrar al mausoleo. Sólo pudo vislumbrar, mirando a través del ojo de la cerradura, que había allí bellas efigies de mármol, sarcófagos de cobre y una gran profusión de blasones heráldicos, lo que terminó dejándolo muy ansioso por dedicar algo de tiempo a una mayor investigación.

Los documentos que había ido a examinar a la residencia señorial resultaron ser exactamente del género que quería para su libro. Había correspondencia familiar, diarios y libros de cuentas de los primeros propietarios del dominio, muy cuidadosamente conservados, escritos con claridad y repletos de jocosos y pintorescos detalles. El primer De la Gardie aparecía en ellos como un hombre enérgico y capaz. Poco después de construida la mansión, había tenido lugar un período de disturbios en la región, en el cual los campesinos se habían sublevado atacando varios castillos y causando algunos estragos. El propietario de Råbäck había desempeñado un papel preponderante en la represión de los desórdenes, y había referencias a ejecuciones de cabecillas y a severos castigos infligidos con mano dura.

El retrato de este Magnus de la Gardie era uno de los mejores de la casa, y Mr. Wraxall lo estudió con no poco interés una vez concluido el trabajo de la jornada. No da ninguna descripción detallada de él, pero supongo que el rostro lo impresionó más por su poder que por su belleza o bondad; de hecho, escribe que el conde Magnus era un hombre fenomenalmente feo.

Ese día Mr. Wraxall cenó con la familia y regresó caminando en el tardío pero aún luminoso atardecer.

«Debo recordar —escribe— preguntarle al sacristán si puede permitirme entrar al mausoleo de la iglesia. Es evidente que él tiene acceso, pues lo vi esta noche en la escalinata, si no me equivoco, abriendo o cerrando la puerta».

Según sus notas, a la mañana del día siguiente Mr. Wraxall entabló una conversación con su posadero. El que la registrara con tanta minuciosidad me sorprendió en un principio, pero pronto comprendí que los papeles que estaba leyendo eran, al menos en su comienzo, apuntes para el libro que estaba preparando, y que iba a ser una de esas obras casi periodísticas que admiten la inclusión de una mezcla de diversas conversaciones.

Su objetivo, según manifiesta, era averiguar si aún persistía alguna leyenda relacionada con el conde Magnus de la Gardie en los escenarios de su actividad y si la opinión popular le era favorable o no. Descubrió que el conde no era para nada apreciado. Si sus arrendatarios llegaban tarde al trabajo en los días en que le eran deudores como señor del feudo, eran sometidos al potro o azotados y marcados con hierro candente en el patio de la residencia señorial. Hubo uno o dos casos de hombres que habían ocupado tierras que invadían los límites de sus dominios y cuyas casas se habían incendiado misteriosamente en una noche de invierno, con la familia entera dentro. Pero lo que más parecía haber impresionado al posadero, pues retornó al tema en más de una ocasión, era el hecho de que el conde había participado en la Peregrinación Negra, regresando de ella con algo o alguien.

Naturalmente os preguntaréis, como Mr. Wraxall, qué pudo haber sido la Peregrinación Negra, pero vuestra curiosidad sobre este punto deberá quedar por el momento insatisfecha, tal como le ocurrió a él. El posadero se mostraba a las claras renuente a dar una respuesta completa o, a decir verdad, respuesta alguna sobre el tema, y, habiendo

  Antiguos relatos de Oscuridad y de Horror

sido llamado por un momento, se apresuró a salir, con evidente alivio, y sólo asomó su cabeza por la puerta unos minutos más tarde para decir que requerían su presencia en Skara y que no regresaría sino hasta el anochecer.

De modo que Mr. Wraxall tuvo que emprender el trabajo de la jornada siguiente en la mansión señorial con sus inquietudes aún vivas. Sin embargo, los documentos que justo entonces estaba examinando no tardaron en dar otro curso a sus pensamientos, pues se abocó a leer la correspondencia mantenida entre Sofía Albertina, de Estocolmo, y su prima casada Ulrica Leonora, de Råbäck, durante el período de 1705 a 1710. Las cartas eran de excepcional interés por la luz que arrojaban sobre la cultura sueca de aquella época, como puede atestiguar cualquiera que haya leído su edición completa publicada por la Comisión de Manuscritos Históricos Suecos.

Por la tarde había terminado ya de leerlas y, tras devolver las cajas en las que se guardaban a sus sitios en la estantería, procedió, con toda naturalidad, a bajar algunos de los volúmenes más cercanos a ellas con el fin de determinar cuál de aquellos habría de ser su principal objeto de investigación al día siguiente. El estante que había encontrado estaba ocupado mayormente por una colección de libros de cuentas escritos de puño y letra por el primer conde Magnus. Pero uno de ellos no era un libro de cuentas, sino de alquimia y temas afines, escrito por otra persona del siglo XVI. Al no hallarse muy familiarizado con la literatura alquímica, Mr. Wraxall dedica un gran espacio, que podría haber ahorrado, a inventariar los nombres y características de los diversos tratados: el *Libro del Fénix*, el *Libro de las Treinta Palabras*, el *Libro del Sapo*, el *Libro de Míriam*, la *Turba Philosophorum* y otros semejantes, y luego manifiesta, con bastante ceremonia, su alegría al encontrar, en una página originariamente en blanco casi en la mitad del libro, unos escritos del propio conde Magnus titulados *Liber nigrae peregrinationis*. Es cierto que se trataba tan sólo de unas pocas líneas, pero eran suficientes para demostrar que aquella mañana el posadero había aludido a una creencia que se remontaba, como mínimo, a los mismos tiempos del conde y que probablemente no era desconocida para este. He aquí la traducción de dicho texto: «Si un hombre ansía obtener una larga vida, si anhela obtener un fiel mensajero y ver derramada la sangre de sus enemigos, es necesario que primero acuda a la ciudad de Khorazim y que allí salude al príncipe...». Aquí seguía una palabra que había sido tachada no muy esmeradamente, de modo que Mr. Wraxall estaba bastante seguro de no equivocarse al interpretarla como *aëris*, «del aire». Pero no había más partes del texto copiadas, sólo una línea en latín: «*Quaere reliqua huius materiei inter secretiora*»[1].

---

[1] «Cuanto resta de esta materia búscalo entre las cosas más secretas».

No puede negarse que esto arrojaba una luz asaz espeluznante sobre los gustos y creencias del conde, pero para Mr. Wraxall, separado de él por casi tres siglos, el pensamiento de que hubiese agregado a su carácter enérgico algo de alquimia, y a esta algo semejante a magia, sólo contribuía a volverlo una figura más fascinante; y cuando, tras un prolongado examen de su retrato en la sala, salió camino a la posada, su mente estaba entregada de lleno a pensar en él. No tenía ojos para sus alrededores, ni advertía las fragancias nocturnas de los bosques o las luces del ocaso sobre el lago, y, cuando repentinamente despertó de su ensueño, se asombró de verse ya ante la puerta del cementerio y a pocos minutos de su cena. Sus ojos cayeron en el mausoleo.

—¡Ah! —dijo—, ¡conque allí estás, conde Magnus! Me agradaría muchísimo poder verte.

«Como muchos hombres solitarios —escribe— tengo el hábito de hablar solo y en voz alta; pero, a diferencia de algunas partículas griegas y latinas, no espero una respuesta. Por cierto, y, quizás, afortunadamente en este caso, no hubo ni voz ni nada que se le pareciese; sólo que la mujer que, supongo, estaba limpiando la iglesia dejó caer algún objeto metálico al suelo, ocasionando un sonido que me sobresaltó. El conde Magnus, me figuro, debe de tener un sueño bastante pesado».

Esa misma noche, el dueño de la posada, que había oído decir a Mr. Wraxall que deseaba ver al clérigo o diácono (como es llamado en Suecia) de la parroquia, le presentó a aquel eclesiástico en el reservado de su edificio. Una visita al panteón de los De la Gardie quedó en breve arreglada para el día siguiente, y a esto siguió una pequeña conversación general.

Mr. Wraxall, recordando que una de las funciones de los diáconos escandinavos es la de instruir a los candidatos para la confirmación, pensó que podría refrescar su propia memoria sobre un punto bíblico.

—¿Puede referirme —dijo— algo sobre Khorazim?

El diácono pareció sobresaltarse, pero de buena gana le recordó cómo aquella aldea había sido una vez denunciada.

—¡Claro! —dijo Mr. Wraxall—; y supongo que ha de hallarse en ruinas ahora.

—Así lo espero —respondió el diácono—. He oído a algunos de nuestros sacerdotes decir que el Anticristo nacerá allí; y hay historias...

—¿Qué historias? —interrumpió Mr Wraxall.

—Historias, iba a decir, que he olvidado —contestó el diácono, y poco después dio las buenas noches y se marchó.

El posadero quedó entonces solo, a merced de Mr. Wraxall, quien no estaba para nada dispuesto a desperdiciar la ocasión.

—Herr Nielsen —dijo—, he averiguado algo sobre la Peregrinación Negra. Usted también podría decirme lo que sabe. ¿Qué fue lo que el conde trajo consigo?

Tal vez los suecos son habitualmente lentos para responder, o tal
vez el posadero fuera una excepción, no estoy seguro, pero Mr. Wraxall apunta que el hombre pasó al menos un minuto entero mirándolo
antes de llegar a decir algo. Entonces se acercó a su huésped y, con un
gran esfuerzo, habló:

—Mr. Wraxall, puedo contarle esta breve historia, y no más… nada
más. No debe usted preguntar nada cuando yo haya terminado de hacerlo. En los tiempos de mi abuelo (o sea, hace noventa y dos años)
hubo dos hombres que dijeron: "El conde está muerto, ya no nos preocupa. Iremos esta noche a cazar libremente a su bosque". Se referían al
vasto bosque de la colina que usted ha visto detrás de Råbäck. Bueno,
quienes les oyeron hablar así les dijeron: "No, no vayáis: de seguro os
encontraréis con personas caminando que no deberían estar caminando; deberían estar descansando, no caminando". Los dos hombres se
rieron. No había vigilantes que cuidaran el bosque, pues a nadie se le
ocurría cazar allí. La familia no se encontraba en la mansión. Aquellos
hombres podían hacer lo que quisieran. Así es que se fueron al bosque
esa noche. Mi abuelo se hallaba sentado aquí, en este mismo cuarto.
Era verano, y una noche clara. Con la ventana abierta, él podía ver el
bosque, y oír. De modo que se hallaba aquí, junto a dos o tres hombres,
y escuchaban. Al principio no oyeron nada en absoluto; luego oyeron
a alguien (usted sabrá cuán lejos es), oyeron a alguien gritar, tal como
si la parte más interior de su alma le estuviese siendo retorcida hacia
fuera. Todos los que se encontraban en este cuarto se agarraron unos a
otros y se quedaron sentados por unos tres cuartos de hora. Entonces
oyeron a alguien más, a tan sólo unos trescientos metros de distancia.
Lo oyeron reír estrepitosamente; no era uno de aquellos dos hombres
quien reía, y, por cierto, todos coincidieron en que ni siquiera era un
humano. Tras esto, escucharon el sonido de una pesada puerta cerrán-
dose. Entonces, apenas salió el sol, fueron todos a ver al sacerdote. Le
dijeron: "Padre, poneos la sotana y la gorguera y venid a enterrar a estos hombres, Anders Bjornsen y Hans Thorbjorn". Como habrá usted
comprendido, estaban seguros de que aquellos hombres habían muerto. De modo que fueron al bosque… mi abuelo jamás olvidó aquello. Decía que ellos mismos debían de parecer muertos. Hasta el sacerdote se
hallaba aterrado. Cuando acudieron a él, les había dicho: "Escuché un
grito en la noche, y una horrible carcajada después. Si no consigo olvidarlo, no seré capaz de volver a dormir". Así fue que llegaron al bosque
y hallaron a estos hombres en sus lindes. Hans Thorbjorn estaba de pie,
con su espalda apoyada contra un árbol y moviendo todo el tiempo las
manos, como intentando apartar lejos de sí algo que ya no se encontraba allí. De manera que no estaba muerto; lo sacaron del bosque, lo llevaron a su hogar en Nykjöping, y murió antes del invierno, pero nunca
dejó de mover sus manos como intentando alejar algo. También estaba

allí Anders Bjornsen, pero muerto. Y le diré, sobre Anders Bjornsen, que había sido un hombre apuesto, pero para entonces su rostro había desaparecido, pues la carne le había sido succionada hasta los huesos. ¿Comprende eso? Mi abuelo no pudo olvidarlo. Lo tendieron en las andas que habían llevado con ellos y pusieron unos paños sobre su cabeza; el sacerdote marchaba delante, y comenzaron a entonar un salmo de difuntos tan bien como podían. Y, mientras estaban cantando el final del primer versículo, uno tropezó, aquel que cargaba la cabecera de las andas, y los otros miraron hacia atrás y vieron que el paño se había caído y que los ojos de Anders Bjornsen miraban hacia arriba, pues no había párpados que los cubrieran. Esto ya no pudieron soportarlo. Por lo tanto, el sacerdote volvió a colocar el paño sobre él, envió a alguien a buscar una pala y lo enterraron en ese mismo lugar.

Al día siguiente, escribe Mr. Wraxall, el diácono lo visitó poco después del desayuno y lo condujo a la iglesia y el mausoleo. Advirtió que la llave de este último se hallaba colgada en un clavo justo a un lado del púlpito, y se le ocurrió que, dado que la puerta de la iglesia parecía quedar por regla sin llave, no le resultaría difícil efectuar una visita más privada a los sepulcros si probaban ser de un interés mayor que el que podía ser debidamente apreciado en una sola ocasión. El edificio, al entrar, le resultó bastante imponente. Los sepulcros, en su mayoría grandes construcciones de los siglos XVII y XVIII, eran solemnes pese a ser suntuosos y abundaban en epitafios y blasonería. El espacio central de ese recinto rematado en una cúpula se hallaba ocupado por tres sarcófagos de bronce, cubiertos de relieves finamente labrados. Dos de ellos tenían, como es común en Suecia y Dinamarca, un gran crucifijo de metal en la tapa. El tercero, aquel que, al parecer, pertenecía al conde Magnus, ostentaba, en lugar de eso, una efigie de tamaño natural grabada sobre ella, junto a otros ornamentos similares, que representaban diversas escenas, a su alrededor. Una de estas escenas pintaba una batalla, con un cañón vomitando humo, ciudades amuralladas y tropas armadas con picas. Otra mostraba una ejecución. En una tercera había un hombre corriendo a toda velocidad, en medio de un bosque, con los cabellos al viento y los brazos extendidos. Tras él venía una figura extraña; sería difícil señalar si el artista había intentado plasmar la silueta de un hombre y había sido incapaz de darle la similitud adecuada o si la había hecho así, tan monstruosa como se veía, intencionalmente. En vista de la habilidad con la que el resto de la obra había sido ejecutada, Mr. Wraxall se sintió inclinado a adoptar la segunda hipótesis. La figura era indudablemente pequeña y estaba cubierta casi completamente por un manto con capucha que arrastraba por el suelo. La única parte que se proyectaba fuera de ese abrigo no tenía forma ni de mano ni de brazo. Mr. Wraxall la compara al tentáculo de un pulpo y agrega: «Al verlo me dije: entonces esto, que evidentemente es una representación alegórica de algún tipo (un ser demoníaco persiguiendo en caza a un alma), puede ser el origen de la historia del conde Magnus y su misterioso compañero. Veamos cómo está representado el cazador; sin duda habrá de ser un demonio soplando su cuerno». Pero resultó que no había semejante figura sensacional, sino sólo la imagen de un hombre envuelto en una capa sobre un montecillo, apoyándose en un bastón y observando la cacería con un interés que el artista había intentado expresar en su actitud.

Mr. Wraxall notó los macizos candados de acero finamente labrados (tres en total) que aseguraban el sarcófago. Uno de ellos, según pudo observar, estaba abierto y yacía en el suelo. Luego, no deseando demorar más al diácono o perder su tiempo de trabajo, siguió su camino hacia la residencia señorial.

«Es curioso —anota— cómo, al recorrer un sendero familiar, nuestros pensamientos nos absorben hasta la absoluta abstracción de todo cuanto nos rodea. Anoche, por segunda vez, dejé por entero de saber hacia dónde iba (había planeado una visita privada al panteón para copiar los epitafios), cuando súbitamente recobré la conciencia y me encontré, como la vez anterior, rondando las puertas del cementerio y, según creo, cantando o salmodiando algunas palabras tales como: "¿Estás despierto, conde Magnus? ¿Duermes, conde Magnus?", y luego algo más que no puedo recordar. Según me parece, he debido de estar comportándome de esa absurda manera durante un largo rato».

Encontró la llave del mausoleo donde había esperado hallarla y copió la mayor parte de lo que quería; de hecho, permaneció allí hasta que la luz comenzó a faltarle.

«Debo de haber estado equivocado —escribe— al decir que uno de los candados del sarcófago del conde estaba abierto: vi anoche que los sueltos eran dos. Los levanté a ambos y los deposité cuidadosamente en el alféizar de la ventana tras haber intentado, sin suerte, cerrarlos. El que queda aún está firme, y, aunque creo que se trata de una cerradura de golpe, no acierto a imaginar cómo se abre. De haberlo conseguido, me temo que me habría tomado la libertad de levantar la tapa del sarcófago. Es extraño el interés que siento por la personalidad de este viejo noble algo feroz y siniestro».

El día siguiente resultó ser el último de la estadía de Mr. Wraxall en Råbäck. Había recibido unas cartas relacionadas con ciertas inversiones que hacían necesario su regreso a Inglaterra; su trabajo entre los papeles estaba prácticamente terminado, y viajar era lento. Decidió, por consiguiente, despedirse, dar unos últimos retoques a sus notas y partir.

Estos últimos retoques y despedidas terminaron tomándole más tiempo del que había esperado. La hospitalaria familia insistió en que se quedase a comer con ellos (comían a las tres), y se hicieron casi las seis y media antes de que pudiese dejar atrás la verja de hierro de Råbäck. Demoró sus pasos mientras caminaba junto al lago, determinado, ahora que lo recorría por última vez, a impregnarse de la sensación del lugar y de la hora. Al llegar a lo alto de la loma en la que se alzaba el camposanto, se detuvo varios minutos contemplando la ilimitada perspectiva de los bosques cercanos y lejanos, que se veían sombríos bajo un cielo verdoso. Cuando al fin se volvió para irse, le asaltó el pensamiento de que debía despedirse del conde Magnus al igual que del resto de los De la Gardie. La iglesia estaba a sólo veinte metros, y sabía dónde se hallaba colgada la llave del mausoleo. No mucho tiempo después se encontraba ya junto al gran ataúd de cobre y, como era habitual, hablando en voz alta.

—Puede que hayas sido un poco bribón en tus épocas, Magnus —dijo—, pero por eso mismo me gustaría verte, o más bien...

«Justo en ese instante —escribe— sentí un golpe en el pie. Lo retiré muy rápidamente y algo cayó al suelo con un estrépito. Era el tercero, el último de los tres candados que cerraban el sarcófago. Me agaché para recogerlo y (el Cielo es testigo de que estoy escribiendo sólo la verdad), antes de que me hubiese erguido nuevamente, hubo un sonido de goznes metálicos chirriando y vi claramente que la tapa se levantaba. Puede que me haya comportado como un cobarde, pero por nada en el mundo me habría quedado un instante más. Salí de aquel espantoso edificio en menos tiempo del que necesito para escribir (o casi tan velozmente como puedo pronunciar) estas palabras; y, lo que me aterra aún más, no llegué ni a echar llave a la puerta. Mientras estoy sentado en mi habitación anotando estos hechos, me pregunto (todo sucedió hace menos de veinte minutos) si aquel chirrido metálico continuó, y no puedo responder ni afirmativa ni negativamente. Sólo sé que hubo algo más de lo que he escrito que me alarmó, pero no puedo ni siquiera recordar si fue un sonido o algo que vi. ¿Qué es lo que he hecho?».

¡Pobre Mr. Wraxall! Partió en su viaje a Inglaterra al día siguiente, como lo había planeado, y alcanzó su destino a salvo, pero, según deduzco por su caligrafía vacilante y sus incoherentes apuntes, siendo ya un hombre destrozado. Uno de los tantos pequeños cuadernos de notas que han llegado a mí junto con sus otros documentos da, si no la clave, al menos un ligero indicio de sus experiencias. Gran parte de su viaje lo realizó en barco, y encuentro no menos de seis penosos intentos de enumerar y describir a los demás pasajeros. Las notas son de este tenor:

«24. Pastor de una aldea de Skåne. Saco negro común y sombrero negro.

»25. Viajante de comercio que va de Estocolmo a Trollhättan. Capa negra, sombrero marrón.

   Antiguos relatos de Oscuridad y de Horror

»26. Hombre con larga capa negra y sombrero de ala ancha muy anticuado».

Esta última nota está subrayada, y una glosa añade: «Quizás idéntico al número 13. Aún no le he visto el rostro». En cuanto al número 13, encontré que era un sacerdote católico con una sotana.

El resultado neto que el cálculo arroja es siempre el mismo: veintiocho personas aparecen en la enumeración; una de ellas es siempre un hombre de larga capa negra y sombrero de ala ancha, y otra es una «pequeña figura con un manto oscuro con capucha». Por otra parte, siempre consta que sólo veintiséis pasajeros se presentan a las comidas, y que el hombre de capa es tal vez uno de los ausentes, mientras que es seguro que la pequeña figura es el otro.

Al llegar a Inglaterra, parece ser que Mr. Wraxall desembarcó en Harwich y que en seguida resolvió ponerse fuera del alcance de alguna persona o personas a las cuales nunca especifica, pero que evidentemente tomó por perseguidores suyos. En consecuencia, alquiló un carruaje (un simón cerrado), desconfiando del ferrocarril, y atravesó la región hasta la aldea de Belchamp St. Paul. Eran alrededor de las nueve de una clara noche del mes de agosto cuando se aproximaba al lugar. Iba sentado delante y miraba por la ventanilla los campos y matorrales (no había mucho más para ver) que desfilaban ante él. Súbitamente llegó a un cruce de caminos. En la encrucijada, dos figuras se hallaban de pie, inmóviles; ambas vestían capas oscuras; la más alta llevaba un sombrero, la más pequeña estaba encapuchada. No tuvo oportunidad de ver sus rostros, ni efectuaron ellas movimiento alguno que pudiese él discernir. Sin embargo, el caballo se encabritó y comenzó a galopar mientras Mr. Wraxall se hundía en su asiento, preso de algo semejante a la desesperación. Ya había visto antes a esas dos figuras.

Una vez en Belchamp St. Paul, tuvo la enorme fortuna de encontrar un alojamiento decentemente amueblado, y durante las siguientes veinticuatro horas vivió relativamente en paz. Sus últimas notas fueron escritas ese día. Son demasiado inconexas y vehementes como para ser aquí transcriptas en su totalidad, pero su sentido está bastante claro. Espera una visita de sus perseguidores (no sabe ni cómo ni cuándo) y exclama constantemente: «¿Qué he hecho?» y «¿No hay esperanza?». Los médicos, comprende, lo tomarían por loco. La policía se reiría de él. El sacerdote está de viaje. ¿Qué puede hacer sino cerrar su puerta con llave y rezar a Dios?

La gente de Belchamp St. Paul aún recordaba el año pasado cómo un extraño caballero llegó una noche de agosto años atrás; y cómo dos mañanas más tarde fue hallado muerto, lo que dio lugar a una investigación; y cómo el jurado que examinó el cuerpo quedó impresionado, habiéndose producido entre sus miembros siete desmayos, tras lo cual ninguno quiso hablar de lo que allí habían visto y se dictó el veredicto de «castigo de Dios»; y cómo la gente que estaba al cuidado de la casa se mudó esa misma semana y se marchó a otra región. Pero no creo que ninguno sepa que alguna vez haya sido arrojada alguna luz, o pueda serlo, sobre el misterio. Sucedió así que el año pasado esa casa llegó a mis manos como parte de una herencia. Había permanecido vacía desde 1863 y no parecían existir perspectivas para alquilarla, de modo que la hice derribar, y los documentos que acabo de extractar aparecieron en una alacena olvidada, bajo la ventana del dormitorio principal.

Arthur Machen

El pueblo blanco

PRÓLOGO

La brujería y la santidad —dijo Ambrose—; esas son las únicas realidades. Ambas son un éxtasis, una renuncia a la vida corriente.

Cotgrave escuchaba con interés. Un amigo le había llevado a esa casa algo en ruinas ubicada en un suburbio al norte de la ciudad, y luego, atravesando un viejo jardín, hasta el cuarto donde Ambrose, el recluso, dormitaba y soñaba junto a sus libros.

—Así es —continuó—, la magia justifica a sus acólitos. Hay muchos, según creo, que sólo comen mendrugos secos, que no beben más que agua, y que, sin embargo, experimentan un gozo infinitamente más intenso que el que pueda conocer cualquier epicúreo "práctico".

—¿Se refiere usted a los santos?

—Sí, y también a los pecadores. Creo que está usted cayendo en el típico error de confinar todo el mundo espiritual a lo sumamente bueno; pero lo sumamente perverso forma también, necesariamente, parte de él. El hombre meramente carnal, el hombre sensual, no tiene mayores posibilidades de convertirse en un gran pecador que en un gran santo. La mayoría de nosotros no somos más que criaturas indiferentes, confusas; pasamos atropelladamente por el mundo sin comprender el significado y el sentido oculto de las cosas, y, en consecuencia, tanto nuestra maldad como nuestra bondad son más bien mediocres, insignificantes.

—¿Piensa entonces usted que el gran pecador es, como el gran santo, un asceta?

—Los grandes hombres, del tipo que sean, desechan las copias imperfectas y se remiten a los originales. No tengo la menor duda de que muchos de los más excelsos santos jamás realizaron una "buena acción" (usando esta expresión en su sentido usual). Y, por el otro lado, ha habido quienes han sondeado las últimas profundidades del pecado y que jamás, en todas sus vidas, han llevado a cabo una "mala acción".

Ambrose salió por un momento del cuarto, y Cotgrave, encantado, se volvió a su amigo y le agradeció el que se lo hubiera presentado.

—Es genial —dijo—. Nunca había visto a un lunático de esta especie.

Ambrose regresó con más whisky y sirvió con gran generosidad a los dos hombres. Denigró ferozmente a la secta de los abstemios mientras alcanzaba el agua de Seltz, y, sirviéndose un vaso, se disponía ya a reanudar su monólogo cuando se le adelantó Cotgrave.

—No puedo soportarlo, ¿sabe? —dijo—; sus paradojas son monstruosas. ¡Un hombre puede ser un gran pecador y, aun así, jamás haber cometido un acto pecaminoso! ¡Vamos!

—Está usted equivocado —replicó Ambrose—; yo nunca digo paradojas. ¡Desearía poder hacerlo! Sólo decía que un hombre puede tener un paladar exquisito para el Romanée Conti y, sin embargo, no haber olido nunca una cerveza. Eso es todo; y más que una paradoja me parece una obviedad, ¿no es así? Su sorpresa ante mi observación se debe a que no ha comprendido usted aún lo que es el pecado. ¡Oh, sí!, hay una especie de relación entre el Pecado con mayúscula y las acciones llamadas comúnmente pecaminosas: asesinato, robo, adulterio y demás. Poco más o menos la misma relación que existe entre el alfabeto y la buena literatura. Pero yo creo que este concepto erróneo, que es casi universal, surge en gran medida de nuestra forma de enfocar el asunto desde un punto de vista social. Pensamos que un hombre que les causa algún mal a sus vecinos o a nosotros debe de ser malvado. Así es desde un punto de vista social; pero ¿no se da usted cuenta de que el Mal en su esencia es una manía solitaria, una pasión del alma única e individual? Ciertamente, el asesino medio no es de ningún modo, como asesino, un pecador en el verdadero sentido de la palabra. Es simplemente una bestia salvaje de la que debemos librarnos para mantener nuestros cuellos a salvo. Yo preferiría más bien clasificarlo entre los tigres antes que entre los pecadores.

—Eso suena algo extraño.

—Yo creo que no. El asesino no mata por cualidades positivas, sino por cualidades negativas; carece de algo que los no asesinos poseen. El Mal, desde luego, es totalmente positivo... sólo que está del lado equivocado. Puede creerme cuando digo que el pecado en su sentido estricto es algo muy raro; es probable que haya habido muchos menos pecadores que santos. Sí, su punto de vista es muy adecuado para los fines prácticos y sociales: nos sentimos inclinados por naturaleza a creer que un hombre que nos desagrada profundamente debe de ser un gran pecador. Es muy desagradable que le roben a uno lo que lleva en el bolsillo, por lo que, en consecuencia, afirmamos que el ladrón es un gran pecador. A decir verdad, es simplemente un hombre sin desarrollar. No puede ser un santo, por supuesto, pero sí puede ser, y a menudo de hecho es, una criatura infinitamente mejor que otras miles que jamás han quebrantado un solo mandamiento. Es una molestia para nosotros, lo admito, y hacemos bien en encerrarlo si lo atrapamos; pero entre su problemática y antisocial conducta y el Mal... ¡ay!, la relación es de lo más tenue.

 Antiguos relatos de Oscuridad y de Horror

Se estaba haciendo muy tarde. El hombre que había llevado a Cotgrave probablemente ya había oído todo aquello antes, pues atendía con una sonrisa amable y juiciosa, pero Cotgrave comenzaba a pensar que su «lunático» estaba resultando ser un sabio.

—Está usted —le dijo— interesándome enormemente. ¿Cree, entonces, que no comprendemos la verdadera naturaleza del mal?

—Así es, creo que no la comprendemos en absoluto. La sobrevaloramos y la infravaloramos a la vez. Prestamos atención a las muy numerosas infracciones de nuestros "estatutos" sociales (reglas muy necesarias y apropiadas para que el hombre pueda vivir en compañía) y nos asustamos así ante la gran abundancia del "pecado" y del "mal". Pero esto es realmente absurdo. Considere usted, por ejemplo, el robo. ¿Siente usted horror alguno al pensar en Robin Hood, en los merodeadores escoceses del siglo xvii, en los bandoleros o en los empresarios de hoy en día?

»Luego, por el otro lado, subestimamos al mal. Damos tan enorme importancia al "pecado" de intromisión en nuestros bolsillos (y en nuestras esposas), que hemos olvidado completamente la atrocidad del auténtico pecado.

—¿Y qué es el pecado?

—Creo que tendré que contestarle con otra pregunta. ¿Qué sentiría usted, en serio, si su gato o su perro comenzaran a hablarle y a discutir con usted en acentos humanos? Quedaría abrumado de horror, estoy seguro de ello. Y si las rosas de su jardín entonaran una canción sobrenatural se volvería usted loco. Y suponga que los adoquines de la calle comenzaran a hincharse y a crecer ante sus ojos, o que el guijarro que vio usted por la noche hubiese echado capullos de piedra por la mañana. Bien, estos ejemplos pueden darle una idea aproximada de lo que el pecado realmente es.

—Oigan —dijo el tercer hombre, apacible hasta entonces—, ustedes dos parecen disfrutar de la conversación, pero yo me voy a casa. He perdido mi último tranvía y tendré que caminar.

Ambrose y Cotgrave parecieron sumergirse todavía más profundamente en la conversación cuando su compañero se internó, bajo la pálida luz de los faroles, en la neblinosa madrugada.

—Me asombra usted —dijo Cotgrave—. Nunca antes había pensado en ello. Si esto es realmente así, uno debe darlo todo vuelta. Entonces, la esencia del pecado en realidad es...

—Tomar el Cielo por asalto, me parece a mí —dijo Ambrose—. En mi opinión, se trata simplemente de intentar penetrar, de un modo prohibido, en otra esfera más elevada. Puede usted entender ahora por qué es tan raro. Hay pocos, en efecto, que deseen penetrar en otras esferas, ya sean más elevadas o más bajas, de maneras permitidas o prohibidas. Los hombres, en general, están muy contentos con la vida tal como la encuentran. Es por eso que hay pocos santos y todavía menos pecadores (en su sentido estricto), así como también son raros los hombres de genio que participan de ambas naturalezas a la vez. Sí: en general es, tal vez, mucho más difícil ser un gran pecador que un gran santo.

—¿Es que hay algo profundamente antinatural en el pecado? ¿Es eso lo que quiere usted decir?

—Exactamente. La santidad requiere un esfuerzo igual de grande, o casi igual de grande, pero se mueve dentro de límites que fueron naturales alguna vez; es un esfuerzo por recobrar el éxtasis previo a la Caída. El pecado, en cambio, es un esfuerzo por alcanzar el éxtasis y la sabiduría que sólo pertenecen a los ángeles, y al hacer este esfuerzo el hombre se convierte en un demonio. Le dije antes que el mero asesino no es por ello un pecador; eso es verdad, pero el pecador es a veces un asesino. Gilles de Rais[1] es un ejemplo. Así pues, ya ve usted que, aunque el bien y el mal son antinaturales para el hombre de hoy en día, para el hombre social, civilizado, el mal es antinatural en un sentido mucho más profundo que el bien. El santo lucha por recobrar un don que ha perdido; el pecador intenta obtener algo que nunca fue suyo. En resumen, repite la Caída.

—Pero ¿es usted católico? —dijo Cotgrave.

—Sí, soy miembro de la perseguida Iglesia Anglicana.

—Entonces, ¿qué me dice de esos textos que parecen considerar como pecado todo aquello que usted llamaría una simple y trivial negligencia?

—Sí; pero en algún lugar de esas mismas frases aparece la palabra "hechiceros", ¿no es así? Me parece que ahí está el punto. Considere usted: ¿puede pensar por un momento que una falsa declaración que le salvase la vida a un inocente podría ser un pecado? No; muy bien, entonces no es el simple embustero el que queda excluido por esas palabras; son, sobre todo, los "hechiceros", que utilizan la vida material, que utilizan las debilidades inherentes a la vida material, como instrumentos para alcanzar sus infinitamente perversas metas. Y déjeme decirle esto: nuestros sentidos superiores están tan embotados, estamos tan empapados de materialismo, que, probablemente, no lograríamos reconocer la verdadera maldad si tropezásemos con ella.

—Pero ¿no experimentaríamos cierto horror, un terror tal como el que usted sugirió que sentiríamos si un rosal cantara, ante la sola presencia de un hombre malvado?

—Lo haríamos si fuésemos más naturales: los niños y las mujeres sienten ese horror del que usted habla, e incluso los animales lo experimentan. Pero, a la mayoría de nosotros, el convencionalismo, la civi-

---

[1] Gilles de Rais (1404-1440), soldado aristocrático francés, héroe nacional al servicio de Juana de Arco, fue condenado a muerte al descubrirse que secuestró, violó, mutiló y asesinó sádicamente en sus castillos, en ritos de satanismo y necrofilia, a cientos de niños.

   Antiguos relatos de Oscuridad y de Horror

lización y la educación nos han dejado ciegos y sordos, oscureciendo nuestro natural razonar. No; a veces podemos reconocer el mal por su aborrecimiento del bien (no se necesita ser muy penetrante para adivinar qué influencia dictó, de forma absolutamente inconsciente, la crítica a Keats en la *Blackwood's Magazine*[2]), pero esto es puramente incidental; y, por regla general, sospecho que los jerarcas del Tofet[3] nos pasan completamente inadvertidos, o, tal vez, en ciertos casos, como hombres buenos pero equivocados.

—Pero acaba usted de emplear el término "inconsciente" al referirse a los críticos de Keats. ¿Es la maldad siempre inconsciente?

—Siempre. Debe serlo. Se asemeja a la santidad y a la genialidad tanto en este aspecto como en otros; es una especie de rapto o éxtasis del espíritu, un esfuerzo extraordinario por sobrepasar los límites habituales. Así, al sobrepasar estos límites, sobrepasa también la comprensión, esa facultad que observa todo aquello que la precede. No; un hombre puede ser infinita y horriblemente malvado sin jamás llegar a sospecharlo. Pero, le digo, el mal en este, su auténtico y verdadero sentido, es muy raro, y creo que cada vez lo es más.

—Estoy intentando entender todo esto. Según lo que usted afirma, deduzco que el verdadero mal difiere genéricamente de aquello que solemos llamar "mal".

—Así es. Existe, sin lugar a dudas, una analogía entre ambos; un parecido tal como el que nos permite utilizar, legítimamente, expresiones tales como "al pie de la montaña" o "la pata de la mesa". Y, a veces, por supuesto, ambos hablan, por así decirlo, en el mismo lenguaje. El rudo minero, o el indisciplinado bruto no desarrollado, calentado por una o dos copas de más, llega a su casa y le pega a su irritante y poco juiciosa esposa hasta matarla. Es un asesino. Como lo fue Gilles de Rais. Pero ¿ve usted el abismo que separa a uno del otro? La *palabra*, si me es lícito hablar así, es la misma en ambos casos, pero el *significado* es completamente diferente. Confundirlos es un flagrante caso de solecismo, o, más bien, es como suponer que Juggernaut y los argonautas tienen algo que ver etimológicamente entre sí.[4] E, indudablemente, existe la misma leve semejanza, o analogía, entre todos los pecados "sociales" y los verdaderos pecados espirituales; y hasta tal vez, en algunos casos,

---

[2] Alusión a la feroz crítica anónima dirigida en esa revista contra el poema *Endymion*, de John Keats (1795-1821), crítica que alcanzó fama por su inusual virulencia e injusticia.

[3] Lugar bíblico en el cual se realizaban sacrificios humanos y se arrojaban niños a las llamas en honor al dios Moloch. Sinónimo de Infierno, como la Gehena, valle en el que se situaba.

[4] Un solecismo («*Hobson-Jonson*» en el original) es una incorrección o malinterpretación idiomática. Juggernaut es el nombre de uno de los avatares de Krishna, deidad de la mitología hindú, mientras que los argonautas fueron los héroes del mito griego que, en la nave Argo, partieron con Jasón a conquistar el vellocino de oro.

puede que los menores sean "lecciones" que remitan a los mayores, llevándonos de la sombra a la realidad. Si tiene usted algo de teólogo comprenderá la importancia de todo esto.

—Lamento decirle —observó Cotgrave— que he dedicado muy poco de mi tiempo a la teología. A decir verdad, me he preguntado, a menudo, a partir de qué fundamentos los teólogos han reclamado para su asignatura favorita el título de Ciencia de las Ciencias, pues los únicos libros "teológicos" que he hojeado me han parecido referentes sólo a triviales y obvias devociones o a los reyes de Israel y de Judá, y no me interesa saber nada sobre esos reyes.

Ambrose sonrió.

—Debemos tratar de evitar una discusión teológica —dijo—. Percibo que usted sería un adversario implacable. Pero tal vez las "citas de los reyes" tengan tanto que ver con teología como las tachuelas de los zapatos del minero asesino con el mal.

—Entonces, volviendo a nuestro tema, ¿cree usted que el pecado es algo esotérico y oculto?

—Sí. Es el prodigio infernal, así como la santidad es el prodigio celestial. De vez en cuando se eleva hasta tal grado, que de ningún modo podemos sospechar su existencia; es como esas notas de los grandes tubos de los pedales de un órgano, que son tan graves que no podemos oírlas. En otros casos puede llevarnos al manicomio, o a consecuencias mucho más extrañas. Pero nunca debe usted confundirlo con el mero delito social. Recuerde que el Apóstol, hablando del "reverso de la medalla", distingue entre acciones "caritativas" y caridad. Y así como uno puede dar todos sus bienes a los pobres y, sin embargo, carecer de caridad, del mismo modo, no lo olvide, uno puede evitar todos los crímenes y ser, no obstante, un pecador.

—Su psicología me resulta ciertamente extraña —dijo Cotgrave—, pero le confieso que me agrada; y supongo que de sus premisas uno puede extraer con justicia la conclusión de que es muy probable que el verdadero pecador parezca, a los ojos de un observador cualquiera, un personaje inofensivo.

—Exacto, porque el verdadero mal no tiene nada que ver con la vida o las leyes sociales, o, si lo tiene, es sólo incidental y accidentalmente. Es una pasión solitaria del alma, o una pasión del alma solitaria, como usted prefiera. Si, por azar, percibiéramos o captáramos su total significado, entonces, verdaderamente, nos llenaría de horror y espanto. Pero esta sensación sería muy distinta del miedo y la aversión con que miramos al criminal vulgar, pues este último sentimiento está, en su mayor parte o en su totalidad, fundado en el apego que sentimos por nuestros pellejos o nuestras billeteras. Odiamos al asesino porque sabemos que odiaríamos ser asesinados o que lo fuesen aquellos a quienes queremos. Así, en el "reverso de la medalla", veneramos a los santos, pero no los queremos como a nuestros amigos. ¿Puede usted convencerse a sí mismo de que se habría "divertido" en compañía de san Pablo? ¿Cree que usted y yo nos habríamos "llevado bien" con sir Galahad[5]?

»Lo mismo que con los santos ocurre con los pecadores. Si usted se cruzara con un hombre muy perverso, y reconociera su maldad, sin duda se llenaría de espanto y horror; pero no hay razón por la cual ese hombre tuviera que caerle "antipático". Muy por el contrario, es bastante posible que, si lograra dejar de lado la idea de pecado, podría usted encontrar en el pecador un excelente compañero, y quizás en poco tiempo debería ponerse a pensar un rato para revivir el horror inicial. Sin embargo, ¡qué espantoso sería si las rosas y las azucenas se pusieran de pronto a cantar en el próximo amanecer; si los muebles comenzaran a avanzar en procesión como en el cuento de Maupassant![6]

—Me alegra que haya retornado a esa comparación —dijo Cotgrave— porque quería preguntarle cuál es la correspondencia humana a esas proezas imaginarias de objetos inanimados. En una palabra, ¿qué es el pecado? Me ha dado, ya lo sé, una definición abstracta, pero me gustaría un ejemplo concreto.

—Le dije que era algo muy raro —contestó Ambrose, que parecía deseoso de evitar una respuesta directa—. El materialismo de la época, que tanto ha hecho por suprimir la santidad, ha hecho tal vez más aún por suprimir el mal. Encontramos la tierra tan cómoda, que no sentimos inclinación alguna por ascender o descender. Es como si el erudito que decidiera "especializarse" en el Tofet tuviera que limitarse a investigaciones puramente arqueológicas. Ningún paleontólogo podría mostrarle a usted un pterodáctilo vivo.

—Sin embargo, pienso que usted se ha "especializado", y estoy seguro de que sus investigaciones llegan hasta nuestros tiempos.

—Puedo ver que está usted realmente interesado. Bien, confieso que he especulado un poco, y si quiere puedo mostrarle algo que se relaciona con el curioso tema que hemos estado discutiendo.

Ambrose tomó una vela y se dirigió a un rincón lejano y oscuro de la habitación. Cotgrave le vio abrir un venerable escritorio que había allí y extraer, de algún hueco secreto, un paquete, con el que regresó a la ventana junto a la cual habían estado sentados.

Ambrose deshizo la envoltura del paquete y sacó un libro verde.

—¿Cuidará de él? —dijo—. No lo deje por ahí tirado. Es una de las piezas más selectas de mi colección y me apenaría mucho perderla.

Acarició la descolorida encuadernación.

---

[5] Según las leyendas artúricas, sir Galahad fue el hijo de sir Lancelot y Elaine de Corbenic. Célebre por su pureza y su conducta sin tacha, fue, junto a sir Perceval y sir Bors, uno de los tres caballeros de la Mesa Redonda que alcanzaron el Santo Grial.

[6] Alusión al cuento fantástico *Qui sait?*, del francés Guy de Maupassant (1850-1893).

—Conocí a la joven que escribió esto —prosiguió—. Ya verá, cuando lo lea, cómo ilustra la conversación que hemos mantenido hoy. Hay una continuación también, pero no hablaré de ello.

»Hace unos meses —comenzó de nuevo, con el aspecto de alguien que cambia de tema— apareció un extraño artículo en una revista. Estaba firmado por un médico... "doctor Coryn" creo que era su nombre. Decía que una mujer, que estaba mirando a su pequeña hija jugar junto a la ventana de la sala, vio de pronto que la pesada persiana cedía y caía sobre los dedos de la niña. La mujer se desmayó, creo, pero, en cualquier caso, llamaron al médico y, una vez que hubo vendado los lisiados dedos de la niña, atendió a la madre. Esta gemía de dolor, y se descubrió que tres dedos de su mano, correspondientes a los que habían quedado lastimados en la mano de la niña, estaban hinchados e inflamados, y más tarde, según la expresión del médico, apareció en ellos una costra purulenta.

Ambrose aún acariciaba delicadamente el tomo verde.

—Bien, aquí lo tiene —dijo al fin, separándose, al parecer, con dificultad de su tesoro—. Devuélvamelo tan pronto como lo haya leído —agregó mientras salían al vestíbulo y luego al viejo jardín, inundado por la fragancia de blancas azucenas.

Había ya una extensa franja roja en el este cuando Cotgrave dio la vuelta y se marchó divisando, desde el elevado punto de vista en el que se hallaba, el gran espectáculo de la ciudad de Londres dormida.

El libro verde

La encuadernación de tafilete se veía algo vieja y bastante descolorida, pero no tenía manchas, golpes ni señales de uso. El libro guardaba el aspecto de haber sido comprado «en una visita a Londres», unos setenta u ochenta años atrás, y, por alguna razón, haber sido luego olvidado y dejado fuera de la vista. Desprendía un olor añejo, delicado, persistente, un olor tal como el que a veces se apodera de los muebles antiguos abandonados por un siglo o más. Las guardas, en el interior de la encuadernación, estaban curiosamente decoradas con motivos de color y con oro desteñido. Parecía pequeño, pero, dado que el papel era muy fino, tenía muchas hojas, densamente cubiertas por una escritura diminuta y penosamente trazada que comenzaba así:

«Encontré este libro en un cajón del viejo escritorio que hay en el rellano de la escalera. Era un día muy lluvioso y, como no podía salir, por la tarde tomé una vela y me puse a revolver en el escritorio. Casi todos los cajones estaban llenos de ropa antigua, pero uno de los más pequeños parecía vacío y encontré este libro escondido en el fondo.

     Antiguos relatos de Oscuridad y de Horror

Quería un libro como este, así que me lo quedé para escribir en él. Está lleno de secretos. Tengo muchos otros libros de secretos, que escribí yo, escondidos en un lugar seguro, y voy a escribir en este muchos de los viejos secretos y de los nuevos; pero hay algunos que no escribiré para nada. No debo escribir los verdaderos nombres de los días y de los meses, que descubrí hace un año, ni la forma en la que se hacen las letras Aklo, ni cómo es el lenguaje Chian, ni cómo son los grandes y hermosos Círculos, o los juegos Mao, o los cánticos principales. Puedo poner algo sobre todas estas cosas, pero, por razones personales, no el modo de hacerlas. Y no debo decir quiénes son las ninfas, o los dôls, o Jeelo, o qué significa voolas. Todos estos son secretos muy secretos y me alegro al recordar lo que son y la cantidad de maravillosas lenguas que sé; pero hay cosas que yo llamo los secretos de los secretos de los secretos, en las que no me atrevo a pensar a menos que esté completamente sola, y entonces cierro los ojos y pongo mis manos sobre ellos y susurro la palabra y el Alala viene. Esto solamente lo hago de noche, en mi habitación o en ciertos bosques que yo me sé, pero no debo describirlos porque son bosques secretos. Luego están las Ceremonias, que son todas muy importantes, aunque algunas me gustan más que otras. Están las Ceremonias Blancas, las Ceremonias Verdes y las Ceremonias Escarlata. Las Ceremonias Escarlata son las mejores, pero sólo hay un sitio en el cual pueden ser celebradas debidamente, aunque existe una imitación muy buena que he realizado en otros lugares. Aparte de estas están también las danzas y el Acto, y a veces he hecho el Acto cuando los demás me estaban mirando y nadie pudo entender nada. Era muy chica cuando supe por primera vez de todas estas cosas.

»Cuando era pequeña y mamá todavía vivía, recuerdo que me acordaba de cosas más antiguas aún, sólo que se me confunde todo. Pero recuerdo que cuando tenía cinco o seis años oía a todos hablar de mí cuando creían que no me daba cuenta. Hablaban de lo extraña que yo era uno o dos años antes y de cómo la niñera había llamado una vez a mi madre para que viniera y me oyera hablando sola, y yo decía palabras que nadie podía entender. Estaba hablando la lengua Xu, pero sólo recuerdo muy pocas de sus palabras, como me ocurre con las caras blancas que solían contemplarme cuando estaba echada en la cuna. Solían hablarme y así aprendí su lengua y pude hablar con ellas de cierto gran lugar blanco en el cual vivían, donde los árboles y el pasto eran completamente blancos y donde había blancas colinas tan altas como la luna y un viento frío. He soñado muy a menudo con ese lugar, pero los rostros desaparecieron cuando era muy pequeña. Pero una cosa maravillosa me sucedió cuando tenía unos cinco años. Mi niñera me llevaba en brazos; había un campo de trigo amarillo y lo atravesamos; hacía mucho calor. Entonces llegamos a un sendero en medio de un bosque y un hombre alto apareció detrás de nosotras y nos acompañó hasta que llegamos a un sitio en el que había un profundo estanque, el cual era muy oscuro y sombrío. La niñera me depositó sobre el suave musgo que había debajo de un árbol y dijo: "Desde aquí no podrá llegar al estanque". Así que me dejaron ahí y yo me quedé quieta y observé, y del agua y del bosque salieron dos maravillosas criaturas blancas y empezaron a jugar y a bailar y a cantar. Eran de un blanco cremoso como el de la vieja figura de marfil de la sala; una era una hermosa dama de bellos ojos oscuros, rostro melancólico y largos cabellos negros, que sonreía extraña y tristemente al otro, el cual reía y se acercaba a ella. Jugaron juntos, danzaron en torno al estanque y cantaron una canción hasta que me quedé dormida. La niñera me despertó al volver y se veía muy similar a la dama que había visto antes, así que se lo conté todo y le pregunté por qué se veía así. Al principio lloró y luego pareció asustarse y palideció completamente. Me depositó en la hierba, me miró fijamente y pude ver que estaba temblando de pies a cabeza. Entonces me dijo que me lo había soñado todo, pero yo sabía que no era cierto. Luego me hizo prometer que no diría ni una palabra de eso a nadie y que si lo hacía sería arrojada al pozo negro. Yo no estaba para nada asustada, aunque la niñera sí lo estuviese, y nunca olvidé lo sucedido, porque cuando cerraba los ojos y todo era silencio y estaba sola podía verlos de nuevo, muy tenues y lejanos, pero magníficos; y pequeñas melodías de la canción que cantaban me venían a la cabeza, aunque yo no era capaz de cantarlas.

»Tenía trece años, casi catorce, cuando tuve una singular aventura, tan extraña que al día en el que ocurrió se lo llama siempre el Día Blanco. Mi madre había muerto hacía más de un año, y por las mañanas yo recibía clases, pero me dejaban salir a pasear por las tardes. Aquel día tomé un camino distinto y un pequeño arroyo me condujo hacia una nueva región, pero me desgarré el vestido al atravesar algunos sitios difíciles, pues el camino iba por entre muchos arbustos y bajo árboles de ramas muy bajas y a través de espinosos matorrales de las colinas y de oscuros bosques llenos de plantas trepadoras. Y el camino era largo, muy largo. Parecía que no iba a terminar nunca y tuve que arrastrarme por una especie de túnel por donde debió de correr un arroyo, pero cuyas aguas se habían secado; y su suelo era rocoso y los arbustos habían crecido por encima hasta juntarse y taparlo todo, de modo que estaba completamente oscuro. Y continué avanzando por ese lugar negro y sombrío, y el camino era largo, muy largo. Y llegué a una colina que nunca antes había visto. Pasé por un tenebroso matorral lleno de retorcidas ramas negras que me desgarraban y lloré, porque me pinchaban por todas partes, y entonces advertí que estaba ascendiendo y continué subiendo y subiendo hasta que desaparecieron los matorrales y llegué, aún llorando, a una gran explanada pelada, toda cubierta de horribles piedras grises sobre el pasto y con algunos árboles retorcidos

     Antiguos relatos de Oscuridad y de Horror

y atrofiados que surgían de debajo de las piedras como serpientes. Y subí hasta la cima de ese lugar, recorriendo un largo trecho. Nunca antes había visto piedras tan feas; algunas salían de la tierra y otras parecían haber sido llevadas rodando hasta donde estaban; y se extendían todo a lo lejos hasta donde mi vista alcanzaba. Miré toda la región alrededor de ellas, pero era muy extraña. Era invierno y unos terribles bosques negros tapaban todas las colinas circundantes; era como ver un enorme cuarto cubierto de negros cortinados; y las siluetas de aquellos árboles eran completamente diferentes a todo lo que yo hubiese visto antes. Estaba muy asustada. Luego, más allá de los bosques, había otras colinas que los circundaban en un gran anillo, pero que yo no había visto jamás; y todo era negro y cada cosa allí tenía un voor encima. Todo estaba tranquilo y silencioso y el cielo se veía gris, triste y pesado, como una espantosa cúpula vooriana sobre el Abismo de Dendo. Continué caminando entre las horribles rocas. Había centenares y centenares de ellas. Algunas parecían hórridos hombres sonriendo perversamente; podía ver sus rostros como si estuviesen por saltar fuera de la piedra para atraparme y llevarme a la roca con ellos, en donde me retendrían para siempre. Otras parecían animales, animales reptantes, horribles, sacando sus lenguas; otras eran como palabras que no podía pronunciar; y otras semejaban hombres muertos en la hierba. Seguí avanzando entre ellas, aunque me asustaban, y mi mente se llenó de abominables canciones que ellas le introducían y comencé a querer hacer muecas y retorcerme como ellas y seguí y seguí vagando por entre las rocas un largo rato hasta que comenzaron a gustarme y ya no me dieron más miedo. Comencé entonces a cantar las canciones que se me ocurrían, canciones llenas de palabras que no deben ser pronunciadas ni escritas. Y luego hice caras como las de las rocas y me retorcí como las retorcidas y me tendí en la hierba como las muertas y me dirigí a una que sonreía horriblemente y la rodeé con mis brazos y la abracé fuerte. Y así seguí y seguí vagando por entre las rocas hasta que llegué a un montículo redondo situado en medio de ellas. Era más alto que un montículo común, casi tan alto como nuestra casa, y parecía un gran tazón invertido, completamente liso, redondo y verde, con una piedra, similar a un poste, elevándose en lo alto. Comencé a subir por él, pero sus laderas eran tan empinadas que tuve que detenerme porque si no habría rodado de vuelta hacia abajo y me habría golpeado contra las rocas del fondo y tal vez habría muerto. Pero quería llegar hasta la cima del gran montículo redondo, así que me pegué de cara a la tierra y, agarrándome de la hierba, fui subiendo poco a poco hasta que llegué arriba. Entonces me acerqué a la piedra del medio y miré en derredor. Me parecía que había andado un trecho muy, muy largo, como si de pronto me encontrara a mil millas de mi casa, o en algún otro país, o en alguno de los extraños lugares de los que había leído en los *Cuentos del genio* y

Las mil y una noches, o como si me hubiera alejado a través de los mares durante años y hubiese descubierto otro mundo del que nadie hubiese visto ni escuchado antes, o como si hubiese de algún modo surcado los cielos y hubiese caído en una de las estrellas esas de las que hablan los libros, en las que todo está muerto y frío y gris y no hay aire y el viento nunca sopla. Me senté en la piedra y miré hacia abajo y alrededor en todas direcciones. Era como si estuviera sentada en una torre en medio de una enorme ciudad vacía, pues no podía ver nada alrededor salvo las grises rocas en la hierba. Ya no podía distinguir bien sus figuras, pero podía verlas extendiéndose y extendiéndose a lo lejos, y al mirarlas me pareció que estaban dispuestas formando motivos y formas y figuras. Sabía que eso no podía ser, pues había visto muchas que salían de dentro de la tierra, junto a las rocas de las profundidades, así que miré mejor, pero aún seguía viendo círculos, y círculos pequeños dentro de otros mayores, y pirámides y cúpulas y obeliscos, y parecían rodear por todos lados el sitio donde yo estaba sentada; y cuanto más miraba, más veía esos grandes anillos de rocas, haciéndose cada vez mayores, y los miré por tanto tiempo que me empezó a parecer que todo se movía y giraba, como una inmensa rueda, y que yo daba vueltas también en el medio. Me mareé mucho y la cabeza me quedó muy aturdida, y todo se me comenzó a poner brumoso y confuso, y vi pequeñas chispas de luz azul, y las piedras parecieron saltar y danzar y moverse mientras seguían girando y girando y girando. Me asusté de nuevo y grité, y salté de la piedra en la que estaba sentada y me caí al suelo. Cuando me levanté, me alegró mucho ver todo quieto y me senté en la hierba; luego me deslicé del montículo y seguí mi camino. Mientras iba caminando, danzaba de la misma manera peculiar en la que las rocas lo habían hecho cuando me había mareado, y me alegré de ver que podía hacerlo tan bien, por lo que seguí danzando y danzando, y cantaba extraordinarias canciones que se me venían a la cabeza. Finalmente, llegué al extremo de esa enorme colina y ya no vi más rocas, y el sendero se internó nuevamente en una hondonada cubierta de arbustos. Era tan desastrosa como la otra por la que había subido antes, pero esta vez no me importó, pues seguía contenta por haber visto esas singulares danzas y haber podido imitarlas. Descendí, arrastrándome por entre los arbustos, y una alta ortiga me pinchó la pierna y me hizo arder, pero no me importó, y las ramas y las espinas me pinchaban, pero yo sólo reía y cantaba. Entonces salí del matorral y me encontré en un valle cerrado, que era como un lugar secreto semejante a un sombrío pasadizo que nunca nadie ve, porque era muy estrecho y profundo y los bosques lo rodeaban de manera impenetrable. Allí hay una escarpada ladera poblada de árboles, y los helechos allí se conservan verdes durante todo el invierno, mientras que los de la colina se marchitan y se ponen marrones; y esos helechos despiden una rica y dulce fragancia similar a la que rezuma de

   Antiguos relatos de Oscuridad y de Horror

los abetos. Un pequeño arroyo corre por este valle, tan angosto que pude cruzarlo muy fácilmente. Bebí de sus aguas en mi mano, y sabían como un vino dorado y agradable, y el agua brillaba y burbujeaba al correr sobre hermosas piedras rojas, amarillas y verdes, de modo que parecía viva y con todos los colores al mismo tiempo. Bebí más y más en mi mano, pero como no podía beber lo suficiente me eché boca abajo en el suelo y, agachando la cabeza, sorbí el agua con mis labios. Sabía mucho mejor al ser bebida de esta forma, y las olas llegaban a mi boca y me besaban, y yo reía y volvía a beber, y me imaginaba que la que me besaba era una ninfa, como la del viejo cuadro que había en mi casa, que vivía en el agua. Así que me incliné sobre el agua, la rocé con mis labios y le susurré a la ninfa que volvería. Estaba segura de que aquella no podía ser agua normal, y cuando me levanté estaba muy contenta y proseguí mi camino, y me puse de nuevo a danzar y ascendí lentamente por el valle, bajo la mirada de las colinas. Y cuando llegué arriba, el suelo se elevó delante de mí, alto y escarpado como un muro, y no había nada salvo el verde muro y el cielo. Pensé en aquello de "Por siempre jamás, en este mundo sin fin, amén", y realmente creía que había llegado al fin del mundo, porque era como el final de todo, como si no pudiese haber nada del otro lado, excepto el reino de Voor, a donde va la luz cuando se apaga y a donde va el agua cuando el sol se la lleva. Empecé a pensar en todo lo mucho que había caminado, en cómo había encontrado un arroyo y lo había seguido y seguido a través de arbustos, espinosos matorrales y oscuros bosques llenos de espinas. Luego me había arrastrado por un túnel bajo los árboles, había ascendido por un matorral, había visto las rocas grises y me había sentado en medio de ellas cuando giraban, había seguido por entre las grises rocas y descendido la colina a través de otro matorral espinoso, y por último había subido por el valle sombrío, un trecho muy largo. Me preguntaba cómo regresaría a casa, y si podría hallar alguna vez el camino de vuelta, y si mi casa seguiría allí o si tanto ella como todos se habrían vuelto rocas grises, como en *Las mil y una noches*. Así que me senté en la hierba y me puse a pensar qué haría a continuación. Estaba cansada y los pies me dolían de tanto andar, y mientras miraba alrededor descubrí que había un maravilloso pozo justo al pie del alto y escarpado muro de hierba. Todo el suelo a su alrededor estaba cubierto por un musgo brillante, goteante y muy verde; había allí todo tipo de musgos, unos que parecían hermosos helechos en miniatura, y otros que semejaban palmeras y abetos; y todos eran tan verdes como esmeraldas y estaban salpicados por gotas de agua que parecían diamantes. Y en el medio estaba el gran pozo, profundo y hermoso y brillante, de aguas tan cristalinas que me daba la sensación de que podía tocar los rojos granos de arena del fondo, aunque estaban muy lejos. Permanecí a su lado y miré en él como si lo estuviese haciendo en un espejo. En el fondo del manantial, justo en el medio de él, los rojos granos de arena se estaban moviendo y agitando todo el tiempo, y observé que el agua burbujeaba, pero la superficie se veía muy calma y estaba casi desbordante. Era un pozo enorme, grande como una bañera, y, todo rodeado por el verde musgo brillante y resplandeciente, parecía una gran joya transparente con joyas verdes alrededor. Tenía los pies tan doloridos y cansados que me quité las botas y las medias y los metí en el agua, y el agua era suave y refrescante; y cuando me levanté ya no estaba más cansada y sentí que tenía que seguir, más y más lejos, y ver qué había del otro lado del muro. Subí por él muy lentamente, siempre escalando de costado, y cuando llegué a lo alto y miré por encima de él vi el sitio más extraño que jamás hubiese visto, más extraño aún que la colina de las rocas grises. Era como si los hijos de la Tierra hubiesen estado jugando allí con sus palas, puesto que era todo colinas y hondonadas y castillos y muros hechos de tierra y cubiertos de hierba. Había dos montículos que parecían grandes colmenas, redondos y magníficos y solemnes, y también hondonadas similares a cuencos, y un escarpado muro que subía y subía, parecido a los que una vez vi junto al mar llenos de grandes armas y de soldados. Mientras caminaba por ese sitio estuve a punto de caer en una de las hondonadas redondas, tan de pronto apareció a mis pies, y bajé por ella corriendo y me detuve en el fondo y miré hacia arriba. Era extraño y misterioso mirar hacia arriba. No había nada salvo el cielo gris y pesado y las laderas de la hondonada, todo lo demás se había esfumado, y la hondonada era todo el mundo, y se me ocurrió que durante las horas nocturnas, cuando la luna brillaba allí en el fondo a medianoche y el viento gemía en lo alto, ese sitio debía de llenarse de espectros, de pálidos seres y de sombras vacilantes. Era muy extraño, solitario y solemne, como un vacío templo de muertos dioses paganos. Me recordó a un cuento que mi niñera me había contado cuando yo era muy pequeña, la misma niñera que me había llevado al bosque en el que vi al hermoso pueblo blanco. Y recordé cómo la niñera me había narrado la historia en una noche de invierno en la que el viento estaba golpeando los árboles contra los muros y aullando y gimiendo en la chimenea del cuarto. Me contó que en un lugar existía un pozo vacío, igual a ese en el que me encontraba, y que todos tenían miedo de bajar a él o de acercársele, tan maligno sitio se decía que era. Pero un día apareció una chica muy pobre que dijo que bajaría al pozo, y todos intentaron detenerla, pero ella estaba decidida a ir. Y la chica bajó al pozo y regresó de él riendo, y dijo que allí no había nada de nada, excepto verde pasto, piedras rojas, piedras blancas y flores amarillas. Poco después, la gente vio que llevaba puestos unos hermosos aros de esmeraldas, y le preguntaron cómo los había obtenido, dado que ella y su madre eran muy pobres. Pero ella rio y dijo que los aros no estaban hechos de esmeraldas, sino sólo de verde pasto. Luego, otro día, vieron que

   Antiguos relatos de Oscuridad y de Horror

llevaba en el pecho el más rojo rubí que jamás hubiesen visto, tan grande como un huevo de gallina, y brillante y centelleante como una ardiente ascua al rojo. Y le preguntaron cómo lo había obtenido, dado que ella y su madre eran muy pobres. Pero ella rio y dijo que no era un rubí, sino sólo una piedra roja. Luego, otro día, vieron que llevaba alrededor de su cuello el más precioso collar que jamás hubiesen visto, mucho más fino que el más fino collar de la reina, y estaba hecho de grandes diamantes resplandecientes, cientos de ellos, todos tan brillantes como estrellas en una noche de junio. Así que le preguntaron cómo lo había obtenido, dado que ella y su madre eran muy pobres. Pero ella rio y dijo que no eran diamantes, sino sólo piedras blancas. Y un día fue a la corte, y llevaba en su cabeza una corona de oro puro, según dijo la niñera, que brillaba como el sol y era más espléndida que la corona que llevaba el propio rey; y llevaba, además, las esmeraldas en sus orejas, el gran rubí como broche en su pecho y el gran collar de diamantes centelleando alrededor de su cuello. El rey y la reina pensaron que se trataba de una importante princesa de algún país lejano, y bajaron de sus tronos para ir a su encuentro; pero alguien les informó de quién se trataba en realidad y de lo muy pobre que ella era. Así que el rey le preguntó por qué llevaba una corona de oro y cómo la había obtenido, siendo que ella y su madre eran tan pobres. Y ella rio y dijo que no era una corona de oro, sino sólo unas flores amarillas con las que se había adornado los cabellos. El rey pensó que aquello era muy extraño y le dijo que debía permanecer en la corte y que ya verían qué iban a hacer. Ella era tan hermosa que todos decían que sus ojos eran más verdes que las esmeraldas, que sus labios eran más rojos que el rubí, que su piel era más blanca que los diamantes y que sus cabellos brillaban más que la corona de oro. De modo que el hijo del rey dijo que quería casarse con ella, y el rey le respondió que podía hacerlo. Y el obispo los casó, y hubo una magnífica fiesta, y, finalizado todo, el hijo del rey se dirigió a la alcoba de su esposa. Pero, apenas puso su mano en la puerta, vio ante sí a un ser alto y negro, de un rostro espantoso, y una voz le dijo: "No arriesgues tu vida preciosa, pues esta es mi propia esposa". Entonces el hijo del rey cayó al suelo fulminado. Acudieron muchos hombres que intentaron entrar en la alcoba, sin poder conseguirlo, y golpearon la puerta con hachas, pero la madera se había puesto dura como el hierro, y, por último, todos terminaron huyendo, horrorizados por los gritos y las risas y los alaridos y los llantos que salían del cuarto. Pero al día siguiente lograron entrar y descubrieron que no había allí más que un denso humo negro, pues el ser se había llevado ya a la joven. Y sobre la cama hallaron dos lazos de pasto seco y una piedra roja y varias piedras blancas y unas marchitas flores amarillas. Recordé este cuento de la niñera mientras permanecía en el fondo de la profunda hondonada; todo allí se veía muy extraño y solitario, y tuve miedo. No pude ver ni piedras ni flores por ninguna parte, pero tenía miedo de llevármelas conmigo sin saberlo, y se me ocurrió hacer un hechizo que se me vino a la cabeza para mantener alejado al ser negro. Así que me paré justo en el centro de la hondonada y me aseguré de que no tenía ninguna de esas cosas encima, y luego di varias vueltas al lugar, y toqué mis ojos y mis labios y mi pelo de una manera especial, y susurré unas extrañas palabras que la niñera me había enseñado para alejar a las cosas malignas. Entonces me sentí más segura, salí trepando de la hondonada y seguí caminando por entre todos esos montículos y muros y depresiones hasta que llegué al final, que estaba más elevado que todo el resto, y pude ver desde allí que todas las diferentes formas de la tierra estaban dispuestas en figuras, como las grises rocas, sólo que las figuras eran diferentes. Se estaba haciendo tarde y empezaba a oscurecer, pero desde donde yo miraba me parecieron las figuras de dos personas tumbadas en la hierba. Seguí adelante y, finalmente, encontré cierto bosque, que es demasiado secreto como para que lo describa, y nadie conoce el camino para atravesarlo, el cual yo descubrí de una manera muy curiosa, viendo cómo un pequeño animal entraba al bosque por él. De modo que fui tras el animal por una senda muy estrecha y oscura, bajo espinas y arbustos, y ya era casi de noche cuando llegué a una especie de claro en el medio. Y allí vi la más maravillosa visión que jamás hubiese visto, pero fue sólo por un instante, pues de inmediato salí corriendo y me arrastré hacia fuera del bosque por el mismo pasaje por el que había entrado y seguí corriendo y corriendo tan rápido como podía, porque estaba aterrada, tan maravilloso y extraño y hermoso era aquello que había visto. Pero quería regresar a casa y pensar en ello, pues no sabía qué podría sucederme si me quedaba cerca de ese sitio. Mientras huía de ese bosque, todo mi cuerpo ardía y temblaba, y el corazón me latía muy aprisa, y no podía evitar dejar escapar extraños gritos. Me alegré de que una enorme luna blanca apareciese sobre una colina y me mostrara el camino, de modo que volví a pasar por los montículos y las hondonadas y por el estrecho valle y por los matorrales y el sitio de las rocas grises, y así llegué por último a casa. Mi padre estaba atareado en su gabinete y los criados no le habían dicho aún nada de que yo no regresaba a casa, aunque estaban asustados y se preguntaban qué debían hacer, así que les dije que me había perdido, pero no les dejé que descubrieran el verdadero camino por el que había andado. Me acosté y permanecí despierta toda la noche, pensando en aquello que había visto en el bosque. Al salir del pasaje estrecho eso se veía tan brillante frente a mí, pese a que el aire se hallaba ya muy oscuro, se veía tan real, que durante todo el camino a casa estaba segura de haberlo visto y sólo deseaba estar sola en mi cuarto y alegrarme por todo ello y cerrar mis ojos para imaginar que estaba allí y que hacía todas las cosas que habría hecho de no haberme asustado tanto. Pero cuando cerré los ojos la visión no me

   Antiguos relatos de Oscuridad y de Horror

vino, así que comencé a repasar de nuevo mis aventuras y recordé cuán extraña y oscura había resultado al final y temí que hubiese sido sólo un engaño, pues parecía imposible que todo aquello hubiera podido suceder. Parecía uno de los cuentos de la niñera, en los que en realidad yo no creía, aunque sí me había asustado mucho en el fondo de la hondonada; y las historias que ella solía contarme cuando era pequeña me volvieron entonces a la mente, y me pregunté si realmente existiría eso que yo había creído ver y si alguno de sus cuentos podría haber sucedido de verdad mucho tiempo atrás. Todo era muy extraño; permanecí despierta allí en mi cuarto, en la parte posterior de la casa, y la luna estaba brillando en el sector opuesto, del lado del río, de modo que su resplandeciente luz no caía sobre el muro. La casa estaba en completo silencio. Había oído a mi padre subir las escaleras, y poco después el reloj dio las doce y la casa quedó silenciosa y vacía, como si no hubiera nadie vivo en ella. Aunque todo estaba oscuro e indistinguible en mi habitación, un pálido resplandor brillaba a través de la blanca persiana, y me levanté y miré hacia fuera, y sólo vi la gran sombra negra de la casa cubriendo el jardín, semejante a una de esas prisiones en las que los hombres son colgados, y más allá todo estaba blanco y el bosque brillaba blanco con abismos negros entre los árboles. La noche era silenciosa y clara, y no había nubes en el cielo. Quería pensar en aquello que había visto, pero no podía, y comencé a recordar todas esas historias que la niñera me había contado hacía ya tanto tiempo que yo creía haberlas olvidado, aunque todas me fueron volviendo y se mezclaron con los matorrales y las grises rocas y las hondonadas en la tierra y el bosque secreto, hasta que apenas supe qué era nuevo y qué era viejo, o si no sería todo un sueño. Y entonces recordé aquella calurosa tarde de verano, tanto tiempo atrás, en la que la niñera me dejó sola en las sombras y los seres blancos salieron del agua y del bosque y jugaron y danzaron y cantaron, y tuve la impresión de que la niñera me había contado algo parecido antes de que yo los viera, sólo que no podía recordar exactamente qué era lo que me había dicho. Entonces me pregunté si no habría sido ella la dama blanca, pues recordaba que era igual de pálida y bella, y tenía los mismos ojos oscuros y cabellos negros, y a veces sonreía y se veía igual a la dama, cuando me narraba alguna de esas historias que comenzaban con "Érase una vez" o "En tiempos de las hadas". Pero pensé que ella no podía ser la dama blanca, pues había tomado un camino diferente al perderse en el bosque; y no creía que el hombre que había venido siguiéndonos pudiese ser el otro, porque entonces yo no podría haber visto ese maravilloso secreto en el bosque secreto. Pensé en la luna; pero había sido sólo después, cuando estaba en medio de esa región salvaje, donde la tierra asumía la forma de dos grandes figuras y era toda muros y misteriosas hondonadas y leves montículos redondos, que había visto a la gran luna blanca ascender por sobre una colina. Estuve pensando en todas estas cosas hasta que terminé asustándome mucho, pues temía que algo me hubiese sucedido, y recordé el cuento de la niñera sobre la pobre joven que había descendido al pozo vacío y había sido llevada luego por el ser negro. Sabía que yo también había bajado al fondo de un pozo, y quizás fuera el mismo y yo hubiese hecho algo terrible. Así que repetí el hechizo, y toqué mis ojos y mis labios y mi pelo de una manera especial, y dije las antiguas palabras del idioma de las hadas para poder estar segura de que nadie me llevaría. Intenté visualizar el bosque secreto de nuevo y arrastrarme por el sendero y ver otra vez lo que había visto allí, pero no pude, y seguí pensando en las historias de la niñera. Recordaba una sobre un joven que cierta vez salió de caza y estuvo todo el día cazando con sus perros por todas partes, y cruzó ríos y se internó en todos los bosques y bordeó todos los pantanos, pero no pudo encontrar absolutamente nada, y así continuó todo el día hasta que el sol comenzó a ocultarse por detrás de una montaña. El joven, irritado porque no había podido encontrar nada, estaba ya por retornar a su hogar cuando, justo mientras el sol se ponía por detrás de la montaña, vio salir de entre la maleza frente a él un magnífico venado blanco. Azuzó a sus perros, pero estos comenzaron a gemir y no lo persiguieron; azuzó entonces a su caballo, pero este se estremeció y permaneció completamente inmóvil; de modo que el joven saltó de su montura, abandonó a los perros y comenzó a perseguir solo al venado blanco. Pronto anocheció y se puso todo muy oscuro; el cielo estaba negro, sin una sola estrella brillando en él, y el venado huía a través de las tinieblas. Y aunque el joven llevaba su arma consigo, nunca disparó contra el venado, pues quería atraparlo y temía mucho perderlo en la noche. Pero no perdió su rastro ni por un instante, pese a que el cielo estaba muy negro y los bosques muy oscuros, y el venado siguió y siguió huyendo hasta que el joven ya no supo dónde se encontraba. Y atravesaron inmensos bosques en los cuales el aire estaba lleno de susurros y una pálida y mortuoria luz surgía de los troncos podridos que yacían en el suelo, y cada vez que el joven creía que había perdido al venado, lo veía de pronto blanco y resplandeciente frente a él y corría rápidamente para atraparlo, pero el venado era siempre más veloz, de modo que nunca lo alcanzaba. Y atravesaron inmensos bosques y cruzaron ríos a nado y vadearon negros pantanos cuyas superficies burbujeaban bajo un aire lleno de fuegos fatuos, y aún el venado huía por entre angostos valles rocosos, en cuyas atmósferas se respiraba el mismo hedor que en una cripta, y aún el joven seguía tras él. Y cruzaron las grandes montañas, y el joven pudo escuchar a los vientos descendiendo del cielo, y aún el venado huía, y aún el joven seguía tras él. Finalmente salió el sol, y el joven descubrió que se encontraba en una región que nunca antes había visto; era un hermoso valle atravesado por un brillante arroyo y con una gran colina redonda en el centro. El venado descendió al valle, en dirección a la colina, y parecía hallarse cansado, pues iba cada vez más y más lento, y el joven, aunque también estaba muy cansado, comenzó a correr más rápidamente, seguro de que, al fin, atraparía al animal. Pero justo cuando llegaron al pie de la colina y el hombre alargaba la mano para capturar al venado, este desapareció bajo tierra, y el joven se puso a llorar, pues lamentaba mucho haberlo perdido después de una cacería tan larga. Pero, mientras lloraba, vio que había una entrada en la colina, justo frente a él, y la franqueó y se encontró completamente a oscuras, pero siguió adelante, pensando únicamente en atrapar al venado blanco. Y de pronto todo a su alrededor se iluminó y pudo ver frente a sí el cielo, el sol brillando, aves cantando en los árboles y una hermosa fuente. Y a un lado de la fuente se encontraba sentada una bella dama, la reina de las hadas, y esta le contó al joven que se había transformado en venado para llevarle hasta allí pues lo amaba mucho. Entonces sacó una gran copa de oro, cubierta de joyas, de su mirífico palacio y le ofreció en ella vino para que bebiese. Él bebió, y, cuanto más bebía, más deseaba beber, pues el vino estaba encantado. De modo que besó a la bella dama y la hizo su mujer, y permaneció todo ese día y toda la noche en la colina donde ella moraba. Cuando despertó, se encontró recostado en el suelo, cerca del sitio en el cual había visto por primera vez al venado, y su caballo y sus perros estaban aún allí esperándole, y al levantar la vista vio que el sol se estaba ocultando por detrás de una montaña. Y regresó a su hogar y vivió muchos años, pero jamás volvió a besar a ninguna mujer, pues había besado a la reina de las hadas, y ya nunca más volvió a beber vino común, pues había bebido del vino encantado. A veces la niñera me contaba historias que había oído de su bisabuela, que era muy anciana y vivía completamente sola en una cabaña en la montaña; y muchos de estos cuentos eran sobre una colina en la cual la gente solía reunirse por las noches, mucho tiempo atrás, para jugar toda clase de juegos extraños y hacer cosas raras que la niñera me refería, pero que yo no podía comprender y que entonces, según ella, todos salvo su bisabuela habían olvidado; y aseguraba también que ya nadie, ni aun su bisabuela, sabía dónde se hallaba aquella colina. Pero me contó una historia muy extraña acerca de dicho lugar, y yo temblaba cada vez que la recordaba. Me dijo que la gente siempre se dirigía a aquel sitio en verano, cuando hacía mucho calor, y que tenían que bailar mucho. Al principio todo estaba a oscuras, y había allí árboles que ensombrecían aún más el lugar, y la gente venía de todas direcciones, siempre de a uno, por un sendero secreto que nadie más conocía; dos personas vigilaban la puerta, y todos los que subían hasta allí tenían que hacer una extraña señal, que la niñera me enseñó lo mejor que pudo, aunque dijo que no podía enseñármela como es debido. Y acudía toda clase de gente; había nobles y aldeanos, ancianos, muchachos, doncellas y hasta niños pequeños que se sentaban y observaban. Todo estaba a oscuras cuando llegaban, excepto un rincón en el cual alguien quemaba algo que olía fuerte y fragante y les hacía reír, donde se veía un resplandor de carbones y un humo rojo que ascendía. De modo que todos entraban y, cuando el último lo había hecho, la puerta desaparecía, de manera que nadie más podía entrar, aun cuando supiese que del otro lado había algo. En una ocasión, un caballero que era extranjero, y que venía cabalgando desde muy lejos, perdió su camino en la noche y su caballo le condujo al interior de esa región salvaje, donde todo estaba dado vuelta y por todas partes había espantosos pantanos, grandes piedras y agujeros en el suelo, y los árboles parecían horcas, pues tenían largos brazos negros que se extendían atravesando el camino. Este caballero extranjero estaba muy asustado, y su caballo comenzó a temblar hasta que, finalmente, se detuvo y ya no quiso seguir, por lo que el caballero descabalgó e intentó llevarlo de las riendas, mas sin conseguir moverlo y notando que el animal estaba todo cubierto de un sudor como el de la muerte. Así que el caballero continuó solo, adentrándose más y más en esa salvaje región, hasta que por último llegó a un lugar muy oscuro, en el cual oyó gritos y cánticos y llantos que no se parecían a nada de lo que hubiese oído hasta entonces. Todo sonaba muy cerca de él, pero no podía entrar al lugar, de modo que comenzó a dar voces y, mientras lo hacía, algo se le acercó por detrás y en un minuto quedó inmovilizado de manos, pies y boca y se desvaneció. Cuando volvió en sí, estaba tendido al lado del camino, justo en el punto en el que se había extraviado, bajo un roble quemado y de tronco ennegrecido, y su caballo estaba atado junto a él. Así que cabalgó hasta la ciudad y allí contó a la gente lo que le había sucedido, y algunos se asombraron, pero otros sabían. De modo que una vez que todos habían entrado, la puerta desaparecía para que nadie más pudiese pasar. Y cuando todos estaban dentro, formando un círculo, tocándose los unos a los otros, alguien comenzaba a cantar en las tinieblas, mientras otro hacía un ruido como de trueno con un objeto que tenían a propósito para ello. En las noches de calma, la gente podía oír ese atronador sonido desde mucho más allá de la región salvaje, y algunos, que creían saber de qué se trataba, se hacían un signo sobre el pecho al despertarse en sus lechos por la noche y oír aquel profundo y terrible sonido, semejante al trueno en las montañas. El ruido y los cantos continuaban por un largo rato, y los miembros del círculo se balanceaban levemente de un lado para otro; y la canción era en un lenguaje muy, muy antiguo, que ya nadie conoce, y su melodía era extraña. La niñera me dijo que su bisabuela había conocido, cuando aún era una niña muy pequeña, a alguien que recordaba algo de aquella canción, e intentó cantarme un poco de ella, y era una melodía tan extraña que me quedé completamente helada y se me puso la piel de gallina como si hubiese tocado algo muerto. A veces era un hombre el que la cantaba, y a veces una mujer; y, en ocasiones, el que la entonaba lo hacía tan bien que dos o tres de los presentes caían al suelo gritando y desgarrándose con sus propias manos. El canto continuaba, y la gente en el círculo seguía balanceándose para uno y otro lado por un largo rato, y finalmente la luna aparecía por encima de un sitio que llamaban Tole Deol y ascendía y los iluminaba mientras daban vueltas y se balanceaban de un lado para otro, rodeados por el denso y fragante humo que procedía de los carbones encendidos, el cual flotaba en círculos a su alrededor. Entonces tenían su cena. Un niño y una niña la servían; el niño llevaba una gran copa de vino, y la niña llevaba un pan, e iban pasándose así todos el pan y el vino, que sabían muy distinto del pan y el vino corrientes y transformaban a cuantos los probaban. Entonces todos se levantaban y danzaban, y objetos secretos eran sacados de un escondite, y jugaban juegos extraordinarios, y danzaban en círculo, dando vueltas y vueltas y vueltas bajo la luz de la luna; y a veces algunos desaparecían súbitamente y ya nunca volvía a saberse de ellos, ni nadie podía decir qué les había sucedido. Y bebían más de aquel extraño vino, y hacían imágenes y las alababan; y la niñera me enseñó, un día que salimos a caminar, al pasar por un sitio donde había un montón de arcilla húmeda, cómo era que aquellas imágenes se confeccionaban. Me preguntó si me gustaría saber cómo eran esas cosas que hacían en la colina, y yo le dije que sí. Entonces me pidió que le prometiese que nunca le diría a nadie palabra alguna sobre ello, y que si lo hacía sería arrojada al pozo negro con la gente muerta, y yo le dije que no hablaría, y ella siguió repitiendo lo mismo una y otra vez, hasta que se lo prometí. Así que tomó mi pala de madera y juntó con ella un montón de arcilla y la puso en mi pequeño balde, y me dijo que si nos cruzábamos con alguien le dijese que iba a hacer pasteles en cuanto llegara a casa. Entonces comenzamos a caminar hasta que llegamos a un matorral que crecía junto al sendero, y la niñera se detuvo y miró hacia ambos extremos del camino y luego miró a través de los arbustos hacia los campos del otro lado y dijo: "¡Aprisa!", y corrimos hacia el matorral y nos arrastramos por entre los arbustos hasta que estuvimos bastante alejadas del sendero. Entonces nos sentamos bajo un arbusto, y yo quería saber qué haría la niñera con la arcilla, pero antes de comenzar me hizo prometer de nuevo que no diría jamás una palabra sobre ello y salió y miró a través de los arbustos hacia todos lados, aunque el camino era tan angosto y profundo que casi nadie iba nunca por él. Así que nos sentamos, y la niñera sacó la arcilla del balde y comenzó a amasarla con sus manos y a hacer extrañas cosas con ella y a darle vueltas. Luego la escondió bajo una hoja de romaza por uno o dos minutos, la sacó nuevamente y entonces comenzó a ponerse de pie y a sentarse y a caminar alrededor de la arcilla de un modo muy peculiar, mientras todo el tiempo entonaba una especie de rima y su cara se iba poniendo roja. Entonces se sentó, tomó la arcilla entre sus manos y comenzó a darle la forma de un muñeco, pero no como la de uno de los que tengo en casa, sino que hizo con la arcilla húmeda el muñeco más extraño que jamás vi en mi vida y lo escondió bajo un arbusto para que se secase y endureciese, y durante todo ese tiempo siguió cantando para sí esas rimas y su cara se siguió poniendo más y más roja. De modo que dejamos el muñeco allí, escondido entre los arbustos, donde nadie jamás podría encontrarlo. Y a los pocos días volvimos a ir por el mismo camino, y cuando llegamos a esa oscura y angosta parte del sendero, en la que los arbustos llegan hasta el borde, la niñera me lo hizo prometer todo de nuevo, miró hacia todas partes, como había hecho la vez anterior, y nos arrastramos por entre la maleza hasta llegar al verde sitio en el cual estaba escondido el hombre de arcilla. Lo recuerdo todo muy bien, aunque entonces sólo tenía ocho años, y ocho más han pasado desde entonces hasta ahora que lo escribo; el cielo tenía un color azul violáceo, y en medio del matorral donde estábamos sentadas había un viejo y enorme árbol todo cubierto de flores, y del otro lado un macizo de ulmarias; y cuando pienso en ese día, el aroma de las ulmarias y de las viejas flores parece llenar el cuarto, y si cierro mis ojos puedo ver el brillante cielo azul, con pequeñas nubes blancas flotando en él, y a la niñera, que hace mucho tiempo que se fue, sentada frente a mí, idéntica a la hermosa dama blanca del bosque. De modo que nos sentamos, la niñera sacó el muñeco de arcilla del lugar secreto en el que lo había escondido y me dijo que debíamos "presentarle nuestros respetos" y que ella me mostraría lo que tenía que hacer, por lo que yo tendría que mirarla todo el tiempo. Así que hizo toda clase de cosas raras con el hombrecillo de arcilla, y yo noté que estaba toda bañada en sudor a pesar de que habíamos caminado muy despacio, y entonces me dijo que "presentase mis respetos", y yo hice todo lo que había hecho antes ella porque la quería y porque era un juego poco común. Me dijo que, si alguien amaba bastante, el hombrecillo de arcilla servía de mucho, si se hacían ciertas cosas con él, y si alguien odiaba bastante, servía también lo mismo, sólo que había que hacer cosas distintas, de modo que jugamos con él un largo rato y fingimos toda clase de cosas. La niñera me dijo que su bisabuela le había contado todo lo referente a esas figuras, y que lo que hacíamos no era nada malo, sólo un juego. Sin embargo, me contó una historia sobre estas figuras que me asustó mucho, y a la que recordé aquella noche en que yacía en vela, en la lívida y vacía oscuridad de mi cuarto, pensando en lo que había visto en el bosque secreto. Según la niñera, hubo una vez una joven dama de elevada alcurnia que vivía en un gran castillo. Era tan bella que todos los caballeros querían desposarla, pues se trataba de la dama más hermosa que nadie jamás hubiese visto, y era amable con todo el mundo, y todo el mundo pensaba que era muy buena. Pero, aunque fue muy cortés con todos los caballeros que querían desposarla, los rechazó a todos y dijo que no podía decidir-se, y que ni siquiera estaba segura de querer casarse. Su padre, que era un importante lord, se enfadó, a pesar de que la quería mucho, y le pre-guntó por qué no elegía a uno de los apuestos jóvenes solteros que fre-cuentaban el castillo. Pero ella únicamente respondió que no amaba demasiado a ninguno de ellos y que debía esperar, y que si la presiona-ban se iría y se metería de monja en un convento. Entonces todos los caballeros dijeron que se marcharían y esperarían un año y un día, y pasado ese tiempo regresarían y le preguntarían con cuál se casaría. De modo que se fijó la fecha y partieron todos, llevándose la promesa de la joven dama de que en un año y un día celebraría su boda con uno de ellos. Pero la verdad era que ella no era otra que la reina de la gente que danzaba en la colina durante las noches de verano; en las noches seña-ladas, echaba llave a la puerta de su cámara, salía del castillo con su doncella por un pasadizo secreto del que sólo ellas sabían y se dirigían ambas a la colina de la región salvaje. Y ella sabía más cosas secretas de las que ninguna otra persona sabía, y más de lo que nadie ha sabido antes o después, pues a nadie reveló sus secretos más secretos. Sabía cómo hacer todo tipo de cosas atroces, cómo destruir a los hombres, cómo maldecir a la gente, y otras cosas que nunca pude entender del todo. Su verdadero nombre era lady Avelin, pero la gente danzarina la llamaba Cassap, que en la antigua lengua significaba alguien muy sabio. Y ella era más blanca y alta que cualquiera de ellos, y sus ojos brillaban en la oscuridad como rubíes ardientes; podía cantar canciones que nin-gún otro podía, y, cuando las cantaba, todos caían al suelo boca abajo y la adoraban. Y podía hacer lo que ellos llamaban el *shib-show*, que era un hechizo maravilloso. Solía decirle al lord, su padre, que deseaba ir al bosque a recoger flores, de modo que él la dejaba salir, y se dirigía con su doncella a los bosques en los cuales nadie se internaba, y la doncella vigilaba mientras la dama se echaba bajo los árboles y comenzaba a entonar una melodía muy particular, extendía sus brazos, y de cada rin-cón del bosque salían enormes serpientes, silbando y deslizándose por entre los árboles y sacando sus bífidas lenguas mientras reptaban en dirección a la joven. Llegaban hasta ella y se enroscaban alrededor de su cuerpo, de sus brazos y de su cuello, hasta que quedaba completa-mente cubierta de serpientes retorciéndose, de tal modo que sólo se le veía la cabeza. Y ella les susurraba cosas y les cantaba, y las serpientes se retorcían a su alrededor, cada vez más y más rápido, hasta que les decía que se fueran. Inmediatamente se iban todas de vuelta a sus es-condrijos, y sobre el pecho de la dama quedaba una piedra de lo más curiosa y bella, de figura similar a la de un huevo, pero de color azul oscuro y amarillo y rojo y verde, y con una textura como de escamas de serpiente. Se la consideraba una piedra mágica, y con ella se podían realizar toda clase de prodigios; la niñera me dijo que su bisabuela había visto una de estas piedras mágicas con sus propios ojos, y que era, en efecto, brillante y escamosa como una serpiente. La dama podía hacer también muchas otras cosas, pero estaba firmemente determinada a no casarse. Había muchos caballeros que querían desposarla, pero cinco de ellos eran los principales, y sus nombres eran sir Simon, sir John, sir Oliver, sir Richard y sir Rowland. Todos creían que ella decía la verdad y que, pasados un año y un día, elegiría a uno para casarse; sólo sir Simon, que era muy astuto, pensó que los estaba engañando, y juró que la vigilaría de cerca y trataría de descubrir algo. Pese a ser muy sabio, era aún muy joven, y tenía por ello un rostro tan suave y lampiño como el de una muchacha; fingió que, como los demás, no volvería al castillo por un año y un día, y anunció que se marchaba a países extranjeros allende los mares. Pero, en realidad, sólo se alejó un corto trecho, regresó vestido como una criada y obtuvo un empleo en el castillo como fregaplatos. Y aguardó y observó, y escuchó y calló; se ocultaba en lugares oscuros, y por las noches se despertaba y espiaba, y así fue que vio y oyó cosas que le parecieron muy extrañas. Era tan astuto que le dijo a la doncella que servía a la dama que él era en realidad un hombre y que se había disfrazado de muchacha porque la amaba mucho y quería estar en la misma casa que ella, y la doncella se alegró tanto que le contó muchas cosas, de modo que quedó más seguro que nunca de que lady Avelin los estaba engañando tanto a él como a los otros. Era tan listo, y le dijo tantas mentiras a la criada, que se las ingenió para esconderse una noche en el cuarto de lady Avelin, detrás de las cortinas. Permaneció allí, completamente callado e inmóvil, hasta que finalmente llegó la dama. Pudo ver entonces cómo la muchacha se inclinó bajo la cama y levantó una losa, debajo de la cual había un hueco, y sacó de allí una figura de cera, similar a la que entre la maleza habíamos hecho la niñera y yo con arcilla. Sus ojos ardían como rubíes, y tomó al pequeño muñeco de cera en sus brazos y se lo llevó al pecho, y le susurró y le murmuró cosas, y lo elevó, y lo puso en el suelo otra vez, y lo sostuvo en lo alto, y lo sostuvo en lo bajo, y lo puso en el suelo otra vez. Entonces dijo: "Bienaventurado aquel que engendró al obispo que ordenó al clérigo que casó al hombre que poseyó a la mujer que construyó la colmena que albergó a la abeja que reunió la cera de la que mi verdadero amor está hecho". Y sacó de una alacena un gran cuenco dorado, y de un armario extrajo una gran jarra de vino, y vertió un poco de vino en el cuenco; metió entonces muy suavemente a su muñeco en el vino y lo lavó en él. Se dirigió luego a un aparador, tomó un pequeño pastel redondo, se lo colocó a la figura en la boca, cargó con ella tiernamente y la cubrió. Y sir Simon, que había estado mirando todo el tiempo pese a hallarse terriblemente asustado, vio a la dama inclinarse y extender los brazos, y susurrar y cantar, y entonces vio de pronto junto a ella a un apuesto joven que la besó en los labios. Y juntos bebieron

    Antiguos relatos de Oscuridad y de Horror

vino del cuenco dorado y se comieron el pastel. Pero cuando salió el sol quedó únicamente la pequeña imagen de cera, y la dama la volvió a esconder en el hueco bajo la cama. De modo que sir Simon supo así lo que aquella dama era en realidad, y siguió espiando y vigilando, hasta que el tiempo que ella había dicho hubo casi transcurrido, faltando sólo una semana para que se cumpliese el año y un día. Y una noche, estando él escondido detrás de las cortinas del cuarto, la vio hacer más muñecos de cera. Hizo cinco y los escondió todos. Y a la noche siguiente tomó uno, lo elevó, llenó el cuenco dorado con agua y tomó al muñeco por el cuello y lo sumergió en ella. Y entonces dijo: "Sir Dickon, sir Dickon, tus días acaban: pronto te ahogarás en pálidas aguas". Y al día siguiente llegaron al castillo nuevas de que sir Richard se había ahogado en un vado. Y esa noche tomó ella otro muñeco, le ató un cordel violeta en el cuello y lo colgó de un clavo. Y entonces dijo: "Sir Rowland, sir Rowland, tu vida hoy cumple su plazo: alto de un árbol te veo colgando". Y al día siguiente llegaron al castillo nuevas de que sir Rowland había sido ahorcado por unos salteadores en un bosque. Y esa noche tomó ella otro muñeco y le clavó una aguja justo en el pecho. Y entonces dijo: "Sir Noll, sir Noll, así tu vida cesará: tu pecho atravesado por el puñal". Y al día siguiente llegaron al castillo nuevas de que sir Oliver había reñido en una taberna y un forastero lo había apuñalado en el corazón. Y esa noche tomó ella otro muñeco y lo puso al fuego de los carbones hasta que se derritió. Y entonces dijo: "Sir John, regresa y a la arcilla vuelve: consúmete ahora en el fuego de la fiebre". Y al día siguiente llegaron al castillo nuevas de que sir John había muerto abrasado por la fiebre. Entonces sir Simon abandonó el castillo, montó en su caballo, cabalgó para ver al obispo y le contó todo. Y el obispo envió de inmediato a sus hombres y prendieron a lady Avelin y descubrieron todo lo que había hecho. De modo que al día siguiente del año y un día, cuando ella se tendría que haber casado, la llevaron por toda la ciudad en su bata, la ataron a una gran estaca en la plaza del mercado y la quemaron viva delante del obispo, con la figura de cera colgando de su cuello. Y hubo quienes aseguraron que se escuchó al hombre de cera gritar entre las llamas ardientes. Una y otra vez pensé en esta historia mientras yacía despierta en mi cama aquella noche, y casi me pareció estar viendo a aquella lady Avelin en la plaza, mientras las amarillas llamas devoraban su hermoso cuerpo blanco. Y pensé tanto en ello que creí estar yo misma metida en la historia y me imaginé que yo era la dama y que estaban viniendo para llevarme a ser quemada en la hoguera a la vista de toda la ciudad. Y me pregunté si ella se habría asustado por ello, después de todas las cosas extrañas que había hecho, y si dolería mucho ser quemada en la hoguera. Intenté una y otra vez olvidarme de las historias de la niñera y recordar el secreto que había visto ese anochecer en el bosque oculto, pero sólo pude ver las tinieblas y un pálido destello en ellas que pronto desapareció, y entonces me vi sólo a mí misma corriendo hasta que una enorme luna blanca aparecía sobre una oscura colina. Entonces me volvieron a la memoria todas aquellas viejas historias y las extrañas rimas que la niñera solía cantarme; había una que comenzaba "*Halsy cumsy Helen musty*", que ella solía cantarme dulcemente cuando quería que me durmiera. Y comencé a cantármela en mi cabeza y me quedé dormida.

»A la mañana siguiente me encontraba muy cansada y somnolienta, y apenas podía estudiar mis lecciones, y me alegré mucho cuando terminé y tuve mi almuerzo, pues quería salir y estar sola. Era un día caluroso, y me dirigí a una agradable colina cubierta de césped junto al río y me senté sobre el viejo chal de mi madre, que había llevado a propósito para ello. El cielo estaba gris, como el día anterior, pero había una especie de resplandor blanco en él, y desde donde me hallaba sentada podía ver todo el pueblo, que estaba tan quieto y silencioso y blanco como un cuadro. Recordé que fue en esa misma colina donde la niñera me había enseñado a jugar un antiguo juego llamado Ciudad de Troya, en el que una tenía que danzar, enroscarse y retorcerse sobre una figura trazada en la hierba, y luego, cuando ya había danzado y dado suficientes vueltas, la otra persona le hacía preguntas y una no podía evitar responderlas, lo quisiera hacer o no, y tenía la impresión de que debía hacer cualquier cosa que la otra le ordenara. La niñera decía que solía haber un montón de juegos como ese, que algunas personas conocían, y había uno en el que se podía convertir a la gente en lo que se quisiera; y un anciano que su bisabuela había conocido sabía de una muchacha que había sido convertida en una enorme serpiente. Y existía otro juego muy antiguo, de danzar y retorcerse y dar vueltas, por el cual se podía sacar a una persona de su propio ser y retenerla lejos todo el tiempo que se quisiera, mientras su cuerpo seguía andando completamente vacío y despojado de todos sus sentidos. Pero yo fui a aquella colina porque deseaba pensar en lo que había pasado el día anterior y en ese secreto del bosque. Desde donde me hallaba sentada podía ver más allá del pueblo, hasta el claro que había descubierto, en el cual un pequeño arroyo me había conducido a esas regiones desconocidas. Y me puse a imaginar que seguía de nuevo el curso del arroyo, y repasé todo el camino en mi mente, hasta que por último encontré el bosque y me arrastré hacia su interior por entre los arbustos, y entonces vi en medio de su oscuridad algo que me hizo sentir como si estuviera llena de fuego, como si deseara danzar y cantar y volar por los aires, pues me sentía como cambiada y fuera de mí. Pero lo que vi no estaba cambiado para nada, ni se había puesto viejo, y me pregunté una y otra vez cómo esas cosas podían ocurrir y si las historias de la niñera serían realmente ciertas, pues a la luz del día y al aire libre las cosas se veían muy distintas de lo que parecían por la noche, cuando estaba asustada y pensaba que me quemarían viva. Una vez le conté a mi padre una de sus historias más pequeñas, que trataba sobre un fantasma, y le pregunté si era cierta, y me dijo que no lo era y que sólo la gente vulgar e ignorante creía en tales disparates. Se enfadó mucho con la niñera por haberme contado semejante historia y la regañó, y después de eso ella me hizo prometerle que nunca más susurraría ni una sola palabra de lo que me dijera y que si lo hacía sería mordida por la gran serpiente negra que moraba en el estanque del bosque. Y allí sola, en la colina, me pregunté qué cosa sería verdad. Había visto algo muy asombroso y hermoso, y conocía una historia, y si realmente había visto eso, y no lo había inventado a partir de las tinieblas, las ramas negras y el brillante resplandor que iba subiendo al cielo por detrás de la gran colina redonda, si de verdad lo había visto, entonces había todo tipo de cosas maravillosas y hermosas y terribles en las cuales pensar, de modo que suspiré y temblé, mientras ardía y me helaba. Y bajé la mirada al pueblo, tan tranquilo y silencioso como un pequeño cuadro blanco, y pensé una y otra vez en si podría ser todo cierto. Pasó mucho tiempo antes de que fuese capaz de decidir algo; había una agitación en mi corazón que parecía susurrarme todo el tiempo que no había sido un invento de mi cabeza, y sin embargo parecía imposible y sabía que mi padre y todos los demás dirían que era un terrible disparate. Jamás pensé en decirle a él o a cualquier otro ni una palabra sobre ello, pues sabía que no serviría de nada y que sólo recibiría burlas o reprimendas, así que me quedé muy callada y anduve largo tiempo pensando y maravillándome, y por las noches solía soñar cosas asombrosas, y a veces despertaba en el temprano amanecer extendiendo mis brazos con un grito. Y estaba también muy asustada porque, de ser cierta la historia, existían peligros, y algo horrible podría sucederme a menos que tomara grandes precauciones. Aquellos viejos cuentos no se me iban nunca de la cabeza, ni de noche ni de día, y constantemente volvía sobre ellos y me los contaba a mí misma una y otra vez y salía a pasear por los lugares en los que me los había contado la niñera; y cuando por las noches me sentaba en el cuarto, junto al fuego, solía imaginar que ella estaba sentada en la otra silla, contándome alguna historia maravillosa en voz baja por miedo a que alguien la escuchase. Pero ella generalmente prefería contarme cosas cuando estábamos en el campo, lejos de casa, porque, según decía, eran cosas muy secretas, y las paredes oyen. Y si se trataba de algo mucho más secreto, teníamos que escondernos en matorrales o bosques, y a mí me parecía muy divertido eso de arrastrarse a lo largo de un seto, tratando de no hacer ruido, y luego ocultarnos tras los arbustos, o correr de pronto hacia el bosque, cuando estábamos seguras de que nadie nos veía, de modo que podíamos saber que nuestros secretos eran solamente nuestros y que nadie más sabía nada de ellos. De vez en cuando, después de habernos escondido como lo describí, me enseñaba todo tipo de cosas extrañas. Recuerdo un día en el que estábamos en un matorral de avellanos, desde donde veíamos el arroyo, tan acaloradas como si fuese abril; el sol quemaba y las hojas comenzaban a brotar. La niñera me dijo que me enseñaría algo divertido que me haría reír, y entonces me enseñó, según dijo ella, cómo se podía poner patas arriba una casa entera sin que nadie entendiese lo que pasaba, haciendo saltar ollas y cacerolas, rompiendo la porcelana y haciendo caer unas sillas sobre otras. Lo intenté un día en la cocina y descubrí que podía hacerlo bastante bien; una fila entera de platos cayó del aparador, y la pequeña mesa auxiliar de la cocinera se elevó y se dio vuelta, según dijo ella, "delante de sus ojos", pero se asustó tanto y se puso tan blanca que no volví a hacerlo, pues la quería. Más tarde, en aquel bosquecillo de avellanos, cuando me hubo enseñado cómo hacer que las cosas se caigan, me explicó la manera de provocar ruidos como de golpes, y aprendí también a hacer eso. Después me enseñó rimas para decir en ciertas ocasiones y signos extraños para ejecutar en otras y diversas cosas que su bisabuela le había enseñado cuando ella era todavía una niña. Y ese era el tipo de cosas en el que pensaba en aquellos días posteriores al extraño paseo en el que creí descubrir un gran secreto, y deseaba que la niñera estuviese allí para preguntarle sobre ello, pero se había ido hacía ya más de dos años y nadie parecía saber qué se había hecho de ella ni a dónde se había ido. Pero siempre recordaré aquellos días si llego a vieja, pues todo el tiempo me sentía muy rara, haciéndome preguntas y dudando, y a veces me sentía completamente segura y decidida, y al rato me convencía de que tales cosas no podían suceder y empezaba todo de nuevo. Pero tuve cuidado de no hacer cosas que pudiesen resultar peligrosas. Así que esperé y medité durante mucho tiempo, y aunque no estaba para nada segura, nunca me atreví a averiguarlo. Pero un día tuve la certeza de que todo lo que había dicho la niñera era verdad, y estaba completamente sola cuando lo descubrí. Todo mi cuerpo tembló de alegría y de espanto y corrí tan velozmente como pude a uno de aquellos viejos matorrales que solíamos frecuentar (aquel que se encontraba al lado del sendero y en el que la niñera había hecho el muñeco de arcilla), y corrí hacia él y me deslicé en su interior y, cuando llegué a la zona más vieja, me cubrí el rostro con las manos y me tumbé boca abajo sobre la hierba y permanecí allí inmóvil durante unas dos horas, susurrándome cosas terribles y deliciosas y repitiendo una y otra vez ciertas palabras. Todo era verdad y maravilloso y espléndido, y cuando recordaba la historia que sabía, y pensaba en aquello que había visto, sentía que mi cuerpo se abrasaba y se congelaba y el aire parecía llenarse de fragancias y flores y cantos. Primero de todo quise hacer un pequeño hombre de arcilla, como el que la niñera había hecho hacía mucho tiempo, pero tenía que inventar varios planes y estratagemas y vigilar bien y pensar todo de antemano, porque nadie tenía que saber nada de lo que estaba haciendo o de lo que iba a hacer, y era ya demasiado mayor para llevar arcilla en un balde de hojalata. Al final concebí un plan, y llevé la arcilla húmeda al matorral y allí hice todo lo que la niñera había hecho entonces, sólo que yo hice una imagen mucho más bella que la que había hecho ella y, cuando la terminé, ejecuté todas las cosas que pude imaginar, y muchas más que las que ella había realizado, pues se trataba del retrato de algo mucho mejor. Unos días después, habiendo terminado con mis lecciones más temprano que de costumbre, me aventuré por segunda vez por el camino del arroyo que me había conducido a la región extraña. Y seguí el arroyo y pasé por entre los arbustos y bajo las bajas ramas de los árboles y a través de los matorrales espinosos de la colina, recorriendo un trecho largo, muy largo. Luego me arrastré por el oscuro túnel por donde pasaba antes un arroyo y cuyo suelo era pedregoso, hasta que finalmente llegué al matorral que trepaba por la colina, y, aunque las hojas estaban ya brotando en los árboles, todo se veía casi tan negro como en la primera vez que había estado allí. Y el matorral era el mismo, y ascendí por él lentamente hasta que salí a la gran colina pelada y comencé a caminar entre las maravillosas rocas. Vi nuevamente al terrible voor sobre todas las cosas, pues, aunque el cielo estaba más brillante, el anillo de las salvajes colinas circundantes se hallaba aún oscuro, y los bosques que las cubrían se veían negros y amenazantes, y las extrañas rocas seguían tan grises como siempre; y cuando miré hacia abajo desde el gran montículo, sentada en la piedra, pude ver sus asombrosos motivos y sus círculos dentro de otros círculos, y tuve que quedarme muy quieta y observarlos mientras comenzaban a girar a mi alrededor, y cada roca danzaba en su lugar, y parecían dar vueltas y vueltas en un gran torbellino, y era como si me encontrase en medio de todas las estrellas y las oyese precipitarse a través del aire. De modo que bajé a donde estaban las rocas para bailar con ellas y entonar canciones extraordinarias, y descendí luego por el otro matorral y bebí del brillante arroyo del cerrado y secreto valle, posando mis labios en el agua burbujeante, y seguí hasta llegar al profundo y rebosante pozo rodeado de brillante musgo y sentarme junto a él. Miré al frente hacia la misteriosa oscuridad del valle, y detrás de mí se elevaba el alto muro de hierba y a mi alrededor se erguían los impenetrables bosques que hacían del valle un lugar secreto. Sabía que no había allí nadie más que yo y que nadie podía verme, así que me quité las botas y las medias y metí los pies en el agua pronunciando las palabras que sabía. Y no estaba para nada fría, como yo había esperado, sino templada y agradable, y no bien hube hundido mis pies en ella sentí como si estuviesen en seda o como si la ninfa me los estuviese besando. Cuando hube terminado, dije las otras palabras e hice los signos, y luego me sequé los pies con una toalla que había llevado para eso y me volví a poner las medias y las botas. Después trepé por el escarpado muro y me interné en el lugar de las hondonadas y de los dos hermosos montículos y de las redondas lomas de tierra y de todas las extrañas figuras. No bajé a la hondonada esta vez, pero me di vuelta al llegar al final y pude discernir las dos figuras con mayor claridad, pues había más luz y había recordado una historia que había olvidado antes, en la que las dos figuras son llamadas Adán y Eva, y sólo aquellos que conocen la historia entienden lo que tales figuras significan. Entonces seguí adelante hasta que llegué al bosque secreto que no debe ser descripto y me arrastré a su interior por el camino que había descubierto. Y cuando hube hecho la mitad del recorrido me detuve, me volví, me preparé, me cubrí firmemente los ojos con un pañuelo y me aseguré de que no podía ver nada, ni una rama, ni el extremo de una hoja, ni la luz del cielo, pues era un viejo pañuelo rojo de seda, con grandes lunares amarillos, que me daba dos vueltas a la cabeza y cubría mis ojos de forma que no pudiese ver nada. Entonces comencé a avanzar, paso a paso, muy lentamente. Mi corazón latía cada vez más aprisa, y se me subió a la garganta algo que me ahogaba y me provocaba ganas de gritar, pero apreté mis labios y seguí adelante. Las ramas me tiraban del cabello al andar y las grandes espinas me arañaban, pero yo seguí hasta el final del camino. Entonces me detuve, extendí los brazos, me incliné y di una primera vuelta por todo el lugar, tanteando con las manos, y no hallé nada. Di una segunda vuelta por todo el lugar, tanteando con las manos, y tampoco hallé nada. Entonces di una tercera vuelta por todo el lugar, tanteando con las manos, y toda la historia resultó ser verdad y comencé a desear que pasasen los años y que no tuviese que esperar tanto tiempo para ser feliz para siempre.

»La niñera debió de haber sido como un profeta de esos de los que leemos en la Biblia. Todo lo que ella me había dicho comenzó a volverse realidad, y desde entonces muchas otras cosas que ella me contó han pasado. Así fue como logré saber que sus historias eran ciertas y que aquel secreto no era un invento de mi cabeza. Pero hubo otra cosa que sucedió ese día en el que fui por segunda vez al lugar secreto. Fue en el pozo profundo y rebosante; cuando me hallaba de pie sobre el musgo me incliné y miré en su interior, y entonces supe quién había sido la dama blanca que había visto surgir de las aguas en el bosque, hacía mucho, cuando era pequeña. Y temblé de pies a cabeza, pues eso me reveló otras cosas. Entonces recordé que un tiempo después de haber visto a la gente blanca en el bosque la niñera me preguntó más sobre ellos, y se lo conté todo de nuevo, y ella escuchó y no pronunció palabra alguna por un largo rato y al final dijo: "La volverás a ver". Así comprendí lo que había pasado y lo que iba a pasar. Y entendí todo lo referente a las ninfas, cómo podía encontrarlas en cualquier lugar, y que ellas siempre me ayudarían, y que yo siempre debía buscarlas, y que las encontraría en toda clase de formas y apariencias extrañas. Y sin las ninfas no podría

　　Antiguos relatos de Oscuridad y de Horror

haber encontrado nunca el secreto, y sin ellas ninguna de las demás cosas habrían sucedido. La niñera me había dicho todo sobre ellas mucho tiempo atrás, pero las llamaba por otro nombre y yo no entendía lo que me quería decir ni de qué se trataban sus cuentos sobre ellas, sino sólo que eran algo muy raro. Y las había de dos clases, las brillantes y las oscuras, y ambas eran muy hermosas y maravillosas, y algunas personas veían sólo a las de una clase, y otras personas sólo a las de la otra, pero algunos las veían a ambas. Usualmente las oscuras aparecían primero y las brillantes lo hacían después; y había cuentos extraordinarios sobre ellas. Fue un día o dos después de regresar a casa del lugar secreto que conocí en realidad a las ninfas por primera vez. La niñera me había enseñado cómo llamarlas, y yo había intentado hacerlo pero no había entendido lo que ella había querido decirme, por lo cual creí que se trataba de tonterías. Pero decidí que lo intentaría nuevamente, así que me dirigí al bosque donde estaba el estanque, en el cual había visto al pueblo blanco, y lo intenté de nuevo. La ninfa oscura, Alanna, vino y convirtió el estanque de agua en un estanque de fuego...».

Epílogo

—Es esta una historia muy extraña —dijo Cotgrave, devolviendo el libro verde a Ambrose el recluso—. Puedo captar el sentido de una gran parte de ella, pero hay muchas cosas que se me escapan. Por ejemplo, en la última página, ¿qué quiere decir ella con eso de "ninfas"?

—Bueno, creo que a lo largo de todo el manuscrito hay referencias a ciertos "procesos" que se han transmitido por la tradición a través de los siglos. Algunos de estos procesos recién ahora están empezando a entrar dentro de la competencia de la ciencia, la cual ha llegado a ellos, o, mejor dicho, a los pasos que conducen a ellos, por caminos muy diferentes. Yo he interpretado la referencia a las "ninfas" como una referencia a uno de estos procesos.

—¿Y cree usted que tales cosas existen?

—¡Oh, por supuesto! Sí, y me parece que puedo proporcionarle pruebas muy convincentes al respecto. Me temo que ha descuidado usted el estudio de la alquimia, ¿no es así? Es una lástima, pues su simbolismo, en todo caso, es muy hermoso, y si estuviese usted familiarizado con ciertos libros sobre el tema, además, yo le podría recordar frases que quizás le explicarían gran parte del manuscrito que acaba de leer.

—Sí, pero me gustaría saber si cree usted seriamente que existe un fundamento fáctico bajo estas fantasías. ¿No son todas ellas una esfera más de la poesía, un curioso sueño que el hombre se ha permitido a sí mismo?

—Sólo puedo decirle que es indudablemente mejor para la gran masa social desestimarlas como un sueño. Pero si me pregunta usted cuál es mi verdadera creencia, digamos que todo lo contrario. No, no la llamaría yo mi creencia, sino más bien mi conocimiento. Puedo asegurarle que he conocido casos de hombres que tropezaron por accidente con algunos de estos "procesos" y se vieron sorprendidos por consecuencias totalmente inesperadas. Y en estos casos a los que me refiero no puede haber existido posibilidad alguna de "sugestión" o de acciones subconscientes de ningún tipo. Uno podría suponer si no también que un estudiante se "sugestiona" respecto de la existencia de Esquilo mientras se afana mecánicamente sobre las declinaciones.

»Pero habrá notado usted la oscuridad del libro —prosiguió Ambrose—. En este caso particular debe de haber sido dictada de manera instintiva, puesto que la escritora nunca pensó que sus manuscritos caerían en otras manos. Pero esa práctica es universal, y por muy excelentes razones. Las medicinas poderosas y eficaces, que también son, necesariamente, virulentos venenos, se guardan bajo llave. Un niño puede encontrar la llave por azar, beberlas y morir. Pero en la mayoría de los casos la búsqueda es intencional, y los frascos contienen preciosos elixires para aquel que se ha fabricado pacientemente una llave propia.

—¿No desea entrar en detalles?

—No, francamente no. Prefiero que siga sin convencerse. Pero ya vio usted cómo ilustra ese manuscrito la conversación que tuvimos la semana pasada.

—¿Vive todavía la joven?

—No. Yo fui uno de los que la encontraron. Conocí bien a su padre; era abogado y nunca se había preocupado mucho por ella. No pensaba más que en escrituras y alquileres, de modo que las noticias le causaron una espantosa sorpresa. Ella había desaparecido una mañana, calculo que alrededor de un año después de haber escrito lo que usted leyó. Se llamó a las criadas y ellas contaron algunas cosas y dieron la única explicación lógica de aquello... una interpretación completamente errónea.

»Descubrieron el libro verde en algún rincón de su cuarto, y yo la encontré en el lugar que había descripto con tanto terror, tendida en el suelo frente a la imagen.

—¿Era una imagen?

—Sí; se hallaba oculta por los espinos y las espesas malezas que la habían rodeado. Es una región salvaje y desolada, pero usted ya ha leído su descripción, si bien entenderá, por supuesto, que los colores han sido algo realzados. La imaginación de un niño siempre hace a las alturas más altas y a las profundidades más profundas de lo que en realidad son; y esta joven tenía, desgraciadamente para ella, algo más que imaginación. Acaso podría decirse que el cuadro formado en su mente,

     Antiguos relatos de Oscuridad y de Horror

y que hasta cierto punto consiguió expresar en palabras, era la escena tal como se le habría aparecido a un artista imaginativo. Pero sí, es una región extraña y desolada.

—¿Y ella estaba muerta?

—Así es. Se había envenenado... a tiempo. No, no se puede decir ni una sola palabra contra ella en el sentido usual. ¿Recuerda usted la historia que le conté la otra noche sobre una mujer que vio cómo una persiana aplastaba los dedos de su hija?

—Y la estatua, ¿qué era?

—Bueno, era una escultura de factura romana, hecha con una piedra que no se había ennegrecido con el paso de los siglos, sino que se había puesto blanca y luminosa. Las malezas habían crecido a su alrededor y la habían ocultado, y, durante la Edad Media, los seguidores de una tradición muy antigua habían sabido cómo utilizarla para sus propios fines. De hecho, había sido incorporada a la monstruosa mitología del *sabbat*[7]. Habrá observado usted que a aquellos a quienes la visión de esa blancura resplandeciente les había sido otorgada por azar, o tal vez, mejor dicho, por aparente azar, se les exigía cubrirse los ojos la segunda vez que se aproximaran a ella. Eso es muy significativo.

—¿Y está todavía allí?

—Mandé a buscar herramientas y la redujimos a polvo y fragmentos.

»La persistencia de la tradición jamás me sorprende —prosiguió Ambrose tras una pausa—. Podría citar más de una parroquia inglesa en la que tradiciones similares a esas de las que la joven oyó en su infancia sobreviven todavía con un oculto pero inquebrantable vigor. No, para mí es la "historia", y no la "secuela", lo que es extraño y espantoso, pues siempre he creído que los grandes prodigios son del alma.

---

[7] Uno de los nombres dados al aquelarre.

M. P. Shiel

Xélucha

¡ace tres días!, ¡por el Cielo, parece un siglo! Pero estoy perturbado... mi razón se halla aturdida. Hace un rato caí en un coma momentáneo que recordaba precisamente a un ataque de *petit mal*. «Tumbas y gusanos y epitafios»: esa es la fantasía de mi sueño. ¡A mi edad, con mi físico, caminar tambaleándome, como un hombre herido! Pero todo esto pasará; debo reponerme... mi razón se halla aturdida. ¡Hace tres días!, ¡parece un siglo! Sentado en el suelo frente a una vieja cesta llena de cartas encontré, por azar, un paquete con las de Cosmo. Las había olvidado; se están poniendo amarillentas. Verdaderamente, ya no puedo seguir llamándome joven. Me quedé sentado leyéndolas, distraídamente, transportado por los recuerdos. ¡Pero reflexionar significa perderse!; ante ese mal hábito debo torcer el cuello, o buscar la muerte. Una vez más recorrí la laberíntica armonía esférica del minuet y me moví en el vals, con largas pompas de candelabros, el mediodía de la bacanal, a mi alrededor. ¡Cosmo era el *tsar* y el *maharajá* de los sibaritas, el Príapo de los *détraqués*! En cada inesperado rincón de su villa romana había un sofá, muy elevado, con su imprescindible escabel, flanqueado y endoselado con espejos de oro clarificado. La tisis se abatió sobre él; en los últimos tiempos, reclinado a la mesa, apenas podía, hasta que se templaba, levantar el vino; sus ojos eran como varias luciérnagas enrolladas juntas, con un halo como de vaporosas emanaciones de fósforo. Desesperada, podía advertirse, era su lucha contra el Devorador. Pero su sonrisa principesca persistió hasta el final; hasta el final (hasta el último de sus días) continuó siendo, en medio de ese cómico grupo, el indesafiable corega de todos los ritos, no diré de Pafos, pero sí de Chemos y de Baal-Pehor. Templado, no se rehusaba a la fiesta, al baile, a la cámara oscura. Era negra, esa cámara, sin luz; se llegaba a ella por un pasaje secreto; su forma era circular; su aire, caliente, azotado por fragancias de bálsamo, bedelio, insinuaciones de dulcimer, flauta, y totalmente rodeado por centenares de otomanas de Marruecos. Allí, Lucy Hill apuñaló hasta el corazón a Caccofogo, confundiendo la cicatriz de su espalda con la cicatriz de Soriac. En un baño de malaquita, la princesa Egla encontró, tras despertarse tarde una mañana, a

Cosmo en la rigidez de la muerte, con el agua de la bañera cubriendo todo su cuerpo.

«¡Pero en el nombre de Dios, Mérimée! —así escribía—, ¡pensar en Xélucha muerta! ¡Xélucha! ¿Puede un rayo de luna, entonces, morir de supuraciones? ¿Puede ser el arco iris devorado por gusanos? ¡Ja, ja, ja, ja!, ríe conmigo, amigo: *elle dérangera l'Enfer!* ¡Ella introducirá el *pas de tarantule* en el Tofet! ¡Xélucha, la femenina! ¡Xélucha, recordando a las más espléndidas rameras de la historia! Llora conmigo... *manat rara meas lacrima per genas*; experta como Targelia; cultivada como Aspasia; púrpura como Semíramis. Ella comprendía el tabernáculo humano, amigo, sus secretas fuentes y genios, más íntimamente que ningún *savant* de Salamanca que respire. *Tarare...* ¡pero Xélucha no está muerta! La vitalidad no es mortal; no se puede envolver la llama con una mortaja. ¡Xélucha!, ¿dónde está, entonces? Trasladada, quizás... raptada a alguna constelación, como la hija de Leda. Ella viajó al Indostán, acompañada por la carga y las pertenencias de una begum, amenazando caer sobre el emperador de Tartaria. Le hablé sobre la desolación de Occidente; ella me besó y me prometió regresar. Te mencionó a ti, también, a "Mérimée, su Conquistador"... "Mérimée, Destructor de la Mujer". Soplos del invernadero se alborotaron entre sus cabellos sacudidos por el viento, hebras de estos extraviándose en ese tinte color tulita que ya conoces. Vestida *cap-à-pie* ella tenía, amigo, la delicada perfección de una margarita reflejada brillantemente en el ojo de un buey paciendo. Un pasaje de Milton había inflamado durante años, dijo ella, la lujuria de sus ojos: "Las desoladas llanuras de Sérica, por donde los chinos conducen, con la ayuda de velas y viento, sus livianos carros de mimbre". Los sabeos y yo, me aseguró, hemos considerado erróneamente como Llama la totalidad del ser, no siendo la otra mitad de las cosas sino la Luz quintaesencial de Aristóteles. En la *Ourania Hierarchia* y el libro de *Fausto* encontramos una perfección: el serafín ardiente, el querubín lleno de ojos. Xélucha los combinó. Ella reconquistaría el Oriente por Dioniso, y regresaría. Oí sobre su resplandecer en Delhi, llevada en un carro tirado por leones. Luego este rumor... probablemente falso. Como Odín, Arturo y el resto, Xélucha... reaparecerá».

Pronto se recostó Cosmo subsecuentemente en su bañera de malaquita y se durmió, habiéndose echado sobre sí el agua como manta. Yo, en Inglaterra, oí poco de Xélucha: primero, que estaba viva; luego, muerta; más tarde, que había llegado a la antigua Tadmor en el desierto, ahora llamada Palmira. No me importaba demasiado, Xélucha habiéndose tornado desde hacía tiempo manzanas de Sodoma en mi boca. Ella, hasta que me senté junto a la cesta de cartas y releí las de Cosmo, había pasado ya varios años fuera de mi memoria activa.

Ahora está confirmado en mí el hábito de pasar la mayor parte del día durmiendo, mientras que por la noche vago lejos a través de la ciudad

   Antiguos relatos de Oscuridad y de Horror

bajo la sedativa influencia de una tintura que se ha vuelto necesaria
para mi vida. Una semejante existencia de sombra no carece de encanto; ni tampoco, pienso, pueden muchas mentes someterse a sus condiciones sin elevación, el temor profundizado. Viajar con lo Primordial
no puede sino ser solemne. La luna presenta el matiz de la luciérnaga;
y la Noche, el del sepulcro. Nyx no engendró menos a Tánatos que a
Hipnos, y las amargas lágrimas de Isis se derraman hasta formar un
diluvio. A las tres, si un taxi pasa a un lado, el sonido tiene lo augusto
de un trueno. Una vez, a eso de las dos, cerca de una esquina, me topé
con un sacerdote, sentado, muerto, mirando de soslayo, con sus piernas
dobladas. Un brazo, apoyado sobre una rodilla, apuntaba con un índice
acusador hacia arriba. Por medio de una observación exacta, descubrí
que señalaba a Betelgeuse, la estrella alfa de la lluviosa constelación
de Orión. Se encontraba atrozmente hinchado, habiendo muerto de hidropesía. Así, en todos los Supremos hay una *grotesquerie*; y uno de los
hijos de la Noche es... Buffo.

En una plaza de Londres que está desierta, imagino, hasta de día, me
percaté del argénteo golpeteo y la metálica aproximación de unos pequeños zapatos. Eran las tres de una mañana de invierno, precisamente
el día siguiente al de mi redescubrimiento de Cosmo. Me había detenido junto a una barandilla, observando a las nubes navegar como bajo la
conducción de una luna envuelta en mantos de inclemencia. Volviéndome, vi a una pequeña dama, vestida muy encantadoramente, que venía
caminando directo hacia mí. Llevaba su cabeza descubierta, y sus ondulados rizos giraban hacia un globo, enriquecido con joyas, sobre su
nuca. En la redundancia de su escotado desarrollo recordaba a Parvati,
diosa del amor de la voluptuosa fantasía de los brahmanes.

Me dirigió la pregunta:

—¿Qué estás haciendo ahí, cariño?

Su belleza me agitó, y la noche es *bon camarade*. Respondí:

—Asoleándome por medio de la luna.

—Todo eso es lustre prestado —contestó ella—: lo sacaste de las *Flores de Sión*, del viejo Drummond.

Mirando atrás, no puedo recordar que aquella respuesta me haya sorprendido, aunque tendría, naturalmente, que haberlo hecho. Dije:

—Por mi alma, no; pero ¿qué haces tú?

—Puedes adivinar de donde vengo *yo*.

—Eres deslumbrante: vienes de La Paz.

—¡Oh, de más lejos aún, hijo mío! Digamos que de un baile de suscripción en el Soho.

—¿Sí?... ¿y sola?, ¿con este frío?, ¿a pie?

—¿Qué hay con ello? Soy ya vieja, y una filósofa. Puedo llevarte, montando sobre Andrómeda, mucho más allá del Carnero que ella cabalga.
Están en un error, *monsieur*, quienes suponen que hay una atmósfera

en el lado ancho de la luna. Tengo razones para creer que en Marte vive una raza cuyos párpados son transparentes como el vidrio, de modo que sus ojos son visibles mientras duermen y cada sueño se mueve en imágenes ante el espectador en diminuto panorama sobre el iris. ¡No puedes creerme una mera *fille*! Andar escoltada es admitirse mujer, y eso es impropio en Ninguna Parte. La joven Eos conduce un *équipage à quatre*, pero Ártemis "camina" sola. ¡Sal de mi luz prestada, en el nombre de Diógenes! Voy a casa.

—¿Lejos?

—Cerca de Picadilly.

—Pero un taxi...

—Nada de coches para mí, gracias. La distancia es una simple nada. Sígueme.

Comenzamos a caminar. Mi compañera en seguida puso un intervalo entre ambos citando del *Cura español* que lo abierto es un enemigo para el amor. Los talmudistas, insistió dos veces, acertadamente sostenían que la mano es la parte más sagrada de la persona, y también en ese punto el contacto estaba por el momento prohibido. Su andar era extremadamente veloz. Yo la seguía. No se veía siquiera un gato por parte alguna. Llegamos finalmente a la puerta de una mansión en St. James; sin luz, parecía desocupada, con ventanas sin cortinas, encarteladas, algunas de ellas, con el anuncio de «Se alquila». Mi compañera, no obstante, subió rápidamente los escalones y, haciéndome señas para que la siguiese, entró. Yo, haciéndolo, cerré la puerta y quedé rodeado de tinieblas. La oí ascender, y poco después una región de tenue luz en lo alto reveló una gran escalera de mármol que se curvaba ampliamente hacia arriba. En ese piso en el que me hallaba no había alfombra ni mobiliario; sólo un denso polvo cubriéndolo todo. Había comenzado a subir cuando, para mi sorpresa, ella se detuvo a mi lado, habiendo regresado, y susurró:

—Hasta lo más alto, cariño.

Subió ágilmente, anticipándome. Más arriba, ya no pude seguir dudando de que en la casa no había nadie excepto por nosotros. Todo era un vacío lleno de polvo y ecos. Pero en lo alto una luz se derramaba desde una puerta, y entré a una sala oval de buen tamaño. Quedé deslumbrado por el súbito esplendor de la habitación, en medio de la cual se extendía una mesa servida, cuadrada, opulenta de vajilla de oro, fruta, platos; había tres enormes arañas de luz eléctrica arriba; y noté también, lo cual era muy *bizarre*, un pequeño candelabro de vulgar latón, que contenía un viejo montón de sebo, sobre la mesa. Pero la impresión del conjunto era la de una suntuosidad no menos que asiria: un sofá de marfil, a un extremo de la mesa, tenía una cabecera de calcedonia que formaba un mar para el recreo de ictiosaurios de esmeralda, y colgaduras de color cobrizo, ornadas con espejos de cristal jaspeado, se correspondían con una cúpula de cobre y de llama. Sin embargo esta última, ahora lo recuerdo, produjo sobre mi vista una impresión de verdadero tizne. Mi compañera se reclinó sobre un sigmoideo sofá, elevado al nivel de la mesa en el estilo semita, visible hasta sus azafranadas chinelas de satén. Me señaló un asiento en el lado opuesto, la incongruencia de cuya presencia en medio de esa pompa me divirtió tanto que ningún poder podría haber evitado que sonriese: era una silla vulgar, toda de madera, y no tardé tampoco en descubrir que una de sus patas era más corta que las otras.

Me ofreció un vino en una botella negra y un vaso, pero ella no mostró pretensión alguna de comer o de beber, echada sobre codo y cadera, *petite*, esplendorosa, mirando gravemente hacia arriba. Yo, no obstante, bebí.

—Estás cansada —comenté—, se nota.

—Es poco, preciosamente poco lo que tú *notas* —contestó soñadora, apenas mirándome.

—¡Vaya! ¿Cambió tu humor? Pareces triste.

—Supongo que nunca has visto una tumba de pasaje noruega.

—Y violenta.

—¿Nunca?

—¿Una tumba de pasaje? No.

—Resultan dignas de un viaje. Son cámaras circulares de piedra, cubiertas por grandes montículos de tierra, con un "pasaje" de losas que las conecta con el aire exterior. Todo en derredor de la cámara, los muertos se hallan sentados, con sus cabezas descansando sobre sus rodillas dobladas, y consultan juntos en silencio.

—Bebe conmigo y sé menos tartárea.

—Ciertamente, resultas ser un necio —respondió ella, con sardónica frialdad—. ¿No te parece, entonces, algo sumamente romántico? Ellos pertenecen al período neolítico. A medida que sus dientes van cayendo, uno por uno, de sus bocas sin labios, son atrapados por sus regazos. Y cuando sus regazos comienzan a consumirse, los dientes ruedan hasta el suelo de piedra. De allí en adelante, cada uno que cae rompe cortantemente el silencio en toda la cámara.

—¡Ja, ja, ja!

—Sí, suena como una gotera de un siglo de lentitud en alguna caverna de las profundidades subterráneas.

—¡Ja, ja! ¡Este vino parece ser bastante fuerte! Se expresan en un dialecto principalmente dental.

—El mono, en cambio, lo hace en un lenguaje completamente gutural.

Un reloj de la ciudad dio las cuatro. Nuestra conversación se mezclaba con silencios y era de marcha densa. Las exhalaciones del vino alcanzaron mi cerebro: la veía ahora como tras una niebla, dilatándose mucho, incierta, encogiéndose nuevamente a su delicada pequeñez. Pero la idea de voluptuosidad había muerto en mí.

—¿Sabes —preguntó— qué cosa fue descubierta por un niño en uno de los *kjökkenmöddings* daneses? Es espantoso. El esqueleto de un enorme pez con rostro humano...

—Eres muy desdichada.

—Cállate.

—Estás llena de preocupaciones.

—Empiezo a considerarte un completo idiota.

—Eres una mujer atormentada por la miseria.

—Y tú eres un chiquillo. No tienes siquiera una idea instintiva del sentido de las palabras.

—Qué, ¿acaso no soy también yo un hombre miserable y sufriente?

—No eres, en realidad, *nada*... hasta que puedes crear.

—¿Crear qué?

—Materia.

—Eso es presunción. La materia no puede ser creada, ni destruida.

—Verdaderamente, entonces, debes de ser una criatura de intelecto inusualmente débil, lo veo claro ahora. La materia no existe, no hay tal cosa en realidad, es una apariencia, un espectro. Todos los escritores no imbéciles desde Platón hasta Fichte han, ya voluntaria o involuntariamente, demostrado eso para siempre. Crearla es producir una impresión de su realidad sobre los sentidos; destruirla es pasar un trapo húmedo sobre una pizarra garabateada.

—Tal vez; en todo caso, no importa, puesto que nadie puede hacerlo.

—¿Nadie? No eres más que un embrión...

—¿Quién, entonces?

—*Cualquiera* cuyo poder de voluntad sea equivalente a la fuerza gravitatoria de una estrella de primera magnitud.

—¡Ja, ja, ja! Por el Cielo, eliges ser graciosa. ¿Existen, entonces, voluntades de tal equivalencia?

—Han existido tres: las de los fundadores de las religiones. Y hubo una cuarta: un sastre de Herculano, cuya voluntad indujo el cataclismo del Vesubio en el año 79, en directa oposición a la gravedad de Sirio. Hay muchas más famas que las que tú jamás hayas cantado. Y la mayor parte de los espíritus que han partido también, creo cierto...

—¡Por el Cielo, no puedo más que imaginarte llena de tristeza! ¡Pobre criatura! Vamos, bebe conmigo. El vino es espeso y alegre. ¿Es de Setia? Te hace oscilar y crecer ante mí, te lo aseguro, como una nube púrpura del anochecer.

—¡Eres puro fastidio! No me lo esperaba... no sirves como compañía. Tus insignificantes intereses giran en torno a los puntos más bajos.

—Vamos, olvida tus angustias...

—¿Cuál crees tú que es la parte del cuerpo enterrado que primero buscan los gusanos?

—¡Los ojos, los ojos!

—¡Estás *atrozmente* equivocado!... ¡Estás tan *completamente* bajo el mar!...

—¡Dios mío!

Se había inclinado hacia delante con tal rabia de contradicción que había quedado muy cerca de mí. Un suelto vestido de seda color ámbar, de mangas anchas, había reemplazado a su atuendo de baile, aunque no podía imaginar en qué momento; atónito, reparé en él mientras ella apoyaba las palmas de sus manos muy adelante sobre la mesa. Un súbito soplo como de flores de naranjo, mezclándose con el tenue aroma de mortalidad demasiado lista para la tumba, se presentó a mi olfato. Un escalofrío se arrastró por mi piel.

—¡Estás tan *desesperadamente* errado!...

—Por el amor de Dios...

—¡Estás tan *miserablemente* engañado! ¡No son los ojos *para nada*!

—¡Entonces *qué*, en el nombre del Cielo!

Un reloj dio las cinco.

—¡La *úvula*!, esa gota de carne mucosa suspendida en el paladar, sobre la glotis. Penetran devorando la piel del rostro y la mejilla, o se arrastran a través de los labios por entre dientes defectuosos, llenando la boca. Y de allí, se lanzan directo hacia ella: es la *deliciæ* de la cripta.

Ante el horror de su interés comencé a sentir náuseas, así como ante su fragancia y sus palabras. Un indecible sentido de insignificancia, de debilidad, me mantuvo mudo.

—Dices que estoy llena de tristeza. Dices que me atormenta la aflicción, que sufro de angustia. Pues bien, tú eres un niño en intelecto. Empleas palabras sin comprender su verdadero significado, como aquellas mentes en lo que Leibniz llama "conciencia simbólica". Pero supongamos que fuese así...

—*Es* así.

—No sabes nada.

—Te veo retorcerte y sufrir. Tus ojos están muy pálidos. Creí que eran castaños, pero son del azul de resplandores fosfóricos vistos en la oscuridad.

—Eso no prueba nada.

—Pero el "blanco" de la esclerótica está teñido de amarillo. Y sólo miras hacia tu interior. ¿Por qué miras tan pálidamente hacia tu interior, tan consumida por la aflicción, hacia tu alma? ¿Por qué no puedes hablar de nada más que del sepulcro y de su podredumbre? Tus ojos parecen debilitados por siglos de vigilia, por misterios y milenios de dolor.

—¿Dolor? ¡Pero sabes tan poco de él! Sólo eres viento y palabras; de su filosofía y *rationale*, nada.

—¿Quién sabe?

—Te daré una pista. El dolor es la subconsciencia, en seres conscientes, de Eternidad, y de pérdida eterna. El menor pinchazo de un alfiler no lo pueden curar por completo ni Peán, ni Esculapio, ni los poderes del Cielo y el Infierno. De una pérdida sempiterna de totalidad, el cuerpo consciente es subconsciente, y el "dolor" es su suspiro ante la tragedia. Y así con todo dolor: más grande cuanto mayor es la pérdida. La más enorme de las pérdidas es, por supuesto, la pérdida del tiempo. Si pierdes eso, algo de él, te hundes en seguida en los trascendentalismos, en las infinitudes de la pérdida; si lo pierdes *todo*...

—¡Pero exageras tan demencialmente! ¡Ja, ja! Desvarías, te digo, fuera de los terrenos usuales con la aflicción...

—¡El Infierno es donde un espíritu libre y claro es subconsciente del tiempo perdido; donde se retuerce envidiando al mundo viviente, *odiando* para siempre a este y a todos los hijos de la vida!

—¡Pero contente! Bebe, te lo imploro... te lo imploro, por el amor de Dios, bebe aunque sea una vez...

—Apresurarse a la trampa... ¡eso es aflicción! Conducir tu nave contra la roca del faro... ¡eso es Maráh! Despertar, y sentir irrevocablemente cierto el que fuiste tras ella, *y que los muertos estaban allí*, y que sus invitados se encontraban en las profundidades del Infierno, *¡y que tú no lo supiste!*, aunque *podrías* haberlo hecho. Contempla las casas de la ciudad en este día que despunta: en ninguna, te digo, salvo en esta, vaga un alma, recorriendo hacia arriba y abajo el viejo teatro de su pequeño Día... aguijoneando a la imaginación con mil trucos pueriles, verosimilitudes... engañándose elaboradamente a sí misma en la fantasía de que *aún vive*, de que la oportunidad de la vida no está para siempre y por siempre perdida... aunque sufriendo desengaños todo el tiempo con recuerdos latentes del consumido Verano, la caduca breve luz que hay entre dos oscuridades eternas... ¡sufriendo desengaños, te digo y te grito!... ¡sufriendo desengaños, *Mérimée*, tú, destructivo demonio!

Se había levantado de un salto (ahora me parecía alta) entre el sofá y la mesa.

—¿Mérimée? —grité—, ¿mi nombre, ramera, en tu maniática boca? ¡Por Dios, mujer, me estás matando de espanto!

Yo también me levanté, con los pelos de mi cabeza capturando un rígido horror de mis crecientes fantasías.

—¿Tu nombre? ¿Puedes creerme ignorante de tu nombre o de cualquier cosa que concierna a tu persona? ¡Mérimée! Qué, ¿acaso no te sentaste ayer y leíste de mí en una carta de Cosmo?

—¡Ahhh...! —la histeria irrumpió en sollozo y risa de mis áridos labios—. ¡Ah, ja, ja, ja! ¡Xélucha! ¡Mi memoria está paralizándose y poniéndose gris, Xélucha! ¡Apiádate de mí: mi camino se halla en el mismo valle de la sombra! ¡Estoy senil y marchito! ¡Observa mi cabello, Xélucha, su canoso crecer! ¡Mírame tembloroso, Xélucha, obnubilado! ¡Ya no soy el hombre que conociste, Xélucha, en los palacios de Cosmo! ¡Eres Xélucha!

—¡Desvarías, pobre gusano! —gritó ella, con su rostro contorsionado por una especie de malicioso desprecio—. Xélucha murió de cólera hace diez años en Antioquía. Yo limpié la espuma de sus labios. Su nariz experimentó una verde descomposición antes del entierro. Tan hundido en su cerebro se hallaba el ojo izquierdo...

—¡Eres... *eres Xélucha!* —grité—; voces de trueno lo aúllan ahora en mi conciencia. Y, por el santísimo Dios, Xélucha, aunque me destruyas con el aliento del infierno que eres, te abrazaré... viva o condenada.

Me precipité hacia ella. Oí, siseada como por las lenguas de diez mil serpientes a través de la habitación, la palabra: «¡Loco!»; por un instante, ante mis enfebrecidos ojos, pareció levantarse, elevándose hasta el techo, una torre de andrajosa nube; y, mientras mis brazos se cerraban sobre el vacío, fui arrojado hacia atrás, por la operación de una potencia de *behemoth*, contra una pared de la sala, donde, golpeándome la cabeza, caí sumido en la insensibilidad.

Cuando el sol estaba poniéndose, hacia la noche, desperté y observé distraídamente el tiznado techo, la sórdida silla, el candelabro de latón y la botella de la que había bebido. La mesa de madera estaba descubierta y llena de polvo. Todo tenía el aspecto de haber permanecido así por años. Excepto por esas cosas, la habitación se hallaba completamente vacía, la visión de lujo desvanecida en el aire. El súbito recuerdo centelleó en mí. Me incorporé de un salto y, atravesando las penumbras, corrí tambaleándome y gritando hacia las calles.

H. P. Lovecraft

El extraño

Aquella noche soñó el barón muchos horrores,
y todos sus guerreros huéspedes, con sombras y formas
de brujas, de demonios y de grandes gusanos de ataúd,
fueron largo tiempo acosados en pesadillas.

- John Keats.

esgraciado aquel a quien los recuerdos de la infancia traen sólo temor y tristeza. Desdichado aquel que mira atrás hacia solitarias horas en vastas y lúgubres cámaras cubiertas de marrones cortinajes y exasperantes hileras de libros antiguos, o hacia espantosas vigilias en sombríos bosques de inmensos y grotescos árboles que, cubiertos de enredaderas, silenciosamente agitan sus retorcidas ramas en lo alto. Tal es lo que los dioses me concedieron a mí... a mí, el consternado, el decepcionado; el infecundo, el destrozado. Y, sin embargo, me siento extrañamente contento, y me aferro desesperadamente a esos marchitos recuerdos, cuando mi mente momentáneamente amenaza con alcanzar *el otro*.

Ignoro dónde nací, salvo que el castillo era infinitamente viejo e infinitamente horrible, lleno de oscuros pasillos y rematado por altos techos en los que el ojo sólo podía encontrar telarañas y sombras. Las piedras de los desmoronados corredores veíanse siempre hórridamente húmedas, y por todas partes flotaba un maldito hedor, como si se apilaran allí los cadáveres de generaciones enteras. Jamás había luz, de modo que a veces solía encender velas a las cuales poníame a contemplar fijamente en busca de alivio, y nunca llegaba claridad alguna del sol, puesto que los terribles árboles se erguían muy por encima de la más alta torre accesible. Existía una torre negra que alcanzaba a superar a los árboles y llegaba al desconocido cielo exterior, pero se encontraba parcialmente en ruinas y no se podía acceder a ella sino practicando una casi imposible ascensión por la escarpada pared, piedra a piedra.

Debo de haber vivido durante años en aquel lugar, pero no sabría decir cuánto tiempo. Alguien tuvo que cuidar de mis necesidades, y, sin embargo, no puedo recordar a ninguna persona excepto a mí mismo, ni a nada vivo salvo las silenciosas ratas, murciélagos y arañas. Supongo que quien me crió debió de ser aterradoramente anciano, puesto que mi primera idea de un ser humano fue la de alguien supuestamente como yo, aunque deforme, marchito y decrépito como el castillo. No había para mí nada de grotesco en los huesos y esqueletos que poblaban algunas de las criptas de piedra que se abrían en lo profundo, entre los cimientos. Increíblemente, asociaba aquellas cosas con los eventos cotidianos, y las creía más naturales que los coloridos grabados de seres vivos que encontraba en muchos de los enmohecidos libros que allí había. De aquellos libros aprendí todo cuanto sé. Ningún maestro me estimuló o guió, y no recuerdo haber oído voz humana alguna en todos aquellos años, ni siquiera la mía, pues, aunque había leído sobre el habla, nunca había pensado en intentar hacerlo. Mi aspecto me era algo igualmente desconocido, pues no había espejos en el castillo, y yo únicamente me consideraba por instinto como semejante a las juveniles figuras que veía dibujadas y pintadas en los libros. Estaba seguro de que era joven porque era poco lo que recordaba.

Fuera, al otro lado del pútrido foso, bajo los mudos y oscuros árboles, a menudo me acostaba y soñaba, durante horas, sobre aquello que leía en los libros; y entonces, anhelantemente, me imaginaba en medio de alegres multitudes, en el soleado mundo de más allá de los interminables bosques. Una vez intenté dejar el bosque atrás, pero a medida que me alejaba del castillo las sombras se volvían más densas y el aire más cargado de funestos horrores, de modo que decidí regresar en frenética carrera antes de que perdiese mi camino en un laberinto de nocturnal silencio.

Así fue que a través de inacabables crepúsculos esperé y soñé, aunque no sabía qué era lo que esperaba. Entonces, en aquella sombría soledad, mi anhelo por la luz se volvió tan vehemente que ya no pude descansar, y con frecuencia elevaba manos suplicantes hacia la negra torre en ruinas que se levantaba única por sobre el bosque y alcanzaba el desconocido cielo exterior. Finalmente resolví escalar dicha torre, aunque caer pudiese, puesto que sería mejor vislumbrar el cielo y perecer que vivir sin jamás haber contemplado el día.

En un húmedo crepúsculo ascendí por los desgastados y añosos peldaños de piedra hasta que llegué al nivel en donde terminaban, y de allí en adelante me aferré peligrosamente a pequeños puntos de apoyo y continué subiendo. Espantoso y terrible era aquel muerto cilindro de roca carente de escaleras; negro, ruinoso, abandonado y siniestro, poblado por sobrecogedores murciélagos cuyas batientes alas no emitían sonido alguno. Pero más espantosa y terrible aún era la lentitud de mi progreso, pues, por más que subía, la oscuridad arriba no se atenuaba, y un nuevo escalofrío, de índole venerable y maldita, me asaltó. Me estremecí al preguntarme por qué no alcanzaba la luz, y habría mirado hacia abajo si me hubiese atrevido. Imaginé que la noche habíase cerrado súbitamente sobre mí, y vanamente busqué a tientas, con una mano libre, el alféizar de alguna ventana por la cual pudiese escudriñar afuera y hacia arriba e intentar juzgar la altura que había alcanzado.

De repente, tras una eternidad de horrorosa y ciega ascensión por ese cóncavo y desesperado precipicio, sentí que mi cabeza daba con algo sólido, y supe que había llegado al techo o, al menos, a algún tipo de plataforma. En las tinieblas elevé mi mano libre y tanteé la barrera, encontrando que era de piedra e inamovible. Entonces realicé un mortal rodeo de la torre, aferrándome a cualquier asidero que el viscoso muro pudiese ofrecer, hasta que finalmente mi mano exploradora descubrió que una parte de la barrera cedía y comencé a subir nuevamente, empujando la losa o puerta con mi cabeza mientras empleaba ambas manos en mi espantosa ascensión. No se revelaba ninguna luz allí arriba, y a medida que mis manos llegaban más alto supe que mis fatigas habían por el momento terminado, puesto que la losa era la trampa de una abertura que conducía a una superficie de piedra plana de mayor circunferencia que la torre inferior, indudablemente el suelo de alguna alta y espaciosa cámara de observación. Me arrastré por la abertura cuidadosamente, tratando de evitar que la pesada losa volviese a caer en su sitio, pero fallé en este último propósito. Mientras yacía exhausto sobre el suelo de piedra oí los lúgubres ecos de su golpe, pero confiaba en que podría forzarla nuevamente hacia arriba cuando fuese necesario.

Creyendo que me hallaba ahora a una altura prodigiosa, muy por encima de las malditas ramas del bosque, me levanté del suelo con dificultad y avancé a tientas en busca de ventanas desde las cuales pudiese ver por primera vez el cielo y la luna y las estrellas de las que había leído. Pero quedé totalmente decepcionado, ya que todo lo que encontré fueron vastas estanterías de mármol que contenían odiosas cajas oblongas de perturbadoras dimensiones. Cada vez reflexionaba más, y me preguntaba qué ancestrales secretos podrían aún permanecer en esa alta estancia por tantos eones aislada del castillo debajo. Entonces mis manos tropezaron inesperadamente con un umbral en el cual se fijaba un portal de piedra labrado con extraños relieves. Al probarlo lo encontré acerrojado, pero con un supremo esfuerzo vencí todos los obstáculos y logré abrirlo. Al hacerlo, me alcanzó el más puro éxtasis que jamás hubiese conocido, pues, brillando tranquilamente tras una ornada verja de hierro, y al final de una corta escalinata de piedra que ascendía desde el recientemente hallado umbral, distinguíase la radiante luna llena, a la cual jamás había contemplado salvo en sueños y en vagas visiones que no me atrevería a llamar recuerdos.

Imaginando que había ahora alcanzado el mismísimo pináculo del castillo, comencé a subir precipitadamente por los pocos peldaños que había al otro lado del portal, pero el súbito ocultamiento de la luna tras una nube me llevó a tropezar, y proseguí mi camino más lentamente en medio de la oscuridad. Aún estaba muy oscuro cuando llegué a la verja, a la que probé cuidadosamente y encontré sin cerrar, pero que no abrí por miedo a caer desde la asombrosa altura que había escalado. Entonces reapareció la luna.

El más demoníaco de todos los horrores es aquel que proviene de lo abismalmente inesperado y lo grotescamente increíble. Nada de lo que hubiese experimentado hasta entonces podía compararse en terror con lo que veía ahora, con las extravagantes maravillas que aquella visión implicaba. La visión en sí era tan simple como pasmosa, pues se trataba tan sólo de lo siguiente: en lugar de una vertiginosa perspectiva de copas de árboles vistas desde una alta eminencia, extendíase a mi alrededor, al nivel de la verja, nada menos que *la tierra firme*, adornada y diversificada por losas y columnas de mármol, y ensombrecida por una antigua iglesia de piedra cuyo ruinoso chapitel brillaba espectralmente bajo la luz lunar.

Medio inconsciente, abrí la verja y salí tambaleándome por un sendero de grava blanca que se alejaba en dos direcciones. Mi mente, en el aturdimiento y el caos en que se encontraba, aún mantenía el frenético anhelo por la luz, y ni siquiera el fantástico portento que me había acontecido podía detenerme en mi camino. Ni sabía ni me importaba si mi experiencia era locura, sueño o magia; sólo estaba determinado a contemplar brillo y alegría a toda costa. Ignoraba quién o qué era yo, o qué podía ser lo que me rodeaba; sin embargo, mientras continuaba avanzando a traspiés, me volví consciente de una especie de memoria latente que hacía que mi progreso no fuese del todo fortuito. Pasando por debajo de una gran arcada salí al exterior de esa región de losas y columnas, y vagué entonces por el campo abierto, algunas veces siguiendo el camino visible, pero abandonándolo curiosamente en otras para atravesar prados donde sólo ocasionales ruinas señalaban la antigua presencia de una senda olvidada. En un momento determinado crucé a nado un veloz riacho por el sitio donde una desmoronada y musgosa albañilería hablaba de un puente hacía tiempo desaparecido.

Más de dos horas debían de haber transcurrido cuando llegué a lo que parecía ser mi meta, un venerable castillo cubierto de hiedra en un parque espesamente arbolado, exasperantemente familiar, aunque de una extrañeza que me resultaba consternante. Vi que el foso estaba lleno, y que algunas de las bien conocidas torres habían sido demolidas; en cambio, existían nuevas alas que me confundían. Pero lo que contemplé con mayor interés y deleite fueron las abiertas ventanas, que resplandecían magníficamente con luz y difundían sonidos del más alegre bullicio. Acercándome a una de ellas miré hacia dentro y vi un grupo de personas extrañamente vestidas; estaban divirtiéndose, y hablaban animadamente entre sí. Yo no había nunca, aparentemente, oído el habla humana antes, y sólo vagamente podía conjeturar lo que decían. Algunos de los rostros parecían asumir expresiones que me evocaban recuerdos increíblemente remotos; otros éranme completamente extraños.

   Antiguos relatos de Oscuridad y de Horror

Entonces pasé, a través de la baja ventana, al interior de la estancia brillantemente iluminada, pasando también, mientras lo hacía, de mi único luminoso momento de esperanza a la más negra convulsión de desesperación y repentina comprensión. La pesadilla estaba lista para llegar, pues, en cuanto entré, se suscitó en forma inmediata una de las más aterradoras manifestaciones de pánico que yo jamás hubiese concebido. Apenas hube cruzado el antepecho, descendió sobre el grupo entero un súbito e inesperado horror de atroz intensidad, deformando todos los rostros y evocando los más horribles gritos de casi todas las gargantas. La huida fue general, y, en medio del clamor y el pánico, varios cayeron en un desmayo y fueron arrastrados hacia fuera por sus compañeros, que huían demencialmente. Muchos cubriéronse los ojos con las manos y tropezaron así ciega y torpemente en su afán por escapar, derribando el mobiliario y dándose de bruces contra las paredes antes de arreglárselas para alcanzar alguna de las numerosas puertas.

Los gritos eran aterradores; y mientras yo seguía de pie en la brillante habitación, solo y confundido, escuchando sus evanescentes ecos, temblé ante el pensamiento de lo que podría estar acechando cerca de mí sin que yo lo viese. A simple vista el cuarto parecía desierto, pero al dirigirme a uno de los rincones creí detectar una presencia: una insinuación de movimiento tras una puerta de arco dorado que conducía a otro cuarto similar. Mientras me aproximaba a dicho arco, comencé a percibir la presencia más claramente; y entonces, con el primer y último sonido que alguna vez proferí (un espantoso lamento que me repugnó casi tan intensamente como su nociva causa), contemplé, con total y horrible claridad, la inconcebible, indescriptible e inmencionable monstruosidad que había con su sola aparición transformado una alegre compañía en una manada de delirantes fugitivos.

No puedo ni aun insinuar a qué se parecía, pues era una combinación de todo lo que es sucio, siniestro, indeseable, anormal y detestable. Era la demoníaca sombra de la podredumbre, la antigüedad y la descomposición; la pútrida y goteante imagen de una malsana revelación, la atroz desnudez de lo que la misericordiosa tierra debería por siempre esconder. Dios sabe que no era de este mundo (o que ya había dejado de ser de este mundo), y sin embargo, para horror mío, descubrí en sus consumidos y esqueléticos contornos una fatal y aborrecible parodia del cuerpo humano, y en su mohoso y desintegrado atavío una indecible cualidad que me estremeció aún más.

Me encontraba casi paralizado, pero no tanto como para no realizar un débil esfuerzo por huir: un único traspié hacia atrás que no logró romper el hechizo en el que el mudo monstruo sin nombre me retenía. Mis ojos, fascinados por las vidriosas órbitas que miraban abominablemente en ellos, se negaban a cerrarse, aunque habían sido misericordiosamente velados y veían al terrible ser muy indistintamente tras la primera impresión. Intenté levantar mi mano para tapar la visión, pero tan aturdidos se hallaban mis nervios que mi brazo no pudo obedecer completamente mi voluntad. El intento, no obstante, fue suficiente para perturbar mi equilibrio, de modo que tuve que tambalearme varios pasos hacia delante para evitar una caída. En cuanto lo hube hecho me di cuenta, súbita y angustiosamente, de la *proximidad* de la carroña, cuya horrible y profunda respiración me pareció a medias que podía oír. Casi en garras de la locura, me encontré aún capaz de alzar una mano para mantener alejada a la fétida aparición que me abrumaba tan de cerca, y fue entonces que, en un cataclísmico segundo de cósmica pesadilla e infernal accidente, *mis dedos tocaron la putrescente zarpa extendida del monstruo bajo el arco dorado.*

No grité, pero todos los demoníacos seres necrófagos que cabalgan sobre el viento nocturno lo hicieron por mí, al tiempo en que estallaba sobre mi mente una única y fugaz avalancha de recuerdos aniquiladores del alma. En ese segundo recordé todo lo que había sido; recordé aun más allá del espantoso castillo y los árboles, y reconocí el alterado edificio en el que me hallaba; y, más terrible que todo, reconocí la impía abominación que se erguía frente a mí, contemplándome mientras yo apartaba mis manchados dedos de los suyos.

Pero en el cosmos hay bálsamo así como amargura, y ese bálsamo es el nepente[1]. En el supremo horror de ese segundo olvidé aquello que me había horrorizado, y el estallido de negros recuerdos se desvaneció en un caos de imágenes reverberantes. Como en un sueño, hui de ese hechizado y maldito lugar y corrí rápida y silenciosamente bajo la luz de la luna. Cuando retorné a la cripta de mármol y descendí los peldaños, encontré que la trampa habíase vuelto inamovible, pero no lo lamenté, pues odiaba al viejo castillo y a los árboles. Ahora cabalgo con los blasfemantes demonios nocturnos sobre los vientos de la noche, y me entretengo durante el día entre las catacumbas de Nefren-Ka, en el oculto y desconocido valle de Hadoth junto al Nilo. Sé que la luz no es para mí, salvo la de la luna sobre los rocosos sepulcros de Neb, ni tampoco diversión alguna, salvo los inefables festines de Nitokris bajo la Gran Pirámide; sin embargo, en mi nuevo estado de salvajismo y libertad, casi agradezco la amargura de ser un extraño.

Pues aunque el nepente me ha calmado sé que siempre seré un extraño, un extraño en este siglo y entre aquellos que aún son hombres. Esto es lo que he comprendido desde que extendí mis dedos hacia la abominación bajo aquel gran marco dorado, desde que extendí mis dedos y toqué *una fría y firme superficie de cristal pulido.*

---

[1] Bebida mitológica a la que las divinidades griegas acudían para aliviar sus dolores y curar sus heridas, y que además producía, como las aguas del río Leteo, el olvido.

Clark Ashton Smith

La estirpe sin nombre

Muchos y multiformes son los oscuros horrores que infestan la Tierra desde sus orígenes. Duermen bajo la roca inamovible; crecen con el árbol desde sus raíces; se agitan bajo el mar y en las regiones subterráneas; se esconden en los reductos más profundos; emergen a veces del decrépito sepulcro de orgulloso bronce o de la humilde fosa de tierra. Algunos hay que son conocidos de antiguo por el hombre; otros, que permanecen todavía ignorados, aguardando el terrible día de su revelación. Tal vez los más espantosos y abominables de todos aún no se han manifestado. Pero entre aquellos que ya se han revelado desde hace tiempo, dando a conocer su insoslayable presencia, hay uno que por su suprema atrocidad no puede en lo absoluto ser nombrado: la descendencia que los ocultos moradores de las criptas han engendrado en la humanidad.

- Abdul Alhazred. *Necronomicon*.

n cierto modo, es una suerte el que la historia que ahora debo relatar sea, principalmente, un mero cúmulo de sombras indeterminadas, de borrosas insinuaciones y de vagas deducciones. De otra manera, jamás podría esta ser escrita por mano humana o leída por ojo mortal. Mi breve participación en el espantoso drama se limitó únicamente a su último acto, y sus primeras escenas fueron siempre para mí tan sólo parte de una remota y sombría leyenda. Y sin embargo, aun así, el quebrado reflejo de sus sobrenaturales horrores ha dispersado en perspectiva los principales sucesos de mi vida cotidiana, los ha hecho parecer no más que frágiles telarañas tejidas en los oscuros bordes de algún vasto abismo azotado por incesantes vientos o de alguna cripta entreabierta en cuyo profundo interior se ocultan, supurantes, las más negras corrupciones de la tierra.

La leyenda a la que aludo me era conocida desde la infancia como un tema familiar de susurros y de mudos asentimientos de cabeza, pues sir John Tremoth había sido compañero de clase de mi padre. Pero yo jamás había visto a sir John, ni había visitado Tremoth Hall, sino hasta el momento en el que comenzaron los eventos que formarían el acto final de la tragedia. Mi padre me había llevado consigo al emigrar de

Inglaterra a Canadá, cuando aún era yo un niño; prosperó como apicultor en Manitoba, y, tras su muerte, las colmenas me tuvieron ocupado durante varios años, impidiéndome llevar a cabo mi anhelado sueño de visitar mi tierra natal y explorar sus comarcas rurales.

Cuando, finalmente, logré efectuar el viaje, no quedaban grandes huellas de dicha historia en mi memoria, y Tremoth Hall no era en modo alguno parte de mi itinerario cuando decidí realizar un recorrido en motocicleta por los típicos condados ingleses. En cualquier caso, jamás me habría sentido atraído a dicha mansión por una curiosidad morbosa tal como la que la espantosa leyenda podría haber suscitado en otros. Mi visita a dicho lugar fue puramente accidental. Había olvidado la ubicación exacta del sitio, y ni siquiera imaginé que podía hallarme en sus aledaños. De haberlo sabido, creo que hubiese preferido desviarme, a pesar de las circunstancias que me impulsaban a buscar refugio, antes que tomar parte en la casi demoníaca miseria de su propietario.

Cuando llegué a Tremoth Hall, un anochecer de inicios de otoño, había andado toda la jornada a través de ondulados parajes surcados por ociosos caminos y serpenteantes carreteras. El día había sido de una gran belleza, con cielos de un pálido azul que brillaban sobre nobles parques teñidos con los primeros ámbares y carmesíes de la época del año. Pero, avanzada la tarde, una niebla proveniente del oculto océano había comenzado a extenderse por las bajas colinas y terminó por envolverme entre sus espectrales anillos, de suerte tal que, en medio de esa engañosa neblina, me las arreglé de algún modo para extraviarme, no viendo la indicación que me habría orientado hacia la ciudad en la que había planeado pernoctar.

Seguí adelante por un tiempo, al azar, imaginando que no tardaría en dar con otra bifurcación. La carretera era poco más que un rústico camino vecinal y se hallaba singularmente desierta. La niebla se había tornado mucho más densa y oscura, borrando el horizonte en toda su extensión, pero, a juzgar por lo poco que podía vislumbrar, el paisaje de la región estaba formado por matorrales y peñascos y no mostraba vestigios de cultivo alguno. Subí a lo alto de una zona de montículos y descendí luego por una larga y monótona cuesta mientras la neblina continuaba espesándose con el crepúsculo. Suponía que debía de estar avanzando en dirección oeste, pero ante mí, en la incierta oscuridad, no se veía ni el más leve brillo o señal de color que indicase la ahogada puesta del sol. Un húmedo aroma salitroso, similar al olor de marismas, se adelantó a recibirme.

La carretera describió una curva muy cerrada, y me dio la sensación de que por todas partes me rodeaban ahora hondonadas y pantanos. La noche se cerró con una velocidad casi sobrenatural, como si hubiese estado apresurada por atraparme, y comencé a experimentar una especie de vaga inquietud o alarma, sintiendo como si me hubiese extraviado en regiones mucho más dudosas y extrañas que un simple condado inglés. La neblina y el ocaso parecían envolver un silencioso paisaje de mortal, frío y perturbador misterio.

Entonces, un poco por delante de mí, a la izquierda del camino, vi un resplandor que de algún modo me sugirió la idea de un ojo fúnebre y empañado por lágrimas. Brillaba entre negras e inciertas siluetas que parecían ser los árboles de un bosque espectral. Una de las sombras más cercanas, al ir aproximándome, se resolvió en una pequeña edificación que parecía guardar la entrada de una finca. Estaba a oscuras y, aparentemente, desocupada. Deteniéndome a escudriñar, percibí los contornos de una verja de hierro enmarcada en un seto de tejo sin recortar.

Toda la finca guardaba un aspecto de desolación y abandono. Al acercarme a ella, volví a sentir en la médula el frío estremecimiento que me provocara la invisibilidad de las marismas en medio de aquella tenebrosa y retorcida bruma. Pero la luz era promesa de proximidad humana en esos solitarios parajes y podría significarme la obtención de un albergue para pasar la noche o, cuando menos, el encontrar a alguien que me indicase la dirección al pueblo o posada más cercanos.

Para mi sorpresa, la verja no estaba cerrada. Se abrió hacia dentro con un sonido chirriante y herrumbroso, como si hubiese sido la primera vez que alguien la abría en años. Empujando la moto delante de mí, avancé por un sendero invadido de malezas en dirección a la luz. No tardó en recortarse ante mis ojos la vaga silueta de una enorme mansión solariega en medio de árboles y arbustos cuyas formas artificiales, como el seto de descuidado tejo, estaban asumiendo una extravagancia mucho más salvaje que la que habían recibido de la mano del jardinero.

La niebla se había convertido en una fría llovizna. Casi a tientas, en la creciente negrura, encontré una oscura puerta emplazada a cierta distancia de la ventana que dejaba escapar la solitaria luz. Golpeé por tres veces y, como respuesta, oí finalmente el apagado sonido de pasos lentos y arrastrados. La puerta se abrió con una lentitud que parecía indicar precaución o renuencia, y ante mí se presentó la visión de un anciano con una vela encendida en la mano. Los dedos le temblaban por parálisis o decrepitud, y monstruosas sombras fluctuaban tras él en un sombrío corredor, tocando sus arrugados rasgos como con la agitación de ominosas alas de murciélago.

—¿Qué desea, señor? —preguntó.

La voz, aunque temblorosa y vacilante, no era para nada ruda y estaba lejos de sugerir la actitud de suspicacia y absoluta inhospitalidad que ya había comenzado yo a temer. No obstante, percibí en ella una determinada sombra de irresolución o duda, y, mientras el anciano escuchaba mi relato de las circunstancias que me habían empujado a golpear su solitaria puerta, observé que me estaba escrutando con una agudeza que desmentía mi primera impresión de extrema senilidad.

—Sabía que sería usted un extranjero en estos sitios —comentó cuando hube terminado—. Sin embargo, ¿podría inquirir su nombre, señor?

—Me llamo Henry Chaldane.

—¿No será usted hijo del señor Arthur Chaldane?

Algo desconcertado, reconocí la adscripta paternidad.

—Se parece usted mucho a él, señor. El señor Chaldane y sir John Tremoth fueron grandes amigos en otros tiempos, hasta que su padre se marchó a Canadá. ¿Quiere pasar, por favor? Se encuentra usted en Tremoth Hall. Sir John no ha estado en el hábito de recibir visitas desde hace ya mucho tiempo, pero le haré saber que está usted aquí y puede que desee verlo.

Estremeciéndome, y no del todo agradablemente sorprendido ante el descubrimiento del lugar en el que me hallaba, seguí al anciano hasta un estudio atestado de libros, cuyo mobiliario evidenciaba lujo y abandono. Encendió una antiquísima lámpara de aceite, de pantalla pintada y polvorienta, y me dejó solo entre todos aquellos muebles y volúmenes cubiertos de polvo.

Comencé a sentir un extraño embarazo, como una sensación de opresiva intrusión, mientras aguardaba iluminado por la mortecina luz amarilla de la lámpara. Entonces volvieron a mi mente los espantosos detalles de esa horrible y singular historia, ya casi olvidada, que había oído narrar a mi padre en mi infancia.

Lady Agatha Tremoth, la esposa de sir John, había empezado, durante el primer año de su matrimonio, a ser víctima de ataques catalépticos. El tercer ataque, al parecer, había terminado en muerte, pues ella no revivió pasado el intervalo usual y, además, desarrolló todos los estigmas típicos del *rigor mortis*. El cuerpo de lady Agatha fue, en consecuencia, llevado al panteón de la familia, que se hallaba excavado en una colina situada detrás de la mansión y que era casi fabuloso por su gran antigüedad y sus enormes dimensiones. Al día siguiente del entierro, sir John, angustiado por una curiosa e insistente duda sobre lo terminante del dictamen médico, visitó nuevamente el panteón, llegando justo a tiempo para oír surgir un salvaje alarido de sus profundidades; al entrar, encontró a lady Agatha incorporada en su ataúd, que se hallaba abierto. La tapa, que había sido afirmada con clavos, yacía en el suelo de piedra, y parecía imposible que hubiese podido ser arrancada por los esfuerzos de la frágil mujer. No obstante, no existía otra explicación verosímil, y ni aun la misma lady Agatha era capaz de arrojar mucha más luz sobre las circunstancias de su extraña resurrección.

Medio trastornada y casi delirante, en un estado de inenarrable horror que era fácilmente comprensible, narró un incoherente relato de su experiencia. No parecía poder recordar haber luchado para liberarse de su ataúd, pero se veía, en cambio, enormemente perturbada por recuerdos de un pálido y horrible rostro semihumano que había discernido, al despertar de su prolongado letargo de muerte, en las tinieblas. Según ella, había sido la visión de ese rostro, inclinado sobre ella en el ataúd abierto, lo que la había hecho gritar tan espeluznantemente. El ser había desaparecido justo antes de la aproximación de sir John, huyendo velozmente hacia las criptas interiores, y ella apenas había podido formarse una idea de su aspecto general. Creía, sin embargo, que era muy alto y pálido y que había corrido en cuatro patas como un animal, aun cuando sus miembros parecían humanos.

Naturalmente, su relato fue interpretado como una suerte de sueño o como el producto de un estado de delirio, provocado por el terrible trauma de la singular experiencia, que había borrado toda huella de la verdadera causa de su horror. Pero, aparentemente, el recuerdo del espantoso rostro y del repulsivo aspecto de la figura se volvió un motivo de permanente obsesión para ella, y pronto se hizo evidente que dicha obsesión estaba cargada de asociaciones de terror que desequilibraban de continuo su sistema nervioso. Nunca se recuperó de su enfermedad; siguió viviendo en un deplorable estado físico y mental, y nueve meses más tarde falleció, tras haber dado a luz un hijo.

Su muerte fue algo misericordioso, pues el niño, al parecer, era uno de esos aterradores monstruos que cada tanto aparecen en el género humano. No se conocía la naturaleza exacta de su anormalidad, aunque corrían rumores tan espantosos como contradictorios, procedentes del doctor, las enfermeras y los sirvientes que lo habían visto. Algunos de estos últimos, incluso, habían abandonado Tremoth Hall, y se habían negado de plano a volver, tras un simple atisbo de la monstruosidad.

Después de la muerte de lady Agatha, sir John se retiró de la vida social, y poco o nada pudo saberse a partir de entonces con respecto a sus actividades o al destino del horrible niño. Se decía, sin embargo, que lo tenía encerrado bajo llave en un cuarto de ventanas enrejadas al que él era el único que entraba. La tragedia había destrozado su vida y lo había convertido en un recluso; vivía solo, con uno o dos criados fieles, permitiendo que su propiedad declinara lastimosamente en el más completo abandono. Sin duda, pensé, el anciano que me había recibido debía de ser uno de los criados que habían permanecido junto a él. Aún estaba reflexionando sobre la terrible leyenda, y esforzándome por recordar ciertos detalles que casi había olvidado, cuando oí el sonido de unos pasos que, por su lentitud y debilidad, tomé por los del anciano que retornaba.

Pero me equivocaba, pues la persona que entró resultó ser nada menos que el mismo sir John Tremoth. Su alta figura, ligeramente encorvada, y su rostro, arrugado como por efecto de algún corrosivo, revelaban una dignidad que parecía triunfar sobre la doble catástrofe de la enfermedad y la agónica aflicción. De algún modo, aunque podría haber calculado su verdadera edad, había esperado encontrarme con un anciano, pero sir John era un hombre que apenas pasaba de la madurez. No obstante, su palidez cadavérica y su paso vacilante eran los de una persona afectada por alguna enfermedad mortal. Sus modales, en cuanto se dirigió a mí, demostraron ser impecablemente corteses y hasta afables, pero su voz sonaba como la de alguien para quien las relaciones ordinarias y las actividades de la vida se habían vuelto desde hacía mucho tiempo algo indiferente y carente de significado.

—Me ha dicho Harper que es usted hijo de mi viejo compañero de clase Arthur Chaldane —dijo—. Sea bienvenido a tan pobre hospitalidad como la que estoy en condiciones de ofrecer. Hace ya muchos años que no acostumbro recibir visitas, y me temo que va a encontrar usted el Hall un tanto lúgubre y deslucido y hasta es posible que me tome por un mal anfitrión. De todos modos, debe quedarse, cuando menos por esta noche. Harper ya se ha puesto a prepararnos la cena.

—Es usted muy amable —contesté—. Sin embargo, no quisiera haber venido a molestar. Si...

—De ningún modo —exclamó con firmeza—. Debe usted quedarse. Hay millas hasta la posada más cercana, y la niebla se está convirtiendo en una lluvia pertinaz. A decir verdad, me alegra tenerle aquí. Espero que pueda contármelo todo acerca de usted y su padre mientras cenamos. Entre tanto, trataré de buscarle una habitación, si me hace el favor de acompañarme.

Me condujo a la planta alta de la mansión y luego por un largo pasillo de vigas y paneles de antiguo roble. Pasamos por delante de varias puertas, que indudablemente debían de dar a dormitorios. Todas se hallaban cerradas, y una de ellas estaba reforzada con barrotes de hierro, pesados y siniestros como los de un calabozo. No pude evitar imaginar que esta debía de ser la cámara a la que la monstruosa criatura había sido confinada, y me pregunté si aquella anormalidad aún seguiría viva, tras un lapso de tiempo que debía de rondar ya los treinta años. ¡Cuán abismal, cuán aborrecible tuvo que haber sido su desviación con respecto al tipo humano para que fuera necesario retirarla inmediatamente de la vista de los demás! ¿Y en virtud de qué características de su desarrollo ulterior pudo haberse vuelto necesaria la aplicación de tan imponentes barrotes a una puerta de roble que, por sí misma, parecía ya lo suficientemente fuerte como para resistir los embates de cualquier hombre o bestia?

Sin siquiera dirigir la más mínima mirada a la puerta, mi anfitrión siguió adelante, portando una vela que apenas temblaba entre sus débiles dedos. Entonces, las curiosas reflexiones en que me había sumido mientras caminaba tras él se vieron interrumpidas, de un modo espeluznantemente repentino, por un grito que pareció surgir de la habitación clausurada. Fue un aullido prolongado, siempre ascendente, muy bajo al principio, como una apagada voz de demonio brotando del interior de un sepulcro, que de una manera abominablemente gradual fue subiendo de tono hasta alcanzar una aguda e incontenible furia, cual si el demonio hubiese emergido a la superficie tras atravesar una serie de pasadizos subterráneos. No era una voz ni humana ni animal, sino algo totalmente preternatural, infernal, macabro. Todo mi cuerpo tembló, víctima de un terror insoportable que aún persistía cuando la voz del demonio, después de haber alcanzado su grado más elevado, hubo regresado por una escala descendente a un profundo silencio sepulcral.

Sir John no prestó aparente atención al horrible alarido, sino que siguió adelante con su usual paso vacilante. Llegó al final del pasillo y se detuvo frente a la segunda cámara contando a partir de la puerta reforzada.

—Le daré esta habitación —dijo—. Es la siguiente a la que ocupo yo.

No se volvió a mirarme mientras me hablaba, y su voz sonó sobrenaturalmente contenida y sin vida. Comprendí, no sin otro estremecimiento, que el cuarto que me había indicado como suyo era adyacente a la cámara de la cual el espantoso aullido había parecido surgir.

Era patente que la habitación a la que me hizo entonces entrar no había sido ocupada en años. Reinaba en ella un aire frío, estancado, malsano, invadido de un penetrante olor a moho, y sobre el antiguo mobiliario ya se había congregado la inevitable acumulación de polvo y telarañas. Sir John comenzó a disculparse de inmediato.

—No tenía idea precisa del estado en el que se hallaba este cuarto —aseguró—. Le diré a Harper que después de cenar suba a quitar el polvo, a hacer un acondicionamiento general y a poner ropa limpia en la cama.

Protesté, algo confusamente, asegurándole que no tenía por qué disculparse. La inhumana soledad y vejez de la decrépita mansión, sus lustros y décadas de abandono y la desolación de su propietario me habían impresionado entonces más hondamente que nunca. Y no me atrevía a especular demasiado respecto del abominable secreto de la cámara reforzada y el infernal aullido cuyos ecos aún resonaban en mis sacudidos nervios. Ya me lamentaba por la singular casualidad que me había llevado a ese demoníaco antro de perversas y supurantes sombras. Sentía un imperioso deseo de marcharme, de continuar mi viaje aun de cara a la gélida lluvia otoñal y a la noche azotada por los vientos, pero no se me ocurría excusa alguna que fuese lo suficientemente plausible y verosímil. Indudablemente, no estaba ya en mis manos hacer otra cosa más que quedarme a pernoctar allí.

La cena fue servida, por el anciano al que sir John se había referido con el nombre de Harper, en un salón lúgubre pero señorial. La comida era sencilla, pero sustanciosa y bien preparada; el servicio, impecable.

Comencé a sospechar que Harper era el único criado, una combinación de ayuda de cámara, mayordomo, doméstico y cocinero.

A pesar del hambre que tenía, y de las molestias que mi anfitrión se tomaba para hacerme sentir a gusto, la cena fue una ceremonia solemne y casi fúnebre. No podía olvidar ni por un instante aquella historia narrada por mi padre, y mucho menos podía olvidar la puerta reforzada y aquel maligno aullido. Lo que fuera que fuese, la monstruosidad seguía viva, y yo no dejaba de sentir una compleja mezcla de admiración, compasión y horror cada vez que miraba el delgado y gallardo rostro de sir John y reflexionaba sobre el infierno de vida al que había sido condenado, así como sobre la aparente fortaleza con la que había soportado sus inconcebibles pruebas. Tras la cena, una botella de excelente jerez fue servida, lo que alargó por una hora o más la sobremesa. Sir John habló un rato sobre mi padre, de cuya muerte no estaba previamente enterado, y me hizo platicar de mis asuntos con la sutil destreza y el tacto de un educado hombre de mundo. Habló muy poco de sí mismo, y ni por la más remota alusión hizo referencia a la trágica historia de la que yo apenas me había formado cierta idea general.

Dado que soy más bien abstemio y no vaciaba mi vaso con mucha frecuencia, la mayor parte de la botella fue bebida por mi anfitrión. Hacia el final de la velada, ese fuerte vino pareció sacar a luz en él una extraña disposición a las confidencias. Comenzó haciendo mención a la falta de salud que tan patente era en su aspecto. Me contó que sufría de esa gravísima enfermedad del corazón conocida como angina de pecho, y que recientemente se había recuperado de un ataque de inusual gravedad.

—El próximo acabará conmigo —aseguró—. Y puede darse en cualquier momento... tal vez hasta esta misma noche.

Hizo el anuncio con toda sencillez, como si hubiese hablado de un tema de lo más corriente o estuviese aventurando una vulgar predicción meteorológica. Luego, tras una breve pausa, con más énfasis y peso en sus palabras, prosiguió:

—Quizás me tome usted por una persona rara, pero tengo una fija aversión al entierro en sepulcro o en panteón. Quiero que mis restos sean cremados, y he dejado cuidadosas directivas para el cumplimiento de mi voluntad. Harper se encargará de que se realicen al pie de la letra. El fuego es el más puro y el más limpio de los elementos y acorta todos esos odiosos procesos que median entre la muerte y la desintegración final. No puedo soportar la idea de una tumba mohosa, infestada de gusanos.

Siguió discurriendo sobre el tema durante un largo rato, con una tan singular elaboración, con una tan firme solidez expositiva, que dejaba muy a las claras que debía este de constituir un tópico familiar de pensamiento para él, si es que no una verdadera obsesión. Parecía ejercer una mórbida fascinación sobre su mente, y no dejé de notar un penoso brillo en sus hundidos y desasosegados ojos, y un toque de histeria rígidamente contenida en su voz, mientras hablaba. Recordé el entierro de lady Agatha y su trágica resurrección, así como aquel incierto y delirante horror de las criptas, que había formado una parte tan inexplicable y vagamente inquietante de la historia. No me resultaba difícil comprender la aversión de sir John a los entierros; sin embargo, me hallaba yo muy lejos todavía de sospechar la totalidad del infernal horror, del demencial espanto en el que su repugnancia había sido fundada.

Harper había desaparecido después de traernos el jerez, y conjeturé que había recibido directivas para el acondicionamiento de mi cuarto. Vaciamos nuestros últimos vasos y mi anfitrión dio por concluida su extraña disquisición. El acaloramiento, que lo había reanimado ligeramente, pareció pasar, y observé que se veía entonces más macilento y enfermizo que nunca. Confesando una gran fatiga, le expresé mi deseo de retirarme, y él, con su inalterable cortesía, insistió en acompañarme a mi cámara para asegurarse de que todo estuviese dispuesto para mi comodidad antes de irse a acostar.

En el pasillo de arriba nos cruzamos con Harper, que bajaba por un tramo de escaleras que debía de conducir a un ático o segundo piso. Llevaba una pesada cacerola de hierro en la que quedaban unos restos de comida, y percibí un olor de penetrante crudeza, casi de virtual putrefacción, cuando pasó a mi lado. Me pregunté si habría estado alimentando al monstruo desconocido, y si no le daría la comida desde el techo del cuarto, a través de una trampa. La suposición era bastante verosímil; pero el olor de las sobras, por una lejana asociación de ideas un tanto literaria, había comenzado a sugerirme otras conjeturas que iban más allá del reino de la posibilidad y el sano razonamiento. Ciertas sospechas evasivas e incoherentes parecieron integrarse súbitamente en un atroz y aborrecible todo. Con poco éxito, intenté asegurarme que lo que acababa de conjeturar era científicamente inadmisible, que era una mera creación del satanismo supersticioso. No, no podía ser... aquí, precisamente en Inglaterra... aquel vampiro devorador de cadáveres de los relatos y las leyendas orientales... el *ghoul*[1]...

En contra de mis temores, no se repitió aquel infernal aullido al pasar frente a la cámara secreta. Pero, en cambio, me pareció oír un pausado ronchar, tal como el que habría producido un animal enorme devorando su alimento.

Mi habitación, aunque bastante oscura y lúgubre aún, había quedado limpia de sus acumulados polvo y telarañas. Tras una inspección personal, sir John me deseó las buenas noches y se retiró a su aposento. Quedé sorprendido por su mortal palidez y la visible debilidad con la cual se despidió, y sentí cierta culpabilidad al pensar que tal vez el esfuerzo de recibir y entretener a un huésped podría haber agravado

---

[1] Del árabe *ghūl*, demonio necrófago sin traducción equivalente en nuestro idioma.

la terrible dolencia que le aquejaba. Creí detectar verdaderos dolor y tormento bajo su cuidadosa máscara de urbanidad, y me pregunté si esta no habría sido mantenida a un costo excesivo.

La fatiga de la jornada de viaje, sumada al fuerte vino que había bebido, tendría que haberme hecho dormir rápidamente, pero, a pesar de permanecer con los ojos cerrados en la oscuridad, no conseguía alejar aquellas perversas sombras, aquellas negras y sepulcrales larvas que caían en enjambres sobre mí desde la vieja mansión. Prohibidos seres cuya existencia no puede ser consentida me asediaban con sus inmundas garras, me rozaban en su nauseabundo agitarse, mientras yo me retorcía durante horas eternas y yacía contemplando el gris rectángulo de la ventana oscurecida por la tormenta. El incesante gotear de la lluvia, el agudo lamentarse y gemir del viento, se transformaban en espantosos murmullos de voces semiarticuladas que conspiraban contra mi tranquilidad y susurraban, abominablemente, innombrables secretos en un lenguaje demoníaco.

Finalmente, tras lo que pareció un lapso de tiempo de centurias nocturnas, la tempestad amainó y ya no oí más aquellas equívocas voces. Por la ventana penetraba una claridad que se proyectaba en la negrura de la pared, y los terrores de mi larga noche de insomnio se disiparon un tanto, cosa que sin embargo no trajo consigo el alivio del sueño. Me di cuenta de que reinaba en la mansión el más completo silencio; y entonces, en ese silencio, percibí un sonido extraño, vago, inquietante, cuya causa y procedencia no me fue posible precisar por varios minutos.

El sonido a veces era apagado y lejano; luego parecía aproximarse, como si viniera de la habitación contigua. Comencé a identificarlo como una especie de arañar, similar al que harían las garras de un animal sobre un recio maderaje. Incorporándome en la cama y escuchando atentamente, me di cuenta, con un nuevo estremecimiento de horror, de que la dirección de la cual provenía era sin lugar a dudas la de la cámara enrejada. El ruido asumió entonces una extraña resonancia, luego se volvió casi inaudible y súbitamente, por un rato, cesó. En ese intervalo oí un gemido, similar al de un hombre en un trance de agonía o de insoportable terror. No podía equivocarme en cuanto a la fuente del gemido, que había surgido del aposento de sir John Tremoth; ni tampoco podía ya seguir dudando con respecto al causante del arañar.

El gemido no se repitió, pero el infernal sonido de garras comenzó de nuevo y continuó sin interrupción hasta el amanecer. Entonces, como si la criatura que hacía aquello fuese de hábitos únicamente nocturnos, el apagado y vibrante ruido finalizó por completo. En un permanente estado de somnolencia, pesadilla y aprensión, embotado por el cansancio y la necesidad de dormir, yo lo había estado escuchando todo el tiempo, preso de una intolerable tensión nerviosa. Con su finalizar, en el lívido y descolorido amanecer, caí en un profundo sueño del cual los

   Antiguos relatos de Oscuridad y de Horror

mortecinos y amorfos espectros de la vieja mansión ya no fueron capaces de alejarme.

Me despertaron unos fuertes golpes en mi puerta, unos golpes en cuya sonoridad, aun en la confusión del sueño, pude reconocer lo imperioso y lo urgente. Debían de ser cerca de las doce del mediodía, y, con cierto sentimiento de culpa por haberme recreado demasiado en la cama, corrí hacia la puerta y la abrí de inmediato. El viejo criado, Harper, estaba allí esperando, y por su trémulo y afligido aspecto comprendí, aun antes de que hablara, que había sucedido algo de terrible importancia.

—Siento tener que informarle, señor Chaldane —tartamudeó—, que sir John ha muerto. No respondía a mi llamado como de costumbre y me vi obligado a entrar a su cámara. Debe de haber fallecido muy temprano en horas de la madrugada.

Inexpresablemente golpeado por su anuncio, recordé el aislado gemido que había oído en el gris albor del día. Tal vez en ese preciso instante mi anfitrión estaba muriendo. Recordé, también, aquel detestable arañar de pesadilla. Inevitablemente, me pregunté si el gemido no habría sido ocasionado tanto por miedo como por dolor físico. ¿Habría sido la tensión y el suspenso de estar oyendo aquel horrible sonido lo que había originado el paroxismo final de la dolencia de sir John? No podía estar seguro de la verdad, pero mi cerebro hervía con abominables y espantosas conjeturas.

Con las fútiles formalidades que suelen emplearse en tales ocasiones, traté de dar el pésame al viejo criado y me ofrecí a prestarle toda la ayuda posible para realizar los arreglos necesarios para la disposición de los restos de su amo. Dado que no había teléfono en la casa, me brindé para salir en busca de un médico que examinara el cadáver y extendiese el certificado de defunción. El anciano pareció experimentar un alivio y una gratitud extraordinarios.

—Gracias, señor —dijo fervientemente, y añadió luego, como en explicación—: no quiero abandonar a sir John; le prometí que mantendría una estrecha vigilancia junto a su cuerpo.

Pasó entonces a hablar del deseo de sir John de ser cremado. Según parecía, el baronet había dejado direcciones explícitas para la construcción de una pira de leña en la colina que se elevaba detrás del Hall, para la incineración de sus restos en dicha pira y para el esparcimiento de las cenizas en los campos de la heredad. Había encargado todo tipo de disposiciones, facultando a su criado para llevarlas a efecto en el menor lapso de tiempo posible tras su muerte. Nadie debía estar presente en la ceremonia, excepto Harper y las personas necesarias para realizar el trabajo; y los parientes más cercanos de sir John (ninguno de los cuales vivía en las cercanías) sólo debían ser informados de su deceso cuando todo hubiese concluido.

Rehusé el ofrecimiento que me hizo Harper de prepararme el desayuno y le aseguré que comería algo en el pueblo vecino. Había una extraña inquietud en su modo de comportarse, y comprendí, con pensamientos y emociones difíciles de explicar, que se encontraba ansioso por iniciar su prometida vigilancia junto al cadáver de sir John.

Sería tedioso e innecesario hablar detalladamente del fúnebre día que siguió. La espesa niebla marina había vuelto; y, mientras buscaba el pueblo vecino, me dio la sensación de que iba atravesando a tientas un mundo húmedo e irreal. Conseguí primero localizar un médico y luego contraté varios hombres para levantar la pira y actuar como portadores del féretro. En todas partes se me recibió con una singular taciturnidad, y nadie parecía deseoso de pronunciar palabra alguna sobre la muerte de sir John o de hablar sobre las oscuras leyendas relacionadas con Tremoth Hall.

Una vez todos en la mansión, Harper propuso, para mi sorpresa, que la cremación tuviese lugar de inmediato. Esto, sin embargo, resultó ser imposible. Para cuando todas las formalidades y arreglos hubieron concluido, la neblina se había convertido en una pertinaz e incesante llovizna que impedía el encendido de la pira, por lo cual nos vimos obligados a aplazar la ceremonia para el día siguiente. Yo le había prometido a Harper que permanecería allí hasta que todo estuviese terminado, y así fue como debí pasar una segunda noche bajo ese techo de secretos malditos y abominables.

No tardó en oscurecer. Después de una última visita al pueblo, en la que me procuré algunos sándwiches para cenar con Harper, retorné a la solitaria mansión. Al subir a la cámara mortuoria, encontré a Harper en la escalera. Había una desmedida agitación en su comportamiento, como si hubiese sucedido algo que lo llenara de horror.

—Me preguntaba si no me haría usted compañía esta noche, señor —dijo—. Sé que le estoy pidiendo compartir un velatorio asaz espantoso, y quizás hasta no exento de peligro, pero sir John se lo agradecería mucho, estoy seguro de ello. Si tiene usted un arma, del tipo que sea, sería bueno que la llevase encima.

Me era imposible negarme a su petición, de modo que asentí inmediatamente. Como no tenía arma alguna, Harper insistió en equiparme con un antiguo revólver, del cual él llevaba el compañero.

—Dígame, Harper —dije entonces bruscamente, mientras caminábamos por el pasillo hacia la cámara de sir John—, ¿de qué tiene miedo?

Se encogió visiblemente de horror ante la pregunta y pareció poco deseoso de responder. Luego, un momento después, comprendió que era menester hablar con franqueza.

—Se trata de la criatura de la habitación enrejada —explicó—. Tiene que haberla oído, señor. Nos hemos ocupado de ella, sir John y yo, durante todos estos veintiocho años, y siempre hemos vivido con el temor

   Antiguos relatos de Oscuridad y de Horror

de que pudiese escapar. Nunca nos ocasionó demasiados problemas... al menos, mientras la tuvimos bien alimentada. Pero durante estas tres últimas noches ha estado arañando la gruesa pared de roble que la separa de la habitación de sir John, lo cual es algo que nunca antes había hecho. Sir John pensaba que se debía a que sabía que él se hallaba al borde de la muerte y a que quería alcanzar su cuerpo, deseosa de un alimento distinto al que siempre le hemos suministrado nosotros. Es por eso que debemos vigilar estrechamente su cadáver esta noche, señor Chaldane. Ruego a Dios que el muro resista, pero la criatura sigue arañando y arañando como un demonio, y no me agrada para nada la hueca resonancia que ya produce... Es como si el tabique estuviese a punto de romperse.

Lleno de horror por esta confirmación de mis repugnantes hipótesis, no pude ofrecer respuesta alguna; cualquier comentario habría resultado fútil. Con la abierta confesión de Harper, la sombra de la anormalidad tomaba un aspecto más oscuro e ilimitado, una más enorme y tiránica amenaza. De buena gana habría abandonado el prometido velatorio... pero, naturalmente, me era imposible hacerlo.

El bestial y diabólico arañar, más fuerte y frenético que en la noche anterior, asaltó mis oídos en cuanto nos acercamos a la puerta enrejada. De inmediato comprendí el terror sin nombre que había empujado al anciano a solicitar mi compañía. El sonido era inexpresablemente alarmante y enloquecedor, con su horrenda y macabra insistencia, con su infernal connotación de un ansia demoníaca. Y se tornó aún más claro, adquiriendo una más atroz y desgarradora resonancia, no bien entramos a la cámara mortuoria.

Durante todo el transcurso de ese día funeral me había abstenido de visitar aquel aposento, pues carezco de esa curiosidad morbosa que induce a muchos a la contemplación de la muerte. De modo que veía entonces a mi anfitrión por segunda y última vez. Completamente vestido y preparado para la pira, yacía en la fría blancura de un lecho cuyos pesados y suntuosos cortinajes de raso se hallaban descorridos. El cuarto estaba iluminado por unos altos cirios dispuestos en extraños candelabros que, herrumbrados por una visible antigüedad, descansaban sobre una pequeña mesa, pero la luz sólo parecía proporcionar un vacilante y doloroso resplandor en medio de esa lúgubre espaciosidad plagada de sombras fúnebres.

Un poco en contra de mi voluntad, miré los rasgos del muerto y aparté los ojos en seguida. Estaba preparado para ver una blancura y una rigidez marmóreas, pero no para la atroz traición que su rostro sin vida hacía de esa horrible repugnancia, de esos inconcebibles miedos y terrores que debían de haber corroído su corazón a través de años y años de infierno y que, con un control casi sobrehumano, él había ocultado como bajo una máscara, durante toda su vida, ante el observador casual. La revelación fue demasiado lastimosa, y no me sentí capaz de mirarlo nuevamente. En cierto modo, parecía que sir John Tremoth no estaba muerto; parecía que aún estaba escuchando, con agónica atención, ese espantoso sonido que bien podía haber servido para precipitar el ataque final de su dolencia.

Había en el cuarto varias sillas, que, como el lecho, databan, según pensé, del siglo XVII. Nos sentamos con Harper cerca de la pequeña mesa, entre el lecho mortuorio y la pared revestida de oscura madera de la cual surgía el incesante ruido de garras. Así, en tácito silencio, con los revólveres a mano y amartillados, comenzamos nuestra horrorosa vigilia.

Estando allí sentados, no pude evitar intentar representarme el aspecto de aquella monstruosidad sin nombre. Imágenes amorfas e híbridas de sombrías pesadillas sepulcrales se sucedieron unas a otras caóticamente por los rincones de mi mente. Una tremenda curiosidad, a la que en condiciones más normales yo habría sido ajeno, me urgía a preguntarle sobre aquello a Harper, pero una inhibición no menos poderosa me impedía hacerlo. Por su parte, el anciano no ofrecía voluntariamente información o comentario alguno, sino que se mantenía vigilando la pared con unos brillosos ojos que no parecían temblar a la par de su decrépita cabeza.

Sería imposible transmitir la insoportable tensión, el macabro suspenso y la funesta expectativa de las horas que siguieron. El maderaje era sin lugar a dudas de gran espesor y dureza, tal como el que podría haber desafiado los ataques de cualquier criatura normal equipada sólo con garras y dientes; pero, a pesar de tan obvios argumentos, yo esperaba verlo desmoronarse de un momento a otro. El arañar seguía y seguía eternamente, y para mi imaginación enfebrecida se volvía más fuerte y cercano a cada instante. A intervalos recurrentes, me parecía oír también un bajo y ansioso gemir como de perro, similar al de un animal hambriento acercándose a la meta de su excavar.

Ninguno de los dos habíamos hablado de lo que debíamos hacer en caso de que el monstruo alcanzara su objetivo, pero parecía haber, sin embargo, como un acuerdo silencioso entre ambos. Aun así, yo me preguntaba, con una emoción supersticiosa de la que jamás me habría creído capaz, si la criatura poseería lo suficiente de humanidad en su composición como para ser vulnerable a las balas. ¿Hasta qué punto habría desarrollado las características de su desconocido y fabuloso padre? Intenté convencerme de que el absurdo de tales cuestiones y preguntas era patente, pero retornaba a ellas una y otra vez, absorbido como por la fascinación de un abismo prohibido.

La noche fue transcurriendo como el fluir de un oscuro y lento arroyo. Las altas velas fúnebres se habían ido consumiendo hasta unos pocos centímetros de los corroídos y verdegrises brazos de los candelabros. Esta era la única circunstancia que me daba una idea real del paso del

 Antiguos relatos de Oscuridad y de Horror

tiempo, pues creía estar ahogándome en una negra eternidad, inmóvil bajo el reptar y arrastrarse de ciegos horrores. Me había acostumbrado tanto al ruido del arañar en la madera, y este había continuado por tantas horas, que juzgaba el crecer de su sonoridad y aparente cercanía como una mera alucinación de mis sentidos. Y así fue que el final de nuestra vigilia me sorprendió sin previo aviso.

Súbitamente, mientras observaba el muro y seguía escuchando con helada fijeza, oí un áspero ruido de madera astillándose y vi que una estrecha lámina se soltaba y quedaba colgando del panel. Entonces, antes de que pudiese reponerme o dar crédito a lo que estaba presenciando, una enorme porción semicircular del muro colapsó en innumerables pedazos bajo el impacto de un pesado cuerpo.

Misericordiosamente, quizás, nunca he sido capaz de recordar con cierto grado de nitidez la infernal criatura que surgió del panel. El mismo golpe visual, por el propio exceso de su horror, ha casi borrado todo detalle de mi memoria. Conservo, no obstante, la vaga impresión de un enorme cuerpo blancuzco, lampiño, semicuadrúpedo, de colmillos caninos en un rostro apenas humano y garras de hiena en el extremo de miembros que le servían tanto de brazos como de piernas. Un hedor pútrido precedió a la aparición, similar a la vaharada del cubil de algún animal devorador de carroña; y entonces, con un único salto de pesadilla, el ser cayó sobre nosotros.

Oí el repetido disparar del revólver de Harper, cortante y vengativo en el cuarto cerrado, pero mi arma sólo produjo un chasquido herrumbroso. Tal vez el cartucho fuera demasiado viejo; en todo caso, falló. Antes de que hubiese podido apretar el gatillo nuevamente, fui arrojado al suelo con terrible violencia, golpeándome la cabeza contra la sólida base de la pequeña mesa. Un negro velo, salpicado de incontables fuegos, pareció caer sobre mí, borrando el cuarto de mi vista. Entonces todos los fuegos desaparecieron, y sólo hubo oscuridad.

De nuevo, muy lentamente, comencé a tener conciencia de llama y de sombras; pero la llama era brillante y temblorosa, y su resplandor parecía crecer cada vez más. Entonces mis sentidos embotados y vacilantes revivieron agudamente y se clarificaron al percibir un acrimonioso olor a tela quemada. Los objetos y las formas de la cámara volvieron a mi visión, y descubrí que yacía tendido contra la mesa caída, de cara al lecho mortuorio. Todas las velas se habían diseminado por el suelo. Una de ellas había prendido un círculo de fuego que lentamente devoraba la alfombra que tenía junto a mí; otra, algo más allá, había incendiado las cortinas de la cama, y las llamas estaban subiendo rápidamente hacia el gran dosel. Aun mientras seguía inmóvil mirando aquello, unos considerables jirones de paño ardiendo cayeron sobre la cama en una docena de sitios y el cadáver de sir John Tremoth quedó rodeado por un anillo de pequeñas llamas.

Con cierto trabajo logré ponerme de pie, aún aturdido y mareado por la caída que me había arrojado al olvido. El cuarto se hallaba desierto, excepto por el viejo criado, que yacía cerca del umbral, quejándose débilmente. La puerta se encontraba abierta, como si alguien, o algo, hubiese salido durante mi período de inconsciencia. Me volví nuevamente hacia la cama con una vaga e instintiva intención de extinguir el fuego. Las llamas se estaban extendiendo con rapidez, cada vez más altas, pero no tan velozmente como para velar de mis enfebrecidos ojos las manos y las facciones, si es que se podían seguir llamando así, de lo que había sido sir John Tremoth. De ese último horror que lo había tomado debo evitar hacer mención explícita, y desearía poder evitar también su recuerdo. Demasiado tarde había sido el monstruo espantado por el fuego...

No hay mucho más para decir. Al mirar hacia atrás nuevamente, mientras salía del cuarto lleno de humo tambaleándome y llevando a Harper conmigo, vi que la cama y el dosel se habían vuelto ya una masa de ascendente llama. El desdichado baronet había encontrado en su propia cámara mortuoria la pira funeral que tanto había deseado.

Estaba casi amaneciendo cuando al fin salimos de la mansión condenada. La lluvia había cesado, dejando un cielo surcado en lo alto por nubes plomizas y amenazantes. El aire frío pareció reanimar al viejo criado, que permaneció débilmente de pie junto a mí, sin pronunciar una palabra, mientras contemplábamos una ascendente columna de fuego que surgía del sombrío tejado de Tremoth Hall y comenzaba a proyectar un triste resplandor sobre el abandonado seto.

A la luz combinada del pálido amanecer y la creciente conflagración del edificio, descubrimos a nuestros pies unas huellas semihumanas, monstruosas, de grandes uñas caninas, reciente y hondamente impresas en el barro. Venían inequívocamente de la mansión y continuaban en dirección a la colina cubierta de brezos que se elevaba detrás de ella.

Sin decir una palabra, comenzamos a seguirlas. Llevaban, casi sin interrupción, a la entrada del antiguo panteón familiar, hasta el pesado portal de hierro emplazado en la colina al que, por orden de sir John Tremoth, se había mantenido cerrado durante toda una generación. Sin embargo, lo encontramos abierto; observamos que la oxidada cadena y la cerradura habían sido hechas pedazos por una fuerza superior a la de hombre o bestia algunos. Entonces, asomándonos al interior, vimos que las barrosas marcas de las huellas se adentraban sin retorno, descendiendo unos peldaños de piedra, en las inquietantes sombras del mausoleo.

Ambos íbamos desarmados, puesto que nuestros revólveres habían quedado en la cámara mortuoria; aun así, no vacilamos demasiado. Harper llevaba consigo una generosa provisión de cerillas, y, mirando en torno, yo encontré una húmeda y pesada rama que podría servir de

     Antiguos relatos de Oscuridad y de Horror

garrote. En un implacable silencio, con tácita determinación y olvidados de todo peligro, realizamos entonces una minuciosa inspección de las casi interminables criptas, gastando una cerilla tras otra mientras avanzábamos a través de la mohosa oscuridad de esas bóvedas.

Las demoníacas huellas se volvían cada vez más borrosas a medida que las seguíamos por los negros pasillos, y finalmente no pudimos encontrar nada, excepto nauseabunda humedad, telarañas seculares y los innumerables ataúdes de los muertos. Aquello que buscábamos se había desvanecido por completo, como si hubiese sido tragado por los negros muros subterráneos.

Por último, regresamos a la entrada. Allí, mientras pestañeábamos bajo la plena luz del día, con cansados y ojerosos semblantes, rompió por fin Harper el silencio diciendo, con su trémula y lenta voz:

—Muchos años atrás, poco después de la muerte de lady Agatha, sir John y yo inspeccionamos el panteón de un extremo a otro, pero no pudimos hallar rastro alguno de aquello que temíamos. Ahora, como entonces, es inútil buscar. Hay misterios que, quiera Dios, jamás serán sondeados por el hombre. Lo único que sabemos es que la estirpe de las criptas ha regresado a las criptas. Que allí permanezca.

Silenciosamente, en mi sacudido corazón, repetí sus últimas palabras y su deseo.

ÍNDICE

www.ingramcontent.com/pod-product-compliance
Lightning Source LLC
Chambersburg PA
CBHW071417150726
48000CB00001B/378